過香積寺 향적사를 찾아가다

不知香積寺 향적사 어딘지 알지 못하여
數里入雲峰 구름 봉우리 속으로 몇 리나 들어간다
古木無人徑 고목 우거져 사람 다니는 길 없건만
深山何處鍾 깊은 산 속 어딘가의 종소리
泉聲咽危石 샘물 소리 가파른 바위에서 흐느끼고
日色冷青松 햇살은 푸른 소나무를 차갑게 비치고 있네
薄暮空潭曲 해질녘 고요한 연못 굽이에 앉아
安禪制毒龍 편안히 참선하며 잡념을 걷어 낸다네

無影劍傳
무영검전

무영검천 3
한성재 新무협 판타지 소설

초판 1쇄 찍은 날 § 2006년 3월 3일
초판 1쇄 펴낸 날 § 2006년 3월 13일

지은이 § 한성재
펴낸이 § 서경석

편집장 § 문혜영
편집책임 § 이재권
편집 § 서지현

펴낸곳 § 도서출판 청어람
등록번호 § 제1081-1-89호
등록일자 § 1999. 5. 31
어람번호 § 제2-0850호

주소 § 경기도 부천시 원미구 심곡1동 350-1 남성B/D 3F (우) 420-011
전화 § 032-656-4452 팩스 § 032-656-4453
http://www.chungeoram.com
E-mail § eoram99@chollian.net

ⓒ 한성재, 2006

ISBN 89-5831-950-X 04810
ISBN 89-5831-947-X (세트)

※ 파본은 본사나 구입하신 서점에서 교환하여 드립니다.
※ 저자와 협의하여 인지를 붙이지 않습니다.

無影劍傳 무영검전

Fantastic Oriental Heroes

한성재 新무협 판타지 소설

③

도서출판 청어람

| 목차 |

제21장 떠나는 자 _7
제22장 고금제일의 기재 _41
제23장 천재의 무위, 그리고 너무도 슬픈 종착점 _69
제24장 집념 _101
제25장 음모 1 _133
제26장 음모 2 _171
제27장 충격 1 _193
제28장 충격 2 _217
제29장 달빛 아래를 홀로 거닐다 _231
제30장 밤이 가면 아침이 온다 _265
제31장 혼란 _289

제21장
떠나는 자

떠나는 자

안양(安陽)은 하남성 최북단에 자리한 도시였다.

황도가 속해 있는 인근 성의 도시답게 이런 곳조차도 규모가 상당했다.

무영은 말에서 내려 기지개를 켰다.

"끄응!"

"졸려워."

옆에서 눈을 부비던 남소혜가 칭얼거렸다. 아직까지 잠에 취해 정신을 못 차리고 있었다. 무영은 눈살을 찌푸리며 남소혜의 머리를 한 대 쥐어박았다.

"아얏!"

"잠팅이."

무영이 쏘아붙이자 남소혜는 볼을 잔뜩 부풀리며 항변했다.

"원래 미인은 잠꾸러기라잖아요."

"그런 식으로 따지면 곰이 미인이냐? 뱀은? 개구리는? 그놈들은 겨울에 내리 자잖아."

"쳇!"

남소혜는 고개를 홱 돌리며 투덜거렸다.

은근히 자신이 예쁘다는 사실을 알리고 싶었건만 무영에게 반박당했다. 문득 무영의 입가에 쓴 미소를 걸쳐졌다. 가만히 손을 뻗어 남소혜의 머리를 쓰다듬어 주었다.

"이런 식이면 곤란하잖니."

"응?"

남소혜는 고개를 갸웃거렸다. 무영은 굳은 표정으로 나지막이 중얼거렸다.

"날 용서해다오."

"무슨 소리……?"

툭!

순간 남소혜가 말을 끝맺지 못한 채 힘없이 주저앉았다. 무영은 재빨리 남소혜의 몸을 안아들었다. 찰나의 순간 수혈을 짚은 것이다.

"무영님."

그때 들려온 한줄기 처연한 목소리.

무영은 미소를 지으며 몸을 돌렸다.

"소화 소저."

무영은 미소를 지으며 소화를 맞이했다.

"…예."

소화의 얼굴은 밝지 않았다. 곧 무영이 떠난다는 사실을 알고 있기 때문이다. 무영은 싱긋 웃어주며 고개를 설레설레 저었다.

"그런 얼굴은 좋지 않아요. 상큼하게 헤어집시다."

소화는 고개를 푹 떨군 채 보일 듯 말 듯 끄덕였다. 무영은 잠든 남소혜를 내려보다가 머리를 쥐어박았다.

"아얏!"

언제나처럼 머리를 부여잡고는 눈물을 찔끔거리며 빽 소리를 질러야 했다. 하지만 강제적으로 잠이 든 남소혜는 말이 없다. 무영은 남소혜의 볼을 살며시 쓰다듬었다.
"마음 단단히 먹어."
무영은 남소혜를 안아들고 마차로 다가갔다.
창밖으로 얼굴을 빼꼼이 내밀고 있던 연류진은 무영이 다가오자 서글픈 미소를 지었다. 그녀 역시 소화를 통해 무영이 떠난다는 사실을 알고 있었다.
"가시려나요?"
무영은 고개를 끄덕였다. 연류진은 침울한 표정으로 무영을 바라보았다.
"그렇습니까?"
무영은 쓴 미소를 지으며 고개를 끄덕였다.
"이것을."
무영은 품 안에서 묵직한 가죽 주머니를 꺼내 연류진의 옆자리에 올려놓았다. 연류진의 고개가 갸웃거려졌다.
"이것은 뭔가요?"
연류진의 물음에 무영은 턱 주위를 매만지며 말문을 열었다.
"양육 보내는 집에 같이 넣어주십시오."
가죽 주머니를 끌러보니 상당히 많은 금화가 들어 있었다. 연류진은 눈을 동그랗게 뜨며 무영에게 시선을 주었다.

무영은 싱긋 웃으며 고개를 끄덕였다.

"이게 제가 해줄 수 있는 것이니까요."

연류진은 가만히 한숨을 내쉬며 잠든 남소혜의 얼굴을 바라보다가 말했다.

"마음의 상처가 평생 갈 수도 있어요."

무영은 고개를 살며시 들었다.

"어쩔 수 없지요. 더 이상 위험하게 만들 수는 없어요."

무영은 남소혜를 마차에 눕히고 내려왔다. 그리고 마지막으로 잠든 남소혜를 힐끗 바라보았다. 수혈이 짙어났기에 저녁나절은 되어야 깨어날 것이다.

"안녕."

무영은 손을 흔들며 마차 문을 닫고 걸음을 옮겼다.

'떽떽거리는 게 없으니 이제야 좀 홀가분하군.'

무영은 자조적으로 생각했다. 그럼에도 가슴이 답답했다.

"저기요!"

갑작스레 들려온 외침에 무영이 걸음을 멈췄다. 소화가 무영에게 달려왔다.

"무슨 일이지요?"

무영의 물음에 소화가 거친 숨을 몰아쉬다가 손을 들었다.

"이, 이것을."

소화가 건넨 것은 자그만 보자기였다. 무영이 고개를 갸웃거렸다.

"가다가 출출하면 드세요."

무영은 부드러운 미소를 머금었다.

"고마워요."

"정말… 가셔야 해요?"

뚝…….

소화의 눈에서 눈물이 흐르기 시작했다. 무영은 가만히 고개를 끄덕이며 손을 들었다. 그리고 그녀의 눈가에 맺힌 눈물을 손가락 위로 얹었다.

"웃어요. 당신은 웃는 모습이 예쁘니까."

소화는 말없이 고개를 끄덕였다. 무영은 씁쓸하게 웃었다.

"그거 알아요? 당신 이름… 죽은 여동생과 같다는 사실."

소화가 생각났다. 언제나 칭얼거리던, 그러나 무영에 대한 애정을 가지고 있던 아이.

"그래서인지 왠지 친근했어요."

무영이 걸음을 옮겼다. 등 뒤로 훌쩍거리는 소리가 들렸지만 멈추지 않았다.

"상큼한 이별… 일까?"

무영은 쓴 미소를 지으며 걸음을 옮기기 시작했다.

"어디 보자."

얼마나 걸었을까. 무영은 주위를 살피며 표정을 굳혔다.

도시에 들어왔을 무렵부터 자신을 쫓던 시선.

"어디 보자."

무영의 입가에 싸늘한 미소가 걸렸다.

그리고 그 시선의 주인공, 우림낭 소속인 복면인이 눈을 빛내며 무영을 바라보고 있었다.

'저자다!'

복면인의 눈이 크게 치켜떠졌다.

'틀림없다. 저 얼굴 생김새.'

편히 쉬고 있다가 갑자기 끌려나왔을 때의 짜증스러움은 온데간데없어졌다.

울며 겨자 먹기로 끌려나왔었다. 보기 드물게 우림중랑장이 직접 나왔을 때 복면인은 무언가 심상치 않다고 생각했다. 불길한 예상은 맞아떨어졌다.

난데없이 떨어진 작전 명령. 결국 복면인은 울면서 나올 수밖에 없었다.

국가의 녹봉을 받고 하는 일이었다. 어쩔 수 없는 일이라 수없이 자위했다. 기분이 더럽기는 매한가지였지만.

하지만 이제는 달랐다.

명령과 함께 받은 두 가지의 인물화.

어린아이와 준수한 외모의 청년.

듣기로는 동일 인물이라 했다. 물론 이해가 가지 않는 것도 있었지만 윗사람들이 하라는 대로 하면 그만이다.

그리고 잠복한 지 일주일 만에 목표물을 발견했다. 몇 번이고 그림과 대조해 보았다.

'좋아!'

복면인은 주먹을 꽉 쥐며 품에서 서신을 꺼냈다.

'어서 보고를.'

문득 복면인이 떠나오기 전 우림중랑장이 모아놓고 한 소리가 뇌리를 떠다녔다.

"찾는 놈은 이번 달 봉급 두 배다."

'크흐흐흐!'

복면인은 히죽거리며 서신을 매만졌다. 이제 전서구만 날리면 자신의 일은 끝이었다.

 그리고 두둑한 녹봉 봉투를 받아들고 황룡각의 미향이에게 달려가면 된다.

 '그러고 보니 미향이를 못 본 지도 두 달이나 됐네.'

 탐스러운 미향이의 엉덩짝을 두들길 생각에 복면인은 침을 꼴깍 삼켰다.

 '어디 보자.'

 복면인은 다시금 저잣거리로 시선을 돌렸다.

 "어?"

 순간 복면인은 침음성을 흘렸다. 분명 짧은 시간이었다. 하지만 목표물은 이미 복면인의 시야에서 사라진 상태였다.

 '어디 간 거야?'

 복면인은 황급히 주위를 살폈다. 눈을 씻고 찾아보았지만 보이지 않았다.

 '이런 제기랄.'

 복면인은 자신의 머리를 쥐어박았다. 어쩔 수 없었다. 찾아나서야 했다. 성과급을 빼앗길 수는 없다.

 복면인은 짧게 한숨을 내쉬며 몸을 돌렸다. 그 순간 눈이 크게 치켜떠졌다. 그의 눈앞에 그림 속의 사내가 서 있었다. 징그러운 미소를 머금은 채.

 "억!"

 복면인은 뒤로 한 걸음 물러섰다.

 무영은 굳은 표정으로 복면인에게 다가섰다. 그리고 손을 뻗어 복면인의 탈출로를 막았다.

 "크윽!"

복면인은 침음성을 삼키며 벽에 바짝 붙었다. 가슴이 미친 듯이 뛰었다. 식은땀이 볼을 타고 흐르고 있었다.

"너 뭐냐?"

무영의 물음에 복면인은 화들짝 놀랐다.

순간 뇌리를 떠다니던 봉급 두 배에 금이 갔다.

"유, 육시랄……."

"육시랄? 어디서 욕지거리야? 좀 맞아라."

무영의 커다란 주먹이 복면인의 동공에 확대되었다.

잠시 후 복면인은 바닥에 널브러져 가쁜 숨을 몰아쉬고 있었다.

"씩… 씨익……!"

부러진 이 사이로 숨이 새어 나왔다. 순간 무영의 눈썹이 꿈틀거렸다.

복면인은 침음성을 흘렸다. 이가 몽창 부러졌기에 혀를 깨물 수도 없다. 입에 물고 있던 자살용 단약은 처음부터 빼앗겨 버렸다.

"주, 죽여라……."

이것이 복면인이 할 수 있는 모든 것이었다. 무영은 비릿한 미소를 지으며 핏물이 덕지덕지 묻은 주먹을 치켜들었다.

빠악!

순간 복면인의 안면이 움푹 파여졌다.

"아악!"

복면인은 양손으로 코를 감싸 쥐려 했다. 하지만 그마저도 무영의 손에 의해 제지당했다.

"모양이 아주 예쁜데?"

무영은 징그러운 미소를 머금으며 복면인을 내려보았다.

"왜 쫓아다녀?"

빠각!

"아악!"

복면인은 얼굴을 부여잡고 바닥을 뒹굴었다. 무영의 시선이 이번에는 복면인의 중심부로 향했다. 순간 복면인은 반사적으로 그곳을 가렸다.

무영은 혀를 끌끌 찼다.

"꼴에 남자라 이거지?"

무영은 그대로 발을 내리찍었다.

"끄어어!"

양손으로 가린들 고통이 없을까. 복면인의 두 눈이 뒤집혔다. 무영은 바닥에 쪼그리고 앉았다.

그렇게 많은 시간이 흐르고서야 비로소 몇 가지를 알아낼 수 있었다.

"그러니까… 이 그림을 받았고 찾아내란 명을 받았을 뿐이란 건가?"

복면인은 눈을 질끈 감은 채 체념한 표정이다. 무영은 턱 주위를 매만지며 침음성을 흘렸다.

"황실 우림닝이라……."

무영이 알아낸 사실이라고는 복면인의 소속뿐이었다. 그는 무영을 찾아내라는 명령을 받았을 뿐이라 말했다.

실제로 섭혼술을 써보았지만 결과는 마찬가지였다.

"끄응."

무영은 신경질적으로 머리를 벅벅 긁었다.

일단 현재까지 알아낸 사실을 정리해 보았다. 두 장의 초상화와 황실의 우림낭.

'왜지?'

무영은 이로 손톱을 깨물며 생각을 했지만 쉽사리 이해가 가질 않았다. 어째서 황실에서 관심을 가지게 된 것일까.

하북성 현마다 우림낭 소속 인원들이 배치되어 있다. 또한 관과의 협조를 통해 조사를 한다.

"어……."

문득 무영의 뇌리를 스치는 바가 있었다.

"황실… 황실… 뒤에 있는 계집… 설마?"

무영은 헛바람을 삼키며 몸을 일으켰다. 만약 염려하는 바가 사실이라면 골치 아픈 일이었다. 갑작스레 얼마 전에 만난 공우가 생각났다, 수도로 오라던 말.

"이런 제기랄……."

어떻게 된 일인지는 알 수 없다. 하지만 결과적으로 무영은 수많은 표적들에 둘러싸이게 된 셈이었다.

"이렇게 나왔다 이거지?"

무영은 입술을 베어 물었다.

"이제 그만 죽여라."

퉁퉁 부은 눈가로 눈물이 흘러내렸다. 하지만 무영의 표정은 냉랭하기 그지없었다.

"싫은데?"

아는 것이 없다. 그 말인즉슨 아무런 이용 가치도 없다는 뜻과 일맥상통했다.

"쓸모가 있는지 없는지는 내가 판단할 문제야."

무영은 고개를 설레설레 저었다. 그냥 보내줄 수는 없었다. 결정적으로 그는 황실의 우림낭 소속이다. 그 말은 황실의 구조를 어느 정도 알고 있다는 소리였다.

그 점만으로도 이용 가치는 있다.

'어디 보자… 일단…….'

무영은 잠시 고심해 보았다. 문제는 어떻게 황실 안으로 들어가냐는 점이었다.

"흐음……."

본래대로라면 연류진이나 소화와 가까워져 자연스럽게 황실 안으로 들어가려 했다. 하지만 그 방법은 글렀다. 모두 떠나왔기 때문이다.

무영은 열심히 머리를 굴러보았다.

"결국 그 수밖에 없겠군."

복면인은 머리를 부여잡고 주저앉았다. 무영은 눈을 부라리며 복면인의 턱을 붙잡고 들어올렸다.

"내 눈이나 들여다봐."

"설마 또……."

무영은 싱긋 미소를 지으며 고개를 끄덕였다.

"잘 아네?"

무영의 눈 주위가 빨갛게 변하기 시작했다. 잠시 후 무영은 황실의 구조가 그려진 종이를 품에 넣으며 미소를 지었다.

"수고했어."

"…예."

복면인의 눈은 몽롱하게 풀려 있었다.

"너는 나를 만난 적이 없는 거야."

"…예."

복면인은 무영의 물음에 느릿한 어조로 답했다. 무영은 만족스러운 미소를 머금은 채 복면인의 뺨을 툭툭 쳤다. 그리고 재빨리 몸을 날렸다.

무영은 턱 주위를 매만졌다. 이대로 다니면 놈들의 먹이가 될 뿐이다. 최대한 은밀하게 잠입해야 했다.

그렇게 얼마나 걸었을까. 성문에 근접했다. 무영은 걸음을 천천히 하며 주위를 살폈다.

성문 앞에는 밖으로 나가려는 사람들이 줄지어 서 있었다. 그리고 관병들이 한 명씩 얼굴을 들여다보고 있었다. 무영은 순간적으로 깨달을 수 있었다.

'제길.'

아까 복면인에게 들은 대로였다. 우림낭은 관아에까지 협조를 구했다.

무영은 고개를 떨구며 옷깃을 세우고는 몸을 돌렸다.

저녁을 이용해 성벽을 넘어야 할 것 같았다.

"으아악!"

찢어질 듯한 비명 소리가 방 안을 울렸다.

"제길 또 시작이야."

추소명은 욕지기를 내뱉으며 소문산의 몸을 짓눌렀다.

"그 새끼! 그 새끼 죽여 버릴 거야!"

소문산은 발악적으로 외치며 몸을 들썩였다. 추소명은 입술을 베어 물었다. 벌써 며칠째 이런 상태를 반복하고 있었다. 실성한 사람마냥 발작을 반복하다가 잠시 제정신을 차린다.

"무슨 놈의 힘이……!"

엄청난 힘에 추소명 역시 들썩였다.

탁!

순간 제압되어 있던 소문산의 손이 허공으로 치솟으며 추소명의 뺨을 스치고 지나갔다. 순간 추소명의 눈썹이 위로 치켜 올라갔다.

"이제 그만 좀 해!"

추소명은 손을 들어 소문산의 수혈을 짚었다. 그와 동시에 소문산의 동공이 위로 올라가며 축 늘어졌다.

그제야 추소명은 바닥에 주저앉으며 가쁜 숨을 몰아쉬었다.

"하아! 하아!"

소매를 들어 이맛가에 솟은 식은땀을 닦아냈다. 점점 벅차온다.

달칵!

그 순간 문이 열리며 한 사내가 들어왔다. 그 모습을 바라보던 추소명의 얼굴에 한 가닥 안도의 빛이 깃들었다.

"공우."

사내, 공우는 고개를 끄덕이며 침상 쪽으로 다가왔다.

"네가 고생이 많구나."

"말도 마. 점점 벅차오니까."

"그래……."

공우는 쓸쓸한 미소를 머금은 채 폐인처럼 늘어진 소문산을 바라보며 고개를 설레설레 저었다. 추소명은 한숨을 내쉬며 이리저리 헝클어진 소문산의 머리를 뒤로 넘겨주었다.

"제기랄… 그 약… 역시 뭔가 있어."

약이란 말에 공우의 눈가에 힘이 들어갔다. 찰나의 변화였지만 추소명은 놓치지 않았다. 그녀는 몸을 벌떡 일으키며 공우의 양 어깨를 부여잡았다.

"너! 뭔가 알고 있지?"

"……."

"역시 그 약이 문제였던 것 아니야?"

공우는 애써 시선을 외면했다. 그런 모습에 추소명은 이를 으득 갈았다.

"너랑 현아! 도대체 무슨 짓을 작당하고 있는 거야?"

"조금만……."

"뭐?"

"조금만 기다려 줘."

공우는 서글픈 표정으로 고개를 떨궜다. 그런 모습에 추소명은 손을 늘어뜨렸다. 이내 그녀는 손톱을 물어뜯었다.

"그 자식… 용서 못해."

"그 자식이라니?"

공우의 되물음에 추소명은 지독하리만치 차갑게 가라앉은 표정으로 중얼거렸다.

"무현! 그 자식 때문에 이런 꼴이 된 거잖아?"

"너 설마?"

추소명은 침상 옆에 가지런히 놓여 있던 검집을 들었다. 순간 공우가 그녀의 앞을 막아섰다.

"쓸데없는 짓은 그만둬!"

"웃기지 마!"

추소명은 악다구니를 쓰며 거칠게 공우를 밀쳤다.

"그 자식이 요상망측한 약을 준 탓이야!"

"알아! 나도 알고 있어! 하지만 말이야!"

잠시 말끝을 흐린 추소명이 널브러져 있는 소문산을 가리켰다.

"무영도 그래. 그 녀석이 뭐길래! 도대체 뭐길래 우리가 이래야 해!"

그녀의 눈가에 눈물이 맺히기 시작했다. 공우는 재빨리 추소명을 품에 안으며 부드럽게 머리를 쓰다듬어 주었다. 한껏 가라앉은 목소리로 추소명을 달래기 시작했다.

"조금만 참자. 응? 나 믿지?"

"흑! 산이가 잘못되기만 해봐. 무현이나 너나 다 죽어…….."

"그래, 그렇게 할 테니까 일단 지금은 참아."

공우는 한숨을 내쉴 수밖에 없었다. 그때였다.

끼익.

또다시 문이 열리며 자그만 어린아이가 들어왔다. 입가에 징그러운 미소를 머금은 무현이 추소명을 향해 손을 들었다.

"여어."

순간 추소명의 머리칼이 곤두섰다.

"너 이 자식!"

팅!

추소명이 땅을 박차며 순식간에 무현을 향해 거리를 좁혀갔다.

"흥!"

무현은 단박에 품으로 파고든 채 검을 날리는 추소명을 바라보며 차가운 미소를 머금었다. 공우는 눈을 부릅떴다. 막을 새도 없이 무현의 얼굴을 향해 검이 수직으로 치솟아 올랐다.

깡!

살가죽이 베어지는 소리가 아닌 막힌 것과 같은 소리가 방 안을 울렸다.

우웅! 우웅!

"크으윽!"

추소명은 얼굴을 일그러뜨렸다. 그녀의 검은 무현의 손아귀에 막혀 있었다. 무심한 눈동자가 추소명을 훑고 있었다.

"너… 죽고 싶냐?"

"크윽!"

추소명은 침음성을 흘릴 뿐이었다. 그런 모습에 무현이 입이 살며시 벌어지며 새하얀 치아가 드러났다.

"죽고 싶구나?"

스윽.

자유로운 무현의 손이 허공으로 들려졌다. 뒤이어 시뻘건 기운이 꽉 쥐어진 주먹 주위로 피어오르기 시작했다. 그 모습을 보고 있던 공우가 내기를 머금은 음성으로 일갈했다.

"그만둬!"

쯔컹!

순간 사방의 벽이 흔들리며 흉하게 갈라졌다. 일갈성으로 이루어진 위력이었다. 옹골차게 떠진 공우의 눈에는 노기가 흐르고 있었다.

"명아한테 손만 대봐."

공우는 노호성을 쥐어짜며 무현을 노려보았다.

"훗."

그제야 무현은 피식 웃으며 들고 있던 주먹을 내렸다. 그리고 추소명을 벽 한편으로 내던졌다.

"꺄악!"

추소명은 가냘픈 비명성과 함께 바닥에 널브러졌다. 공우는 재빨리 다가와 그녀를 일으켜 세웠다.

"괜찮니?"

"저, 저리 치워!"

추소명은 공우의 손을 쳐내며 몸을 일으켰다.

"헉! 헉!"

추소명은 가쁜 숨을 몰아쉬었다. 분노는 여전했지만 어지간히도 놀란 표정이었다. 반대로 무현의 얼굴은 평온하기 그지없었다. 조용히 걸음을 옮겨 잠들어 있는 소문산에게 다가갔다.

"가지마!"

추소명은 다급하게 외치며 무현의 앞을 막아섰다.

"비켜, 이 계집애야."

무현은 차가운 표정으로 한 걸음을 내딛었다.
움찔!
추소명은 어깨를 흠칫 떨며 옆으로 물러섰다. 그녀 자신의 의지가 아닌 반사적인 행동이었다. 맹수 앞에 선 초식동물.
무현은 자신만만한 걸음으로 침상 앞에 섰다. 그리고 소문산을 내려보다가 짚었던 수혈을 풀려 했다.
"무현! 무슨 짓이냐?"
공우는 침중한 어조로 물었다. 무현은 어깨를 으쓱이며 소문산을 깨웠다.
"으으으……!"
이내 소문산이 침음성을 흘리며 눈을 떴다.
"여, 여긴……?"
"정신이 드냐?"
무현의 물음에 소문산은 고개를 끄덕였다. 그리고 떨리는 목소리로 말문을 열었다.
"현… 내 몸… 내 몸이 어떻게 된 거지?"
소문산은 잔뜩 겁먹은 표정으로 몸을 부르르 떨었다. 여태까지의 모든 일이 기억난다. 마치 자신이 아닌 것 같은 몸짓. 그리고 가학적인 성격.
깨달고는 있었다. 하지만 제어가 되질 않았다.
"그러고 보니… 나 무영에게 져버렸나?"
갑자기 생각났는지 싸움에 대해 중얼거리는 소문산의 어조가 침울했다. 그 모습을 보고 있던 무현은 고개를 끄덕였다.
"그래, 져버렸다."
"그렇군. 나 진 거군."
침중한 중얼거림을 듣고 있던 무현이 소문산을 내려보며 징그러운 미소를 머금었다.

"복수하면 되잖아?"

"응?"

소문산은 고개를 들었다. 그와 동시에 말뜻을 깨달은 공우가 발악적으로 외쳤다.

"무현! 너 제정신이냐!"

하지만 무현은 못들은 체하며 품에서 저번과 같은 단약을 꺼내 들었다.

"너도 복수하고 싶지?"

순간 소문산의 눈이 뒤집혔다.

"크아악! 그 자식! 그 자식 죽여 버리겠어!"

다시금 시작된 발작. 그와 동시에 무현의 입꼬리가 말려 올라갔다.

"그래, 산아. 그 기세야. 죽여 버려."

"죽여 버리겠어!"

"이것만 먹으면 죽일 수 있어."

"죽여 버릴 거야!"

소문산은 손을 허우적거리며 무현의 손 위에 들려진 단약을 빼앗으려 했다. 하지만 그때 소문산이 다시금 침상 위에 널브러졌다. 어느새 다가온 추소명이 수혈을 짚은 것이다.

"무슨 짓이지?"

무현은 추소명을 노려보았다. 추소명은 침을 꼴깍 삼켰다.

"내놔."

"뭐?"

"내가 먹어줄게."

"명아! 안 돼!"

뜻밖으로 치닫는 상황에 공우가 발악적으로 외친다. 하지만 추소명의 표정은 단호했다.

"산이에게 먹일 수는 없어. 그리고… 무영 그 자식만 죽이면 그만 아니야?"

"너 무슨 소리……."

퍼억!

뭐라 말하려던 공우의 몸이 뒤로 쭉 밀려났다. 어느새 무현의 주먹이 공우의 얼굴을 가격했다.

"크윽… 크르륵!"

공우는 양손으로 입 주위를 감싼 채 신음성을 흘리고 있었다. 피 끓는 소리가 입에서 새어 나왔다. 뒤이어 손가락 마디 사이로 피가 흘렀다.

"퉤!"

투둑! 투두둑!

공우가 침을 뱉자 한 가득 핏물과 함께 이빨들이 바닥에 떨어졌다.

무현은 차가운 표정으로 공우를 한 차례 바라본 후 추소명에게 다가갔다.

"잘 생각했어."

무현은 은근한 목소리로 단약을 추소명의 눈앞에 가져갔다.

"그래… 그 자식만 죽이면…….''

추소명은 침을 꼴깍 삼키며 손을 뻗어 단약을 집어 들었다. 그리고 무현을 바라보며 차갑게 입을 열었다.

"난 네가 싫어."

"그래 알아. 나도 네가 싫으니까."

무현은 빙그레 웃으며 고개를 끄덕였다. 그리고 추소명은 단약을 삼켰다.

그 모습을 바라보던 공우는 눈을 질끈 감으며 외쳤다.
"다들 미쳤어! 너희들 다 미쳤어!"
순간 무현은 실성한 사람마냥 허리를 꺾으며 웃기 시작했다.
"크흐흐흐! 그래. 다 미쳤지. 온 세상이 다 미쳐 돌아가고 있으니까!"

무영은 죽립을 눌러쓴 채 객점에 앉아 있었다. 일단은 이것이 임시방편이기는 했지만 의외로 쓸모가 있었다.
이제 어둑해지고 있었다. 조금만 더 있으면 움직일 수 있을 것이다.
무영은 죽립을 깊게 누르며 술잔을 들어 한 모금 머금었다.
"쓰군."
무영은 눈살을 찌푸리며 술잔을 내려놓았다. 그리고 창밖을 바라보았다.
"지금쯤… 난리가 났을 테지?"
무영은 쓴 미소를 지으며 고개를 설레설레 저었다. 남소혜가 깨어났을 시간이다. 지금쯤이면 자신이 사라졌음을 깨달았을 터.
'어쩔 수 없지.'
무영은 자조 섞인 미소와 함께 다시금 술잔을 들었다. 술맛이 조금은 썼지만 마셨다.
그렇게 얼마나 시간이 지났을까. 탁자 위에 놓인 술병이 두 개로 늘어났을 무렵 미약하지만 울음 섞인 목소리가 무영의 귓가를 파고들었다.
너무나도 낯익은 그 소리에 무영은 창밖으로 시선을 돌렸다.
"으아앙! 오라버니!"
남소혜는 서럽게 울며 저잣거리를 달렸다. 그 뒤로 소화와 호위무사들이 다급한 발걸음으로 따르고 있었다.
"오라버니! 오라버니!"

주체할 수 없이 흐르는 눈물 콧물을 닦으려는 생각도 하지 못했다.

무언가 이상하다고 생각하지 못했다. 모든 것이 평소와 다름없었다. 무영의 품에서 잠들었다 깨어나고 말을 타고 올적에도 언제나처럼 실없는 농담을 주고받았다. 그런데 이렇게 되어버렸다.

도시에 도착하고 갑작스레 피곤이 몰려와 잠시간 눈을 감았다 떴다. 하지만 무언가 이상하다고 생각했다. 무영의 품이 아닌 방에서 깨어났다. 또한 두 시진이란 시간이 지난 상태였다.

남소혜는 습관처럼 무영을 찾았다. 하지만 이미 그는 사라져 버렸다. 대신 웬 이름 모를 사내와 여인이 남소혜에게 미소를 짓고 있었다, 이제부터 자신들이 부모라는 소리와 함께.

그 순간 남소혜는 방을 박차고 나왔다.

"아가씨! 일단 멈춰서 우리 이야기를 들어요!"

소화와 무사들의 다급한 목소리가 저잣거리에 메아리쳤다. 하지만 남소혜를 잡을 수 없었다. 체구가 자그만 남소혜는 수많은 사람들 틈바구니를 수월하게 빠져나갔지만 그들은 그럴 수 없었다.

결국 남소혜를 놓친 소화가 망연자실한 얼굴로 바닥에 주저앉았다.

"……."

무영은 그 모습을 멍하니 바라보다가 몸을 일으켰다.

남소혜는 움츠린 고양이처럼 잔뜩 경계 어린 눈빛으로 주위를 살폈다. 정신없이 달리다 보니 길을 잃은 것이다.

"흑! 여기가 어디지?"

서러움에 복받쳐 다시금 눈물이 왈칵 솟았다.

활발했던 거리는 어느덧 사라졌다. 허름한 나무판자로 대충 만든 집들이 늘어서 있고 길가에는 비쩍 마른 아이들이 주저앉아 있다. 그리고 잘

벼린 칼처럼 예리한 눈매를 가진 사내들은 단정하고 고급스러운 옷을 입을 남소혜에게 시선을 고정하고 있었다.

남소혜는 이런 상황에 어찌할 바를 몰랐다. 그때 자기들끼리 모여 속닥이던 사내들 중 한 명이 남소혜에게 다가왔. 건들거리는 발걸음과 입가에 띤 징그러운 미소에 남소혜는 질린 표정으로 뒷걸음질 쳤다.

"어이, 이봐."

어느새 다가온 사내가 남소혜에게 손을 뻗었다.

'도망쳐야 하는데… 어떻게 해.'

석상처럼 굳어진 몸이 통제를 벗어났다. 발걸음을 옮길 수가 없었다. 꿀 먹은 병아리처럼 아무런 말도 못하고 몸만 바들바들 떨고 있었다.

'오라버니!'

남소혜는 눈을 질끈 감으며 몸을 움츠렸다.

아무것도 보이지 않는 어둠 속에 자신을 감추려 애썼다. 그때,

퍼벅!

털썩!

갑작스레 들려오는 소리. 남소혜는 질끈 감고 있던 눈을 슬그머니 떴다. 희미한 시선 사이로 익숙한 등이 보였다. 업히거나 말을 타고 가면 무영의 허리를 붙잡았다. 너무도 따뜻하고 커다랗던 남소혜,

"오, 오라버니?"

하지만 아니었다. 커다랗다고 생각했던 등은 너무도 자그만 했다.

"괜찮니?"

남소혜의 앞을 막아서고 있던 사람이 고개를 돌려 남소혜를 바라보았다. 순간 고개를 갸웃거릴 수밖에 없었다.

"사내아이?"

남소혜보다 작은 사내아이였다. 이제 막 열 살이 넘었음직한 외모. 하

지만 그보다 이상한 점이 있었다.

'화를 내고 있어.'

분명 처음 보는 아이였다. 하지만 화를 내고 있었다.

'나를 위해서.'

사내아이, 무영은 이를 으득 갈며 남소혜를 막아섰다.

본래의 몸으로 바꾸고 뒤쫓았다. 겨우 찾았을 무렵 남소혜는 빈민촌의 한가운데서 바들바들 떨고 있었다. 동네 건달들이 징그럽게 눈을 번뜩이며 남소혜에게 수작을 걸려 하고 이었다.

"흥!"

무영은 발밑에서 꿈틀거리고 있는 녀석의 목을 밟으며 안광을 번뜩였다.

"저 새끼 뭐야?"

"뭐긴 뭐야? 일단 조져!"

조그만 꼬마 아이가 패거리 중 한 명을 쓰러뜨렸다. 뭔가 이상하기는 했지만 본능대로 움직였다. 수적으로 우세하기도 하거니와 당한 녀석은 평소부터 칠칠맞지 못해 놀림받던 녀석이었기 때문이다.

"네까짓 것들이 감히!"

무영은 차갑게 외치며 녀석들을 향해 몸을 날렸다.

퍽!

덩치가 육 척에 이르는 녀석의 품으로 파고들어 턱에다가 주먹을 꽂아 넣은 것은 한순간이었다.

털썩!

거체가 바닥에 널브러졌다. 한순간 패거리들의 눈에 당혹감이 스쳤다. 살기를 머금은 눈이 번뜩이고 있었다.

무언가 잘못되었다는 생각이 든 것은 무영의 눈을 본 직후였다. 녀석은 위험하다. 보통의 어디서나 볼 수 있는 꼬마 아이가 아니었다.

하지만 그것 역시 생각만으로 그칠 수밖에 없었다. 어느새 다가온 무영으로 인해 모두 바닥에 내리 꽂혔다.

"끄윽… 끄윽!"

처음 공격을 당한 육 척 장신의 사내는 턱을 감싸진 채 바닥을 데굴데굴 구르고 있었다.

다른 이들 역시 공격당한 부위를 붙잡고 꿈틀거리며 신음성을 흘리고 있었다.

무영은 눈썹을 치켜뜬 채 발을 들어 장신 사내의 머리를 후려쳤다.

빠각!

"아윽! 아아악!"

한 번의 발길질로 안면이 함몰된 사내가 얼굴 전체를 감싸 쥐며 비명성을 내질렀다. 무영은 차가운 표정으로 주위를 살폈다. 많은 수는 아니었지만 길거리를 지나던 사람들이 어느새 자취를 감춘 상태였다.

싸늘한 거리의 풍경. 무영은 살며시 고개를 돌려 남소혜를 바라보았다. 눈을 질끈 감은 채 주먹을 꼭 감싸 쥐고 있는 모습이 보였다.

"꺼져."

무영은 주변에 널브러져 있던 사내의 엉덩이를 후려치며 말했다.

"히이익!"

그 말이 끝나기가 무섭게 건달 녀석들이 각기 일어서서 도망쳤다.

"후우."

무영은 짧게 한숨을 내쉬며 흐트러진 머리를 슬어 넘겼다. 그리고 천천히 남소혜를 향해 걸음을 옮겼다.

"끝났어."

"…에?"

남소혜는 한쪽 눈을 살며시 떴다. 이내 시선에 들어오는 아이의 모습에 바닥에 주저앉았다. 극도의 공포와 긴장감이 풀리자 몸이 통제를 잃은 것이다.

"괜찮니?"

무영이 바닥에 쪼그리고 앉으며 남소혜를 바라보았다. 순간 그녀가 닭똥 같은 눈물을 뚝뚝 흘렸다.

"흑! 흐흑! 무서웠어. 무서웠단 말이야!"

남소혜는 이름 모를 아이를 와락 안으며 참았던 울음을 터뜨렸다. 무영은 짧게 한숨을 내쉬며 남소혜의 등을 토닥여 주었다.

"일단 여기서 나가자."

"흐흑… 응."

무영은 반쯤 안기다시피 한 남소혜를 이끌고 걸음을 옮겼다.

그렇게 얼마나 시간이 지났을까. 빈민가에서 멀어진 무영은 골목가에 걸음을 멈췄다.

"이제는 괜찮아."

무영은 끈덕지게 달라붙어 있는 남소혜를 떼어내며 말문을 열었다. 그제야 남소혜가 살짝 얼굴을 붉히며 떨어졌다. 부끄러웠다. 자신보다 어려 보이는 사내아이에게 의지를 하다니.

"으, 응……."

남소혜는 고개를 돌리며 말을 더듬거렸다. 그런 모습에 무영은 희미한 미소를 지으며 바닥에 쪼그리고 앉았다.

"거긴 위험한 곳이야."

"미안."

남소혜는 고개를 끄덕이며 자신을 구해준 은인의 얼굴을 바라보았다. 이제야 좀 자세히 뜯어볼 수 있게 되었다.

"어?"

순간 남소혜가 눈을 동그랗게 뜨며 양손을 뻗었다.

"왜 그래?"

갑작스레 양 머리를 잡힌 무영이 눈살을 찌푸렸다. 그때 남소혜가 멍한 어조로 말문을 열었다.

"…닮았어."

"응?"

"오라버니랑."

"그래?"

무영의 물음에 남소혜는 힘차게 고개를 끄덕였다. 하지만 이내 침울한 기색이 되어 고개를 떨궜다.

"흑……"

"넌 계속 우는구나?"

무영은 짐짓 퉁명스런 어조로 남소혜를 몰아붙였다. 하지만 그녀는 반박할 기색도 없이 눈물을 찔끔거릴 뿐이었다.

"날 버렸어."

움찔.

나직한 한마디에 무영의 몸을 부르르 떨었다. 무영은 조심스럽게 말문을 열었다.

"…그래서 밉니?"

"내가 매일 귀찮게 굴어서… 그래서 이제는 오라버니도 내가 미워진 거야."

남소혜는 눈물을 뚝뚝 떨구며 중얼거렸다. 그런 모습에 무영은 짧게 한숨을 내쉬며 말문을 열었다.

"배고프지 않아?"

"응?"

꼬르륵.

고개를 갸웃거리던 남소혜는 배에서 들리는 소리에 얼굴을 붉혔다. 무영은 피식 웃으며 손을 뻗었다.

"따라와."

무영은 반대편에 앉아 쉴 새 없이 젓가락을 놀리는 남소혜를 바라보았다.

"천천히 먹어도 돼. 안 뺏어 먹어."

"응."

남소혜는 연신 고개를 끄덕이면서도 젓가락을 쉬지 않았다. 무영은 피식 웃으며 자신의 앞에 놓인 음식 그릇을 남소혜 쪽으로 밀어주었다.

그렇게 얼마의 시간이 지나고 배가 불러오자 남소혜는 의자 등받이에 기대앉아 빵빵하게 올라온 배를 매만졌다.

"배불러."

"이제 배불러?"

"응."

남소혜는 고개를 끄덕이다가 주위를 살피며 목소리를 낮췄다.

"나… 돈 없는데."

무영은 피식 웃었다.

"걱정마. 내가 사는 거니까."

"헤에."

그 소리에 비로소 남소혜의 입가에 미소가 걸렸다.

"잘사는 집 도련님이구나?"

"응?"

"그렇잖아?"

어린아이가 아무렇지도 않게 객점에 들어올 생각을 하는 것을 보니 그럴 것이라고 생각했다. 무영은 희미하게 웃으며 턱을 괴었다.

"좋을 대로 생각해."

"헤헤."

남소혜는 한층 밝아진 목소리로 귀엽게 웃음을 흘렸다. 무영은 찻잔을 매만지다가 말문을 열었다.

"배 좀 꺼지면 데려다 줄게."

갑작스런 말에 남소혜의 얼굴이 한순간 굳어졌다. 그녀는 힘차게 고개를 저었다.

"싫어."

"왜?"

무영의 물음에 남소혜는 얼굴을 떨군 채 말했다.

"오라버니 찾을 거야."

무영은 혀를 끌끌 찼다. 이 녀석은 아직 포기하지 않은 모양이다.

'하긴… 쉽게 포기될 리가 없지.'

무영은 허탈한 표정으로 남소혜를 주시하다가 말문을 열었다.

"네 말대로라면 그 녀석은 오라비도 아니야, 널 버렸다며?"

순간 남소혜의 눈썹이 치켜 올라갔다.

"함부로 말하지 마!"

남소혜는 빽 소리를 질렀다. 한순간 객점 안의 시선이 무영과 남소혜를 향해 집중되었다.

무영은 다급하게 한 손으로 자신의 얼굴을 가리며 목소리를 낮췄다. 무영을 찾는 관병들로 인해 조심해야 하는 상황이었다. 만에 하나 들키면 골치 아파진다.

"쉿!"

"너 나쁜 녀석이구나?"

"사과할 테니 제발 목소리 좀 줄여."

무영이 거듭 사과했지만 남소혜는 씩씩거렸다. 하지만 방금 전처럼 대뜸 소리를 지르지는 않았다. 무영은 안도하며 의자 등받이에 몸을 푹 밀어 넣었다.

"그래서… 돌아가지 않을 거야?"

"응."

"절대로?"

"절대로 안 돌아가."

남소혜는 굳은 표정으로 고개를 끄덕였다. 그런 모습에 무영은 고개를 설레설레 저었다.

"어쩔 수 없구나."

체념 어린 안색.

"네가 그렇게 힘들어할 줄이야……."

"응?"

귀염성을 머금었던 목소리의 분위기가 바뀌었다.

"본래 이랬어야 할지도 몰라."

"무슨 소리야?"

"소혜야, 미안하구나."

"어? 네가 내 이름을 어떻게 알아?"

남소혜는 고개를 갸웃거렸다. 무영은 쓴 표정으로 내기를 돋궜다.

"나 같은 것은 잊고 평범하게 살아다오."

스스스.

무영의 눈동자가 조금씩 핏빛을 띠기 시작했다.

"아가씨!"
객점 밖에서 발을 동동 구르던 소화는 무사히 돌아온 남소혜를 품에 안으며 눈물을 훔쳤다. 그런 모습에 남소혜는 고개를 갸웃거리며 말문을 열었다.
"언니 왜 그래요?"
"어디 갔다가 오신 거예요?"
걱정이 한가득 묻어 나오는 목소리에 남소혜는 배시시 웃었다. 소화는 남소혜의 옆에 서 있던 무영에게 시선을 주며 친근하게 미소를 지었다.
"네가 아가씨를 모셔왔다고?"
"하마터면 큰일날 뻔했어요. 빈민촌은 위험하거든요."
무영은 짐짓 천진난만한 미소를 지으며 말문을 열었다. 소화는 어려진 그를 알아보지 못했다. 하지만 연신 고개를 갸웃거렸다. 자꾸 누군가가 생각났기 때문이다.
"고마워, 정말 고마워."
"천만에요. 해야 할 일을 했을 뿐인데요."
소화는 연신 이름 모를 사내아이에게 감사의 인사를 건네다가 무언가라도 사례를 해야 할 것 같았다.
"예, 일단 들어와서… 어?"
말을 건네던 소화는 이리저리 고개를 돌려보았다. 어느새 아이는 그 자리에 없었다.
"없어?"
흡사 원래부터 그 자리에 존재하지 않았던 것처럼.

왠지 모르게 무영의 모습이 투영되던 외모였다. 그가 어렸을 때라면 필시 그런 생김새였을 것이라 생각될 정도로. 하지만 그것은 그녀만의 생각일 따름이었다. 이윽고 칭얼거리는 남소혜에게 정신을 빼앗겨 버렸다.

"땀에 절었어요. 씻겨줘요."

"아가씨 절대 혼자서 나가시면 안 돼요. 요즘 세상이 얼마나 무서운데요."

"그냥 좀."

남소혜는 머리를 긁적이며 미소를 짓는다. 그런 모습에 소화가 와락 남소혜를 안았다.

"이제 그러면 안 돼요. 무영님은 이미 없어요."

그때 남소혜가 눈을 깜박이며 소화를 바라보았다.

"무영? 그게 누구예요?"

"예?"

너무나도 천진하게 되묻자 소화는 아무런 말도 할 수 없었다. 그때였다.

뚝.

"어?"

남소혜는 손등으로 눈 주위를 부볐다. 따듯한 눈물이 묻어 나왔다.

"이상하네… 왜 눈물이 나오지?"

소화는 눈물을 닦았다. 이 상황이 이해가 가질 않았다, 왜 무영이란 말에 눈물이 솟는지. 그리고 이토록 가슴이 아픈지도.

"왜 멈추질 않지?"

"…아, 아가씨……."

남소혜는 왠지 모르게 흐르는 눈물을 연신 소매로 닦았다. 그리고 저 멀리서 그 모습을 바라보던 무영은 쓴 미소를 지으며 몸을 돌렸다.
 터벅. 터벅.
 힘없이 발걸음을 옮겼다. 왠지 팔짱을 끼고 있던 손아귀에 힘이 들어갔다.

제22장
고금제일의 기재

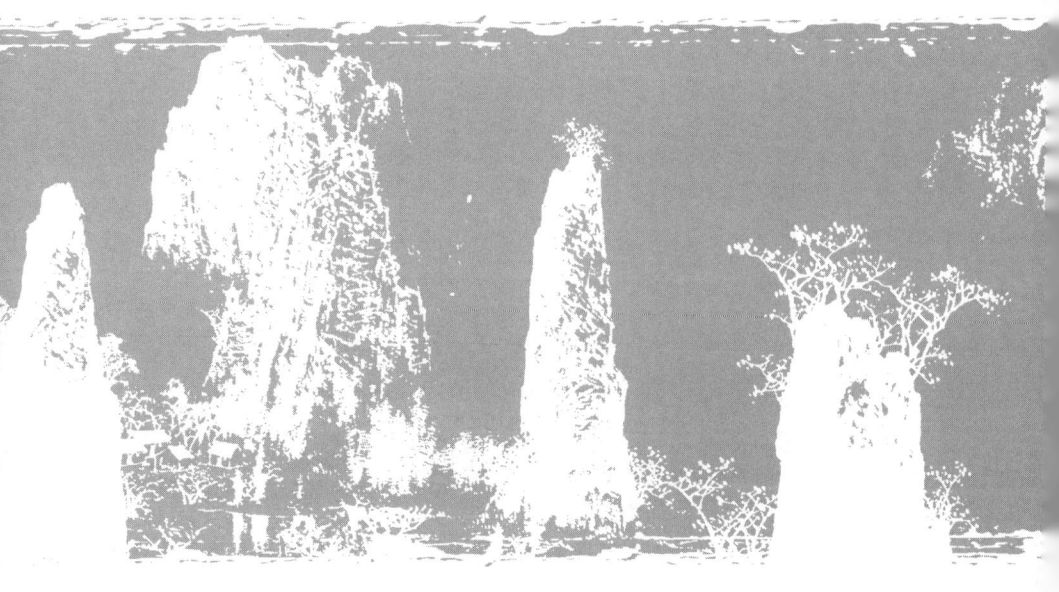

고금제일의 기재

남궁민이 머무는 처소는 조용했다.

언제나와 같은 분위기였다. 한 가지 다른 점이라면 남궁세가 주인 남궁문이 있다는 정도였다.

남궁민은 허리를 곧게 펴고 의자에 앉아 남궁문을 바라보았다.

"대강의 내용은 들어서 알고 있겠소만."

"예."

남궁문은 고개를 끄덕였다. 하지만 얼굴에 깃든 한가닥 의구심을 지울 수는 없었다.

"왜, 아직도 걱정되오?"

"……."

남궁문은 고개를 떨궜다. 그런 모습에 남궁민은 짧게 한숨을 내쉬었다.

"…하나뿐인 자식입니다. 안될 수가 없지요."

"녀석도 이제는 성인이외다. 어쩔 수 없는 일이오."

남궁민이 나직하게 말했다. 그 모습에 남궁문은 잠시 주저하다가 어렵사리 말문을 열었다.

"사도련과 황실이 손을 잡았다니… 분명 그럴듯한 말이기는 합니다만 아무리 생각해도 믿기가 힘들군요."

"그렇지. 나 역시 그러하니까. 하지만 조사해 봄 직할 만한 일이 아니겠소?"

"예."

"녀석들이 쌍수를 들고 자처한 일이니까."

후지기수들의 모임이라는 십룡회.

남궁창 역시 그곳에 소속되어 있었다. 그들이 조사를 위해 떠난 지도 벌써 한 달이라는 시간이 지났다.

남궁민은 짧게 한숨을 내쉬었다. 말을 이렇게 했지만 한가닥 걱정스러운 마음이 드는 것은 막을 수가 없었다. 남궁문에게는 하나뿐인 자식, 남궁민에게는 손자이기 때문이다.

"잘되기를 빌 수밖에… 그리고 대비를 해두는 것 역시 우리들의 의무지."

밤을 이용해 무사히 성을 나선 무영은 황도를 향해 뻗은 대로 한가운데를 걸었다.

하늘에는 수없이 흩뿌려진 별, 땅에는 밤벌레 소리가 침울해진 무영의 마음을 달랬다.

"오늘은 이만 가야겠어."

무영은 양미간 사이를 손으로 짓누르고는 주위를 살폈다. 그때 저 멀리 희미하지만 빛이 보인다.

"응?"

무영은 고개를 갸웃거리며 그쪽으로 발걸음을 옮겼다.

길가 한 켠에 자리잡은 한 사내가 나무 밑에 앉아 있었다. 불을 피우고 침낭까지 깔고 앉아 마른 고기를 뜯고 있었다.

사내는 무영의 인기척을 느꼈는지 고개를 들며 몸을 일으켰다. 처음 무영이 그의 얼굴을 보고 느낀 점은 두 가지였다.

하나는 참 잘생겼다는 것이다. 하얀 얼굴에 짙은 눈썹. 훤칠한 이목구비가 돋보였다. 중원인과는 다르게 각진 얼굴에 양 눈이 깊숙이 들어가 있었다.

상당히 이국적인 외모의 미남이었다.

'기이하군.'

두 번째는 눈이었다. 양 눈동자의 색깔이 다르다. 한쪽은 흑요석 같은 빛깔이라면 다른 편은 하늘색이었다. 잠시 생각하던 무영은 이내 깨달을 수 있었다.

'그렇군. 혼혈이군.'

어디선가 들어본 적이 있다. 드물기는 하지만 양 눈동자의 색깔이 다르게 태어나는 경우가 있다. 사내는 무영을 바라보며 고개를 갸웃거렸다.

"꼬마 아이?"

"안녕하세요."

무영은 방긋 웃으며 인사했다. 현재는 본래의 어린 모습으로 바꾼 상태였기 때문이다. 관병들에게 의해 얼굴이 알려져 있기는 하지만 어른일 때보다는 수월하다. 아무래도 어린아이라면 조금은 방심할 여지가 있기 때문이다.

더욱이 언제 닥쳐올지 모르는 녀석들도 한몫했다. 저번 소문산으로 인해 곤혹을 치룬 탓이다.

커다란 몸의 경우는 진기를 삼분지 일 이상 돌려야 했기에 상대하기가 쉽지 않았다.

"혼자니?"

"예."

무영은 고개를 끄덕였다. 사내는 반으로 접었던 침낭을 펴며 권했다.

"밤도 깊었고 날씨도 서늘하다."

"제 것 있어요."

무영은 배시시 웃으며 혁낭을 끌러 침낭을 꺼내 들었다.

"다행이네요. 땔감 주으러 다니는 것도 일인데."

무영은 침낭으로 몸을 덮으며 말을 붙였다. 사내 역시 미소로 답하며 땔감 하나를 불에다가 던졌다.

"여행하는 거니?"

"예."

"어디 가는데?"

"황도로 가요."

그런 모습을 바라보던 사내는 놀랍다는 표정이다.

"호오, 나랑 같네?"

사내는 눈을 동그랗게 뜨며 무영 쪽으로 몸을 붙였다.

"이것도 인연이구나."

"그러네요. 그것보다 아저씨는 무슨 일로 황도로 가세요?"

무영의 물음에 사내는 손가락을 좌우로 까닥이며 말문을 열었다.

"아저씨가 아니란다. 형이지."

"아, 예."

"자, 불러보렴. 연유혼 형."

"…연유흔 형."

무영이 순순히 호칭을 바꿔주자 연유흔은 기뻐하는 기색이 완연했다.

"네 이름은?"

연유흔의 물음에 무영은 잠시 생각해 보았다. 본명으로 말할 것인가……. 하지만 이내 말문을 열었다.

"무영."

"무영? 그림자가 없다?"

무영이 고개를 끄덕였다. 연유흔은 이내 친근한 표정이 되어 품을 뒤졌다.

"먹을래?"

연유흔은 육포를 꺼내 무영에게 권했다. 무영은 선선히 받아 들고는 씹었다. 그렇게 얼마간 이야기를 나누었을 무렵이었다.

연유흔은 둘 사이가 어느 정도 좁혀졌다고 생각했는지 본격적으로 말문을 열었다.

"너 혹시 마즈다님을 아니?"

"마즈다?"

잠시 고개를 갸웃거리던 무영은 이내 마즈다에 대해 기억해 낼 수 있었다. 파사국(波斯國:페르시아)에서 전래된 종교인 조로아스터교의 신을 칭하는 것이었다. 그리고 중원에 와서는 명교나 배화교라는 이름으로 바뀌어 있었다.

'사파의 사람이네.'

무영은 짐짓 모르겠다는 표정으로 고개를 갸웃거렸다. 그런 모습에 연유흔의 눈에 기광이 서렸다.

"마즈다님은 아수라 마즈다님이라고 한단다."

"…예."

무영은 불안한 눈동자로 연유흔을 바라보았다.
'설마······.'
"숨겨서 뭣하리. 사실 나는 명교란 곳에서 마즈다님의 가르침을 공부했던 자란다. 그분의 말씀은 하나같이 주옥같은 것들 뿐이지."
연유흔은 손을 가슴에 얹으며 자부심 넘치는 목소리로 말을 이어갔다.
"그래서 생각했단다. 더욱더 많은 이들이 마즈다님의 가르침을 배웠으면 좋겠다! 라고."
무영은 고개를 끄덕이며 간단하게 요약했다.
"그래서 황도에 포교 활동하러 가시는 거군요?"
"그것은 아니란다. 그리고 성스런 길을 포교란 조약한 단어로 표현하기에는 무리라고 생각하지 않니?"
"하긴 그것도 그러네요."
"이것도 인연인데 이 기회에 성스런 마즈다님의 말씀을 공부하는 것이 어떻겠니? 내가 쉽게 가르쳐 주마."
무영은 짧게 한숨을 내쉬었다. 자신의 신념을 남에게도 전파하려 하는 자들이 가끔씩 있다.
무영이 짐짓 고개를 끄덕여 주는 한편 연유흔을 바라보며 말문을 열었다.
"저 부처님 믿거든요?"
"······."
본래 아무것도 믿지 않는 주의지만 일단 이렇게 말해주었다. 그것을 모르는 연유흔은 침울한 기색이 되었다. 너무나도 단호한 무영의 말 때문이었다.
"끄응··· 그래?"
연유흔은 몸을 돌려 침낭을 머리끝까지 덮더니 이내 잠들었다.

다행히 마구잡이식 무뢰배는 아닌 모양이다. 무영은 피식 웃으며 하늘을 올려다보았다.

"휴우……."

팬시리 남소혜의 생각이 났다.

"무영? 그게 누구에요?"

욱씬.

문득 무영은 가슴 한편을 부여잡았다.

'어째서.'

무영 자신이 결정을 내리고 행했다. 그것이 올바른 선택이었다. 그렇지 않았다면 소화는 헤어 나오지 못했을 수도 있었다.

그럼에도. 그럼에도 불구하고,

'가슴이 아프다.'

이제 소혜는 무영을 모른다. 그녀의 기억에서 사라졌다.

무영이란 단어에 아련하게 가슴 한편이 우울해지기만 할 뿐이다. 그마저도 시간이 지나면 모래성처럼 바람에 흩날려 사라지겠지만.

연유흔과 같이 다닌 지 삼 일이라는 시간이 지났다.

그간 사이가 가까워진 탓인지 둘은 편하게 대화를 주고받을 수 있게 되었다.

그리고 걸음을 옮기는 연유흔은 여지껏 그랬던 것과 마찬가지로 무영의 옆에 찰싹 붙어 말을 붙였다.

"오늘은 마즈다님과 왕권의 관계에 대해 설명해 주마."

'참 끈덕지네.'

무영은 한숨을 내쉬며 고개를 설레설레 저었다. 이거야 무뢰배보다 더 하지 않은가.

"본래 왕이란 우리 마즈다님의 말씀을 앞장서서 전파하고 보호해야 한다. 본래 왕권이란 마즈다님의 대변자이자 보호자여야 하지. 그렇게 되면 왕권이 바로 서게 되고 모든 백성이 풍족해지게 되는 법이야."

"안 들려, 안 들려."

무영은 양 귀를 막으며 발걸음을 빨리 했다. 하지만 연유혼은 재빨리 무영과 속도를 맞추며 말을 이어나갔다.

"그렇지 못한 왕은 왕권이 붕괴되고 백성들이 도탄에 빠지게 된단다. 그게 무슨 소리냐 하면 정의가 무너진다는 소리지. 이때에 마즈다님은 이렇게 말씀하셨다. '악한 왕의 백성들은 자연스럽게 악의 대변자가 된다. 끊임없이 악에 투쟁하라. 그러면 반드시 승리할 것이다' 라고."

"후우······."

무영은 한숨을 내쉬었다.

'내가 너보다 더 잘 알아, 인마.'

무영은 투덜거렸다. 그동안 살아온 인생이 얼마인가.

'그러고 보니··· 걔가 누구더라?'

"오백여 년 전 명교의 초대 교주셨던 천마종사께서 말이야."

'맞다. 걔 별호가 천마였지?'

알 수 없는 말을 지껄이며 아무것도 모르는 사람들 모아다가 검강을 잠깐 시전하더니 쓰러져 반 년 동안 요양하던 얼간이. 무영은 그 모습을 구경한 유일한 생존자일 것이다.

"마즈다님께 계시를 받아 그 주옥같은 가르침을 내리셨지. 그런데 현 황제는 정사는 돌보지 않고 사치를 즐기기에 바빠. 이건 악이야. 우매한 백성들은 악의 대변자가 되고 있으니. 오오! 통제라!"

연유흔은 눈물까지 글썽였다. 그런 모습에 무영은 고개를 설레설레 저었다.

"이봐, 그보다 명교를 믿는 사람이 황도에 가도 돼?"

"응?"

무영의 물음에 연유흔은 고개를 갸웃거렸다.

"명교랑 황실이랑 사이 안 좋은 것 아니었어?"

연유흔은 턱 주위를 매만지며 자못 심각해진 어조로 말문을 열었다.

"아니라고는 말 못하지. 하지만 난 겁나지 않는단다. 마즈다님의 성스러운 가르침을……."

거기까지 듣던 무영은 다시금 귀를 막아버렸다.

그렇게 얼마나 걸었을까.

"어라? 바지를 기워야겠네."

연유흔의 말에 무영은 고개를 갸웃거렸다.

"이기 말이야, 이거."

연유흔이 바지를 가리키자 무영이 다리를 들었다. 과연 작은 키 때문인지 바지 끝이 땅에 끌려 헤져 있었다.

"어라? 정말이다."

"쯧쯧. 칠칠치 못하게. 잠깐 바지 벗어봐."

연유흔은 혁낭에서 자그만 통을 꺼냈다. 그곳에는 바늘과 색상별로 실뭉치가 있었다. 그뿐인가, 화섭지(불을 붙이는 도구)는 물론, 지도와 온갖 공구들로 가득 차 있었다.

"형은 준비성 철저하네?"

무영은 바지를 벗어 연유흔에게 건넸다.

연유흔은 능숙하게 바늘에서 실을 뺐다. 그리고 여느 아낙네처럼 바늘 끝을 머리에 한두 번 부비더니 헤진 부분을 기우기 시작했다.

"헤에? 바느질도 할 줄 알아?"

"그럼. 나는 말이야 최근까지 전국 백오십 개 지부를 가진 창룡용역소에서 일했거든. 마부에서부터 집 청소. 심지어 바느질까지 모든 일을 대행해 주는 곳이지."

연유혼은 뿌듯한 표정으로 한마디를 덧붙였다.

"내 자랑은 아니지만 난 거기에서도 최고였던 몸이란 말씀이야."

"어련하시겠어."

무영은 피식 웃었다. 하지만 뒤이어진 연유혼의 자그마한 중얼거림까지는 듣지 못했다.

"잘리기는 했지만."

그 시각 거대한 대전.

태사의에 앉아 있던 노인이 눈을 떴다.

"정파의 꼬맹이들이 사도련에?"

노인의 입에서 중후한 저음의 목소리가 퍼져 나왔다.

"예."

안광을 빛내며 서 있던 적발사내가 답했다. 노인은 잠시 고개를 갸웃거리다가 말문을 열었다.

"그런데?"

"예?"

"본좌 보고 뭘 어쩌라고?"

예상을 뛰어넘는 말에 어안이 벙벙해진 것은 적발사내였다. 하지만 결코 밖으로 내는 과오를 범하지는 않았다. 자칫하다가는 목이 달아날 수 있었다.

노인은 충분히 그럴만한 사내였다. 도제 연오랑.

정파에 검제 남궁민이 있다면 사파에는 연오랑이 거목처럼 버티고 있었다.

"녀석들은 미래의 정파에 기둥이 될 녀석들……."

"미리 싹을 치자고?"

노인은 적발사내의 말을 중간에 끊고 들어왔다.

"…예, 그렇습니다."

적발사내는 읍하며 대답한다. 연오랑은 다리를 꼬고 앉으며 귓밥을 후볐다.

"그거 알고 있나?"

"예?"

"현재 교주는 네놈이야, 네놈."

"아… 예. 그렇지요."

"그런데 왜 본좌한테 와서 그래?"

연오랑은 자신을 본좌라 지칭하는 것을 즐겼다.

"아… 예."

"그리고 사도련 놈들이 어찌 되든 우리랑 무슨 상관인고?"

현재 명교는 사도련 소속이 아니었다. 아니, 정확히 말하자면 오십 년 전 정사대전 이후로 탈퇴했다. 시간이 지나면 무엇이든지 변하기 마련이다. 사도련 소속의 문파들 역시 마찬가지였다.

처음에는 명교와 더불어 아수라 마즈다의 교리를 전파하는 종교로 시작했다. 그것이 시간이 지나면서 무력 단체로 변하기는 했지만 본질은 변하지 않았다. 하지만 정사대전의 승리 후 그들은 바뀌었다. 각자 이권과 권력을 챙기기에만 바빴을 뿐이었다.

그것에 반발해 명교는 전격적으로 사도련에서 탈퇴했고, 지금에 이르렀다.

적발사내는 머리를 긁적이다 어렵사리 말문을 열었다.

"그, 그럼 다음은 손자 분에 관한 것입니다."

벌떡!

순간 연오랑이 몸을 벌떡 일으켰다. 머리카락 한 올까지 솟구친 모습에 적발사내의 안색이 창백해졌다.

"본좌의 손자를 찾았느냐?"

"아… 예."

모두들 고금에 한 번 나올까 말까한 재능이라 격찬했었다. 몸이 약한 아들내미는 교주로 올라서지 못했지만 손자라면 이야기가 달랐다. 하지만 아비가 허무하게 병사하자 십 년 전 집을 뛰쳐나가 버렸다.

"여지껏 어디서 뭐하고 지냈다 하더냐?"

연오랑의 물음에 적발사내는 고개를 떨구며 이맛가에 솟은 땀을 닦아냈다.

"그간 여러 직업을 전전하며 살아왔답니다. 최근까지는 무슨 용역소에서 잡부로 일하고 있었다고……."

"용역소? 잡부?"

연오랑은 허탈한 음성을 내뱉으며 태사의에 주저앉았다. 왠지 눈물이 날 것 같았다.

"얼마나 고생이 많았을꼬……."

"젊어서 고생은 사서도 한다고……."

빡!

"우왁!"

적발사내는 이마를 움켜쥐고 바닥에 주저앉았다. 연오랑은 노한 표정으로 적발사내를 응시하고 있었다. 그런 모습에 움찔거리며 재빨리 말을 이어나갔다.

"최근 해고당했답니다."

"해고? 잘렸다는 말인가?"

"예."

"감히 내 손자를 잘라? 왜?"

연오랑의 물음에 적발사내는 식은땀을 흘리며 말문을 열었다.

"조사한 바에 의하면 마즈다님의 교리를 지나치게 주위에 전파하려 했다고 합니다."

적발사내의 말에 연오랑의 눈썹이 곤추세워졌다. 그런 좋은 가르침을 전하는데 자르다니.

"그 용역소 없애 버려."

"…알겠습니다."

적발사내는 땀을 소매로 닦아내며 말을 이어나갔다.

"그리고 연유흔이란 가명을 쓰고 있으며 현재 황도 쪽으로 가고 있다고 합니다."

"황도?"

연오랑은 고개를 갸웃거렸다.

"황도에는 왜?"

"글쎄요… 저에게 물어보시더라도 말씀드릴 수가……."

"에잉— 답답하구나!"

연오랑은 몸을 일으켰다.

무영은 눈앞에 보이는 마을을 바라보았다. 이제 며칠만 가면 황도에 이를 수 있을 것이다.

옆에 서 있던 연유흔은 미소를 지으며 손을 들어 따가운 햇살을 막았다. 그리고 무영에게 시선을 주며 말문을 열었다.

"오늘 저녁에는 방을 잡고 쉴 수 있겠구나."

무영은 고개를 끄덕이며 발걸음을 옮겼다. 따뜻한 방과 맛있는 음식. 모처럼 만의 목욕으로 피로를 풀 수 있을 것이라 생각했다.

"…그랬는데."

무영은 연유혼의 앞을 둘러싼 한 무리의 병졸들을 바라보며 눈살을 찌푸렸다.

'이게 뭐니? 이게.'

무영은 고개를 설레설레 저었다.

비록 하남성 전체에 무영에 관한 공문이 내려왔다고는 하지만 이런 촌구석까지 손길이 닿기란 힘든 일이다. 그로 인해 무영과 연유혼은 아무런 제지도 없이 마을에 들어설 수 있었다.

하지만 문제는 거기서 시작되었다. 연유혼은 객점에 자리를 잡고 앉기 무섭게 무영을 향해 성스런 마즈다님의 가르침을 늘어놓았다. 그에 부가적으로 현 황제인 만력제에 대한 적의가 포함되었음은 당연했다.

그런데 하필 관병들이 그 이야기를 들은 것이다.

"명교의 개가 이런 곳까지 흘러들다니!"

병졸들은 각기 무기를 꼬나 든 채 연유혼을 향해 한 걸음씩 다가왔다. 연유혼 역시 지지 않았다. 그는 주위의 구경꾼들을 향해 손을 뻗으며 일장 연설을 늘어놓기 시작했다.

"모두 악의 대변자가 되기 전에 투쟁해야 하오!"

"이 자식! 안 되겠구만? 잡아들여!"

"마즈다님의 가르침에 따라 이 한 몸 불살라 정의를 실현하리라!"

연유혼은 단번에 땅을 박차며 병졸들을 향해 달려들었다.

좌좌창!

연유혼 일수가 뻗어 나올 적마다 병졸들이 한두 명씩 나가떨어졌다. 바로 옆에서 난리가 벌어졌음에도 무영은 그쪽으로 시선조차 주지 않았다.

"뭐 나랑은 상관없는 일이니까."

무영은 꿋꿋하게 앉아 차분히 음식을 먹었다. 어차피 일이 이렇게 된 이상 이 마을에서 저녁을 나기란 불가능했다. 차라리 그럴 바에야 음식이라도 배불리 먹어 놓으리라.

무영은 고기볶음을 입 안에 머금고 조심스럽게 씻다가 눈을 크게 치켜떴다.

"입 안 가득히 느껴지는 육즙이라니."

"마즈다님의 가르침에 따라!"

우당탕! 콰당!

"으악!"

"마즈다님의 가르침에 따라!"

콰직! 우지끈!

"호오! 재료 본연의 맛을 살아 있다니 보통 사람의 솜씨가 아니군. 이 버섯 볶음은 어떨까?"

무영이 젓가락을 버섯 쪽으로 옮길 무렵이었다.

"아아악!"

콰작!

탁자가 부서지며 접시가 허공으로 치솟았다. 그와 더불어 담겨 있던 음식이 하늘에 새겨진 쪽빛 구름처럼 흩뿌려졌다.

"이런!"

무영은 재빨리 쟁반을 들어 떨어지는 음식을 받았다. 그리고 훌쩍 한쪽 발을 뻗어 넘어지는 의자를 붙잡았다.

"아까운 음식 버릴 뻔했네."

무영은 안도의 한숨을 내쉬며 만족스럽게 고개를 끄덕였다. 그때였다. 갑작스레 무영의 시야를 가리며 날아 오는 병졸 한 명.

"안 되지."

무영은 반사적으로 오른발을 올려 찼다.

빠각!

무영의 발에 후려맞은 병졸이 허공에서 한 바퀴 돌더니 엎어졌다.

"웃차!"

무영은 병졸의 등을 밟으며 착지했다. 그리고 그 위에 앉아 젓가락으로 문제의 버섯 볶음을 집어 입 안에 넣고 음미했다.

"으음… 버섯 볶음은 좀 떨어지네. 말린 것이었군. 쯧쯧."

"후우… 정의를 실현했도다."

그제야 병졸들을 모두 땅바닥에 내리꽂은 연유혼이 숨을 고르며 무영에게 다가왔다. 무영은 연유혼을 힐끗 바라보다가 음식 접시를 내밀었다.

"남겨놨어."

"아, 고마워."

연유혼은 상큼하게 웃었다.

결국 이 고을에서 저녁을 지낼 수는 없었다.

길을 따라 걷던 연유혼은 불현듯 아까 먹은 버섯 볶음을 떠올리고는 말문을 열었다.

"버섯 볶음은 영 아니더만."

"응. 말린 것을 쓴 모양이더라고."

무영이 배시시 웃으며 고개를 끄덕이자 연유혼은 턱 주위를 매만지며 말문을 열었다.

"그런데 말이야."
"응?"
"너 나한테 숨기는 것 많지?"
무영은 히죽 웃으며 연유흔을 가리켰다.
"당신도 숨기는 것 많잖아?"

백리현은 침상에 누워 뒹굴거리고 있었다.
"하암!"
입이 찢어져라 하품을 하는 모습에 가구에 앉은 먼지를 닦던 유하가 피식 웃으며 말을 붙였다.
"매일 그러고만 있으면 살쪄요."
백리현은 눈을 부비며 흐리멍텅한 표정으로 베개에 얼굴을 묻었다.
"할 게 없잖아."
"하기는 그러네요."
유하는 배시시 웃었다. 보통 때라면 정원에 앉아 여유롭게 차를 마시거나 하겠지만 오늘은 할 수가 없었다. 유하는 방문을 살짝 열어보았다.
쏴아아!
굵은 빗줄기가 정원을 흠뻑 적시고 있었다. 유하는 눈살을 찌푸렸다.
"쉽사리 그칠 비가 아니네요."
"난 비 오는 날 싫어한단 말이야."
백리현은 베개에 얼굴을 부비며 투덜거렸다.
"뭐랄까, 몸이 축 처진 달까. 의욕도 없고… 울적하고, 아무튼 정말 싫어."
그 모습을 바라보던 유하는 배시시 웃으며 말했다.
"저는 좋아해요."

문을 닫은 유하는 눈을 살짝 내리깔았다.
"빗줄기에 마음이 씻겨 내려가는 기분이랄까요?"
"흐음? 뭐랄까, 꽤나 심오한 이야기를 하네?"
백리현이 짓궂은 미소를 지으며 비스듬히 몸을 일으켰다. 유하는 배시시 웃으며 자신의 가슴팍에 손을 가져다 댔다.
"비라는 것은 참 신기해요. 각기 다르기는 하지만 감정을 자극하는 공통점이 있잖아요?"
거기까지 이야기를 듣던 백리현은 턱 주위를 매만졌다.
이 녀석, 가끔가다가 너무도 어른스러운 말을 할 때가 있다. 평소에는 별생각없이 지나갔던 것을 저렇듯 짚어내는 것이 여간 내기가 아니다.
"너 이상한 애야."
"헤헤. 그런가요? 그럴지도 모르지요."
유하는 배시시 웃었다. 하지만 떨궈진 얼굴에 깃든 어두움을 백리현은 볼 수 없었다.
"모두 씻겨내려 갈까봐 슬프기도 하지만요."
그리고 마지막 중얼거림 역시 유하의 입가에서만 맴돌 뿐이었다.

그날 저녁. 피치 못할 사정으로 인해 길가에서 노숙을 하게 된 연유혼과 무영은 불을 피우고 마주 앉았다.
"이게 다 형 때문이야."
"하지만 어쩔 수 없었잖아."
연유혼의 간단한 대답에 무영은 고개를 절레절레 내저었다.
'골치 아프겠어.'
사람이 좋기는 하지만 도가 좀 지나친 면이 있다. 무영은 그것이 자꾸 마음에 걸렸다. 계속해서 시선을 끌게 될 것 같았다.

'고금제일기재라…….'

무영은 연유혼을 잠시 바라보다가 투덜거렸다.

사실 겉으로 내색은 안 했지만 연유혼에 대해 알고 있었다. 감미란의 자식으로 있을 무렵이었다. 명교에서 고금제일의 기재라 추앙받던 한 후지기수에 대해 들은 적이 있었다.

도제(刀帝) 연오랑은 정파의 검제(劍帝) 남궁민과 함께 무림의 절대강자 중 하나였지만 아들인 연호청은 달랐다.

어려서부터 몸이 약했고 성격 또한 유약했다.

사실 명교의 교리가 주는 특성상 무력의 힘 또한 상당히 중시했다. 그 말인즉슨 명교라는 거대 단체의 수장으로서 부적절하다는 뜻이었다.

결국 연호청은 스스로 교주 후보에서 사퇴했다. 도제 역시 선선히 수긍했을 정도였다.

자연스럽게 초야에 묻히게 된 연호청은 색목인을 아내로 맞이했는데 둘 사이에서 태어난 자식이 연교휘였다.

'지금은 연유혼이란 가명을 쓰는 것 같지만.'

혼혈이라서 그런지 생김새부터 일반 무림인들과 달랐던 연교휘는 어려서부터 많은 손가락질을 받았다.

모든 면에서 아비와는 달랐던 것이다.

처음에는 연오랑 역시 이질적인 외모의 연교휘를 못마땅하게 생각했다. 하지만 그에게는 천재적이기까지 한 무학적 재능이 있었다. 압도적 재질은 모든 부정적인 편견을 잠재울 만했다.

연오랑은 눈물까지 흘리며 '내 평생에 본 진정한 천재다. 오백 년 전 천마종사의 재질도 이 아이에게는 못 미칠 것이다'라고 말했을 정도였다.

그 뒤로는 모든 것이 수월했다. 연교휘 역시 열정적으로 무공을 익혀

나갔다. 하지만 이번에는 연교휘의 아버지였던 연호청이 문제가 되었다.
　그는 너무 많은 것을 가진 아들이 부담스러웠다. 교주란 직위에 오른다는 것은 일견 보기에 화려해 보이지만 속은 그렇지도 않다.
　연호청은 아들이 평범하게 살기를 바랬다.
　본래 몸이 약했던 연호청은 연교휘에게 마지막으로 자신의 바람을 말하고는 죽었다.
　강자를 경배하는 명교의 특성 때문에 그러했을까. 가족들을 제외하고 아무도 참석하지 않은 쓸쓸한 장례식이 끝난 직후 연교휘는 자취를 감췄다.
　그로 인해 명교가 한 번 발칵 뒤집혔었다. 그렇기에 무영이 모를 리 없었다.
　양 눈동자 색깔이 다른 이국적인 외모의 사내.
　"재미있어, 인연이란."
　"응?"
　"아무것도 아니야."
　무영의 중얼거림에 연유혼이 고개를 갸웃거리며 되물었다. 무영은 희미한 미소를 머금은 채 손을 내저었다.
　풍문으로만 들었던 사내를 십 년이 지나 만났다, 그것도 이런 동료가 되어.
　"자자, 내일 또 걸어야 하니까."
　무영의 제안에 연유혼은 고개를 끄덕이며 침낭을 덮었다.
　"흐음."
　무영은 양손으로 머리를 받치고 잠시 하늘을 바라보다가 피식 웃었다.
　"그러고 보니 궁금하기는 하네, 뭐 하고 사는지."
　명교의 생각을 해서 그럴까. 문득 감미란이 생각났다.

'정말 의미없는 삶이구만.'

정형화되어 있는 삶. 이용하고 또 이용했다.

무영은 못내 고개를 저으며 하품을 했다. 조금씩 눈꺼풀이 무거워졌다. 힘이 쭉 빠지며 차가운 땅바닥에 몸이 스며드는 것 같은 느낌이다.

'자자. 자고 일어나면 좀 나아질 거야.'

이내 무영은 고른 숨소리를 내며 수마(睡魔)에 빠져들었다.

쾅!

문이 박살났다.

의자에 앉아 소요와 함께 차를 마시고 있던 무현은 살며시 고개를 돌려 씩씩거리고 있는 공우를 바라보았다.

"웬일이지?"

무현은 입가에 가벼운 미소까지 띤 채 공우를 맞이했다.

공우는 단번에 무현에게 달려들어 멱살을 잡아 올렸다.

"이 자식!"

무현은 허공에 대롱대롱 매달려 비릿한 미소를 유지한 채 말문을 열었다.

"거칠군."

"너 이 자식! 소문산을 어떻게 했어!"

공우의 거친 다그침에 무현은 잠시 고개를 갸웃거리다가 손바닥을 마주쳤다.

"아! 걔?"

"그래! 없어졌단 말이야!"

공우는 얼굴을 일그러뜨린 채 무현에게 윽박질렀다.

공우는 소문산의 상태를 살피기 위해 갔었다. 하지만 없었다.

이불은 흐트러져 있었고, 가구는 모두 박살난 상태였다. 그리고 바닥을 구르고 있던 단약 몇 알.

무현은 히죽 웃었다.

"난 가능성을 좀 높여주었을 뿐이야."

"가능성? 가능성이라니, 뭐!"

무현은 공우를 똑바로 쳐다보며 말문을 열었다.

"추소명 그년 하나로는 불리하니까."

너무도 여유로운 어조. 순간 공우의 이성이 끊어졌다.

"너란 자식은!"

콰작!

공우의 손이 휘둘러지자 무현의 몸이 탁자에 처박혔.

그 충격으로 탁자가 쪼개지며 파편이 사방으로 튀었다.

무현은 손으로 바닥을 짚으며 미소를 지었다.

"이봐, 너무 거칠잖아?"

공우는 야차 같은 형상으로 손을 늘어뜨렸다. 길에 늘어진 앞머리가 허공으로 솟아오르더니 격한 기의 흐름에 따라 옷이 나부끼기 시작했다.

콰드득!

방 전체가 흔들렸다.

고오오!

늘어뜨린 손 주위로 시뻘건 색깔의 내기가 형성되기 시작하더니 이내 검의 모양으로 변해갔다.

"죽여 버린다!"

공우가 한 걸음을 내딛으며 손을 들었다. 그때 소요가 다급하게 방으로 뛰어들어와 공우를 막아섰다.

"그러지 말아요!"

"비켜라, 소요."

공우는 살기를 뿜어내며 소요를 바라보았다. 하지만 그녀는 단호한 표정으로 고개를 저었다.

"그럴 수 없어요!"

"비켜!"

"도련님!"

소요의 외침에 공우의 몸이 한 차례 움찔거렸다. 너무도 오래간만에 들어본 호칭.

"이… 이……!"

몸을 부들부들 떨던 공우는 손을 늘어뜨렸다.

슈우욱―

폭발적으로 뿜어내던 내기가 서서히 가라앉았다. 공우는 소요의 뒤에서 웃고 있는 무현을 바라보다가 몸을 돌려 방을 나서려 했다.

"이봐."

문득 공우의 발걸음을 멈추게 하는 무현의 목소리. 하지만 몸을 돌리지는 않았다. 지금 그의 모습을 보고 싶지 않았다. 지금도 필사적으로 이성의 끈이 끊어지는 것을 막고 있었기 때문이다.

무현은 공우의 뒷모습을 바라보며 비릿한 미소를 지었다.

"탁자랑 문짝 새로 갈아 놔."

"퉤!"

공우는 시위라도 하듯 침을 땅바닥에 뱉으며 몸을 날렸다.

무현은 그 모습을 바라보다가 몸을 일으켜 흐트러진 옷매무새를 매만졌다. 소요는 서글픈 표정으로 무현에게 몸을 돌렸다.

"…다치신 곳은 없어요?"

"당연하잖아?"

무현은 여유로운 표정이었다. 소요는 쪼그리고 앉아 무현의 옷을 털어주며 말문을 열었다.

"왜 그러시는 거예요?"

"뭘 말이지?"

무현은 영문을 모르겠다는 표정이다. 소요는 한숨을 내쉬며 입을 닫았다. 무현은 아무것도 들으려 하지 않는다. 다가서지도, 다가오지도 않는다.

"휘유! 공우 녀석 소란스럽게 해놓았군."

문득 들려온 소리에 무현과 소요가 동시에 고개를 돌렸다.

꽉.

문득 소요는 자신의 옷소매를 꽉 쥐어오는 무현의 손길을 느꼈다. 무현은 딱딱한 어조로 눈앞에 서 있는 사내를 바라보았다.

"여긴 웬일이지?"

무현의 말에 사내, 일랑은 히죽 웃었다.

"그냥 생각이 나서 말이야."

"흥! 웃기는 소리."

가시가 느껴지는 무현의 말에 일랑은 징그러운 미소를 흘렸다.

"여전히 맹랑하기 그지 없구나."

저벅… 저벅…….

일랑은 천천히 무현 쪽으로 걸음을 옮겼다. 그에 따라 소요의 옷소매를 쥔 무현의 손길에 힘이 더해졌다. 소요는 입술을 꽉 베어 물며 일랑을 막아섰다.

"무슨 일이신가요?"

"…소요, 갈수록 농염해지는구나?"

일랑은 징그러운 웃음을 흘리며 손을 뻗어 소요의 볼을 매만졌다. 너무도 차가운 손길, 소요는 한차례 몸을 부르르 떨었다. 그런 모습에 일랑은 무현 쪽으로 시선을 전환하며 말문을 열었다.

"요즘 너무 날뛰는 것 아닌가?"

"……."

"애들을 어떻게 부리든 상관은 안 하겠다 말했지만 이런 식으로라면 곤란해."

소요의 볼에 머물던 손이 무현 쪽으로 천천히 향했다. 순간 무현의 눈이 꼭 감겨졌다. 그리고 소요의 이가 꽉 다물어졌다.

탁!

짧은 타격음과 함께 일랑의 손이 허공으로 치솟았다.

일랑은 소요를 바라보았다. 소요는 공포에 젖은 눈으로 일랑을 바라보고 있었다.

"허!"

일랑은 허탈한 웃음을 흘리며 무현에게 시선을 주었다. 백리현의 등 뒤에 꼭 붙어 떨고 있었다.

"무현… 그게 네놈의 한계라는 거야."

일랑은 몸을 돌리며 방문을 나섰다.

"알아둬, 일이 제대로 안 되면 네가 부탁했던 것 역시 없어."

마지막으로 흘린 나직한 말이 방 안에 울렸다.

제23장
천재의 무위, 그리고 너무도 슬픈 종착점

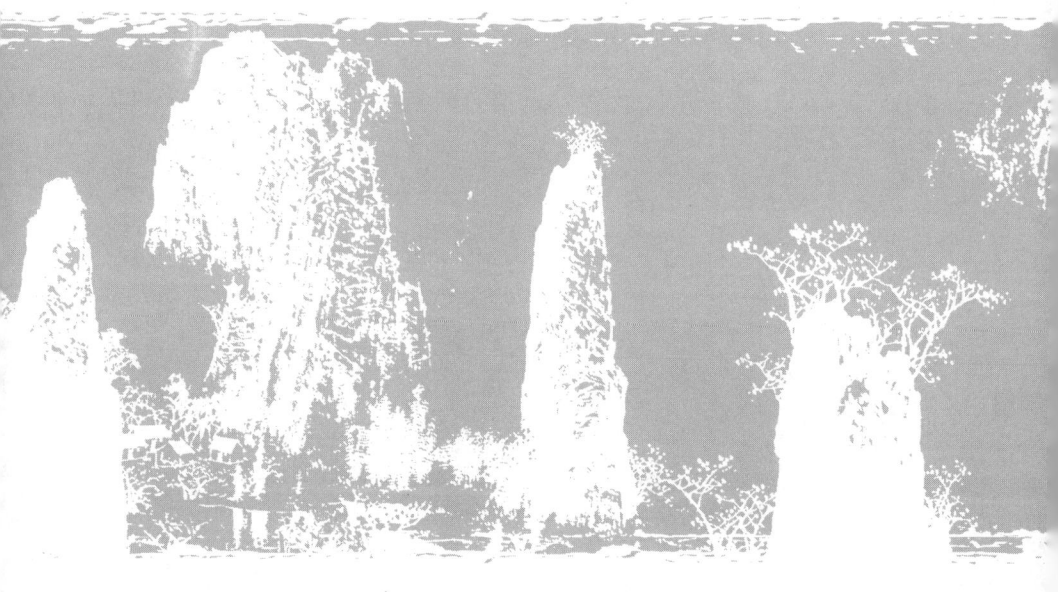

천재의 무위, 그리고 너무도 슬픈 종착점

연유흔은 고개를 갸웃거리며 시선을 하늘 쪽으로 옮겼다.

먹구름이 가득 끼어 어두침침한 날이다. 심상치 않은 바람에 옷이 미친 듯이 나부낀다.

"흐음… 좋지 않아."

연유흔의 중얼거림에 옆에서 나란히 걷고 있던 무영이 고개를 끄덕였다.

"그렇네."

"응."

연유흔은 턱 주위를 매만지며 침음성을 내뱉었다. 무영은 짧게 한숨을 내쉬었다.

'소화는 제대로 된 집에 입양되었을까?'

얼마전 헤어졌던 소화가 자꾸 뇌리에서 떠날질 않았다. 하지만 연유흔의 물음에 상념에서 깨어났다.

"저기 말이야."

"왜?"

"정말로 마즈다님의 가르침을 받을 생각 없어?"

무영은 쓴 미소를 지었다. 이 사내 아직도 포기하지 않았다.

"없다니까."

언제나 처럼의 단호한 어조. 연유흔은 시름 어린 한숨을 내쉬었다.

"아깝다."

"아까울 것도 많다?"

무영은 한마디 쏘아붙이며 걸음에 속도를 붙일 무렵이었다.

"응?"

문득 걸음을 멈추고 길가를 바라보았다. 그것은 연유흔 역시 마찬가지였다. 둘은 서로를 마주보며 고개를 갸웃거렸다.

"너 느꼈냐?"

"형도 느꼈어?"

연유흔이 고개를 끄덕였다. 그 모습에 무영은 내심 감탄하며 길 저편으로 시선을 주었다.

"심상치 않은 기운이 다가온다."

무영의 중얼거림에 연유흔은 팔장을 끼며 말을 받았다.

"그것도 엄청난 속도로."

연유흔의 중얼거림이 끝날 무렵이었다.

쐐에엑!

이글거리는 백색 강기 덩어리가 둘을 향해 쏘아져 왔다.

"우왓!"

연유흔은 단 번에 무영을 옆구리에 끼고 몸을 날렸다.

후웅!

또다시 강기 덩어리가 쏟아져 왔다. 연유흔은 몸을 틀며 강기 덩어리를 피했다.

"뭐가 뭔지는 모르겠지만 우리에게 적의를 품고 있나 봐."

연유흔의 옆구리에 대롱대롱 매달려 있던 무영은 굳은 표정으로 말문을 열었다.

"그렇구나."

연유흔은 천천히 내기를 끌어올리며 길 저편을 바라보았다. 그리고 얼마 지나지 않아 범상치 않은 기를 뿜어내던 상대가 두 사람의 눈앞에 모습을 드러냈다.

화려한 적색 경장 차림의 여인이었다.

"흠……."

무영은 눈살을 찌푸리며 빗살처럼 다가오는 여인을 바라보았다.

평소대로라면 상당히 빼어난 외모를 가지고 있다며 실없는 평가를 내렸겠지만 지금 상황에서는 무리였다.

이성이라고는 보이지 않는 반쯤 풀린 눈동자와 거친 목 울림소리.

'나 알고 있어.'

그리고 통제에서 벗어나 날뛰는 내기가 문득 얼마전 한 사내를 생각나게 했다.

'소문산.'

얼마 전 맞붙었던 소문산과 같은 상태가 틀림없었다.

분명했다.

"뭔가 이상하지 않아?"

연유흔은 고개를 갸웃거리며 무영을 바라보았다. 그제야 상념에서 벗어난 무영이 턱 주위를 매만졌다.

"이상하지. 누구라도 이상하게 생각할 거야."

연유흔은 가볍게 안색을 찌푸렸다.

"한 가지 분명한 것은 우리가 느꼈던 그 심상치 않던 적의가 저 여자라는 거지."

연유흔은 살짝 고개를 돌리며 무영을 바라보았다.

"너 저 여자 알고 있지?"

무영은 짧게 한숨을 내쉬며 고개를 끄덕였다.

"역시 범상치 않은 꼬맹이라고 생각했어. 일단 그 이야기는 나중에 하고."

연유흔은 피식 웃으며 앞으로 한 걸음을 나섰다. 무영은 고개를 갸웃거리며 되물었다.

"왜?"

"너 바보지?"

"바보는 또 뭐야?"

무영은 눈살을 찌푸렸다. 연유흔은 희미한 미소를 유지하며 옆구리를 들췄다.

"너는 꼬마고 난 어른이잖아."

짝!

검은색 채찍이 땅바닥을 후려쳤다. 연유흔은 무영의 앞을 막아서며 말을 이어나갔다.

"이틀 동안 식사 당번."

"뭐?"

무영이 눈살을 찌푸리며 되묻자 연유흔은 싱긋 웃었다.

"이틀 동안 식사 당번 네가 해라."

"크아아!"

여인, 추소명은 광음을 뿜어내며 달려들었다.

거리는 불과 이십여 장. 하지만 연유흔의 표정에는 여유로움이 묻어 나오고 있었다.

그 모습을 힐끗 바라본 무영이 혀를 삐죽 내밀며 쏘아붙였다.

"바보 아니야?"

탁탁탁탁!

어느새 추소명은 연유흔의 오 장 앞에까지 당도하고 있었다.

"세상에 공짜는 없는 법이거든?"

그 말과 동시에 채찍을 쥔 연유흔의 손이 뻗어나갔다. 채찍이 뱀처럼 추소명을 향했다. 순식간에 채찍이 그녀의 눈앞까지 쏘아져 들어갔다.

까득!

추소명은 땅을 짓누르며 몸을 틀어 채찍을 피했다.

피웅!

찰나의 거리로 추소명의 뺨을 스치고 지나갔다. 하지만 온전히 피하지는 못했다. 순간적으로 볼살이 예리하게 벌어지며 피가 솟아났다.

짜악!

그때 섬뜩한 소리와 함께 추소명의 몸이 한 차례 들썩였다. 연유흔은 뻗었던 손을 당기는 순간 채찍의 궤적이 급격하게 변모하며 추소명의 등짝을 후려친 것이다.

하지만 추소명의 얼굴에는 고통스러움이 보이지 않았다. 도리어 그런 모습에 놀란 연유흔이 눈을 동그랗게 뜨며 무영을 향해 물었다.

"뭐 저래?"

하지만 연유흔이 놀랄 일이 한 가지 더 남아 있었다.

치이익!

"상처가 아물어가고 있어?"

가느다란 연기와 함께 볼에 깊이 새겨진 상처가 아물어가고 있었다.

당혹해하고 있는 기색이 역력한 모습에 무영은 입술을 베어 물었다.
"죽어라!"
그 순간 추소명의 광폭한 일장이 연유흔을 향해 짓쳐들어왔다.
"우왓!"
연유흔은 몸을 굽혀 피하며 채찍을 휘둘렀다.
피리릿!
채찍이 추소명의 목을 휘감았다. 연유흔은 몸을 뒤로 빼며 채찍을 팽팽히 당겼다.
"크륵! 크르륵!"
추소명의 얼굴이 금세 터질 듯 붉게 달아올랐다. 연유흔을 채찍을 두 손으로 부여잡으며 몸을 휘돌렸다.
"타아앗!"
연유흔은 기합성을 내지르며 팽팽하게 당겨진 채찍을 돌팔매질하듯 휘둘렀다. 그에 따라 추소명의 몸이 허공으로 날려 올라갔다.
쾅!
엄청난 굉음과 함께 추소명의 몸이 길가에 자리잡고 있던 커다란 바위에 처박혔다.
콰드득.
돌 부스러기가 사방으로 비산하며 먼지가 일어났다. 그런 모습에 연유흔이 놀란 가슴을 진정시키며 중얼거렸다.
"이만하면… 더 이상은……."
퉁!
그 순간 자욱한 먼지를 꿰뚫고 추소명이 튀어나왔다.
하지만 그녀의 상태는 온전치 못했다. 오른쪽 머리가 반쯤 함몰된 모습.

보통 사람이라면 즉사했어도 이상하지 않을 치명상이었다. 연유흔은 당혹스러운 표정으로 외쳤다.

"이씨! 뭐가 이래?"

연유흔은 득달같이 옆으로 보법을 밟으며 피해 나갔다. 그리고 손목을 당기며 채찍을 회수하고는 발을 쭉 뻗었다.

빡! 쿠다당!

달려들던 추소명이 연유흔의 다리에 종아리를 맞고 엎어졌다.

"크윽… 크륵!"

추소명은 두 손으로 땅을 짚으며 몸을 일으키려 했다. 하지만 휘청거리며 다시금 바닥에 주저앉았다.

오른쪽 다리가 부러져 덜렁거리고 있었다. 추소명은 한쪽 발로 의지해 몸을 일으키더니 부러진 다리를 한 차례 험악하게 돌렸다.

빠드득!

듣기에도 섬뜩한 소리. 연유흔은 눈살을 찌푸렸다. 부러진 다리를 내기의 힘만으로 맞춘 것이다.

"완전 괴물이잖아!"

연유흔은 비명처럼 외치며 채찍을 휘둘렀다. 하지만 계속해서 당할 추소명이 아니었다. 그녀는 절묘하게 피하며 손을 뻗어 채찍 끝을 잡았다.

씨익!

추소명의 입가가 곡선을 그리며 올라갔다. 새하얀 치아가 빛났다. 일순간 내기가 폭발적으로 솟구치며 채찍 쪽으로 집중됐다.

채찍을 따라 내기가 연유흔 쪽으로 쏘아져 나갔다.

"아차!"

연유흔은 당혹해하며 채찍을 쥔 손을 펼치려 했지만 늦었다.

빠지직!

"크윽!"

연유혼은 얼굴을 온통 일그러뜨린 채 몸을 부르르 떨었다. 온몸이 난도질당하는 것 같은 느낌에 신음성이 흘러나왔다. 그때 내기를 이기지 못한 채찍이 급격하게 부풀어 오르기 시작했다.

"크히히!"

추소명은 기이한 웃음을 터뜨렸다.

퍽!

순간 채찍이 터졌다. 추소명의 손에서 시작된 폭발이 연유혼을 향해 갔다. 그리고 일순간 화염이 연유혼을 휘감았다.

콰콰쾅!

굉음과 함께 폭발이 연유혼을 중심으로 사방으로 퍼졌다.

후드득! 후득!

먼지와 함께 폭발로 형성된 파편들이 바닥을 굴렀다. 추소명은 괴이한 미소를 유지한 채 주위를 살폈다. 누군가를 찾는 모습이었다.

히죽.

그녀의 고개가 멈춰졌다. 그리고 그곳에는 무영이 서 있었다.

"…무… 영, 죽어라!"

추소명은 더듬거리며 무영을 향해 걸음을 내디뎠다. 부러진 다리로 인해 휘청거리는 것이 안쓰럽다기보다는 괴기스러운 모습이다.

무영은 추소명을 잠시 바라보다가 히죽 미소를 지었다.

희뿌연 먼지의 틈바구니 사이로 시커먼 형상이 어른거리고 있었다.

"후우……."

나직한 한숨 소리와 함께 연유혼이 먼지를 뚫고 걸어나왔다. 희뿌연 먼지가 머리에 잔뜩 묻어난 모습에 옷 여기저기가 찢어져 있었다.

"죽을 뻔했네."

연유흔은 한 손으로 머리를 털어내며 한쪽으로 시선을 주었다. 땅바닥에는 한 치밖에 남지 않은 채찍이 아무렇게나 버려져 있다.

스윽.

연유흔은 손으로 복부를 매만졌다. 검붉은 피가 옷을 적시며 배어 나오고 있었다.

"내 애병(愛兵)을 파손하고… 피를 보게 한 대가는 커."

연유흔의 눈썹이 위로 치켜 올라갔다.

"각오 해!"

조금씩 몸 밖으로 내기가 흘러나오기 시작했다.

'기운이 바뀌었다.'

무영은 흥미로운 표정으로 연유흔을 바라보았다. 좀 전까지는 잘 정련된 정파무사의 그것이었다면 지금은 정반대의 기질로 바뀌고 있었다.

사파 특유의 사이한 기운.

퉁!

순간 연유흔의 신형이 자리에서 사라졌다.

촤악!

사라졌던 연유흔의 모습이 드러난 곳은 추소명의 등 쪽이었다. 차가운 미소를 입 주위에 잔뜩 띤 채 말문을 열었다.

"안녕?"

부웅!

추소명이 몸을 숙이며 뒷발을 올려 찼다. 하지만 애꿎게 허공을 가르고 말았다. 어느새 몸을 옆으로 튼 연유흔은 추소명의 목을 단단히 감았다.

"잡았다."

차가운 한마디와 동시에 연유흔이 몸을 뒤로 뺐다. 추소명의 허리가 위태로운 곡선을 그리며 휘었다.
"죽어버려!"
연유흔이 내기를 끌어올리며 몸을 당겼다.
뿌득! 뿌드득!
"커억! 커어억!"
목을 감은 손이 사정없이 추소명을 압박해 들었다. 얼굴이 시뻘겋게 변하며 흰 눈자위에 실핏줄이 서기 시작했다.
틱! 티딕!
압력을 이기지 못하고 실핏줄이 터지며 눈동자 아래로 흐르기 시작했다.
"피눈물이라… 좋아, 아주 좋아."
징그러운 미소를 흘리며 손에 가한 힘을 한층 더했다. 힘이 빠질 만도 하건만 추소명은 격하게 손을 휘저으며 반응하고 있었다. 연유흔은 목을 뒤로 꺾어갔다.
우득!
목부터 척추 뼈까지 차례로 부러지며 추소명의 검은 눈동자가 눈 위로 말려 올라갔다.
털썩.
추소명의 몸이 바닥에 널브러졌다.
연유흔은 그 모습을 내려다보며 미소를 짓고 있었다. 그런 모습에 무영은 내심 감탄했다.
추소명이 가진 무위를 녹록한 것이 아니었다. 그 자신이 여태껏 알아온 가장 강한 무인인 남궁민도 저렇지는 못할 것이다. 하지만 연유흔은 도리어 추소명을 압도하고 있었다.
'진짜 천재군.'

도저히 평범한 인간이라고는 생각할 수 없는 무위였다.

'최소 남궁민은 넘어섰군.'

저런 상대와 처음 맞부딪쳤기에 조금 고전했을 뿐, 제대로 알기만 한다면 한결 수월했을 것이다.

그때 연유혼이 비릿하게 웃었다.

"이만하면……."

무영에게 시선을 주던 연유혼이 눈을 꿈틀거렸다.

"크윽!"

연유혼이 무릎을 꿇으며 신음성을 흘렸다. 바지의 장딴지 부분이 피로 흠뻑 젖어들고 있었다.

"타, 탄지공(彈指功)? 어떻게……."

연유혼은 고개를 돌리며 믿을 수 없는 광경을 바라보았다. 추소명이 꿈틀거리며 몸을 이끌고 있었다. 반쯤 함몰된 머리. 목부터 척추까지 모조리 부러졌음에도 불구하고 살아서 꿈틀거리고 있었다.

"크히히!"

진저리날 정도의 목 울림소리에 연유혼은 얼굴을 일그러뜨리며 일장을 내질렀다.

"그만 좀 해라!"

퍽!

추소명의 한쪽 다리가 반쯤 잘려 튀어 올랐다. 연유혼의 일장에 당한 부위가 급격하게 부패하며 시퍼렇게 변했다. 그리고 조금씩 몸쪽으로 침식해 올라가고 있었다.

이것이 마공(魔功)의 특징 중 하나였다.

치익! 치이익!

하지만 놀랍게도 덜렁거리던 다리에서 연기가 흘러나오며 아물어가기 시작했다. 시퍼렇게 죽었던 조직이 꿈틀거리며 본래의 색을 찾아간다.

연유혼도 이제는 허망한 눈빛으로 그 모습을 바라보고만 있었다.

"이제는 내가 나설 차례네."

무영은 나지막이 중얼거리며 연유혼을 지나쳤다.

"뭐 하는 거야? 위험해!"

연유혼의 다급한 외침에 무영은 희미한 미소를 흘렸다.

"너로는 무리다."

무영은 추소명의 앞에 쪼그리고 앉으며 손을 들었다.

"크으! 주, 죽인다……."

추소명은 악에 받혀 중얼거리고 있었다. 무영의 표정이 서글퍼졌다.

그때 추소명의 손이 들려지며 손가락을 튕겼다.

피웅! 주루륵.

기습적인 탄지공은 무영의 목을 스치고 지나갔다. 하지만 얼굴에는 아무런 표정 변화도 일어나지 않았다.

치이익!

이윽고 희뿌연 연기와 함께 상처가 아물어갔다. 무영은 가만히 손을 뻗었다.

스윽.

무영은 추소명의 헝클어진 머리를 한 차례 쓰다듬어 주었다. 그런 손길에 추소명의 몸이 한 차례 움찔거린다.

애처롭다.

인간의 감정을 잃은 꼭두각시 인형.

자신이 무엇을 하고 있는지도 모를 것이다. 그저 살육의 본능에 이끌리는 대로 행동할 뿐이다.

저번의 소문산도 그렇고 눈앞에 있는 이름 모를 여인 역시 그렇다.

추소명의 머리 위에 얹어져 있던 손이 얼굴을 지나 가슴패기로 갔다.
"허억! 커억!"
추소명은 가쁜 숨을 내쉬며 손을 휘젓고 있었다. 하지만 그 힘은 너무도 미약했다. 마치 자신을 죽여달라고 애걸하는 것 같다.
무영은 입술을 살짝 베어 물며 손을 곧게 펴 내리찍었다.
퍽!
무영의 손이 가슴에 반쯤 파묻혔다. 단단한 뼈가 단번에 부러지며 미친 듯이 약동하는 무언가가 잡혔다.
두근! 두근!
심장은 미친 듯이 뛰고 있었다. 무영은 얼굴을 찡그리며 손을 빼냈다.
찌익! 찌익!
손에 들린 심장이 계속해서 뛰고 있었다. 몸 밖으로 나왔음에도 마찬가지였다.
"서글픈 일이야."
무영은 조그맣게 중얼거리며 심장을 쥐고 있는 손에 힘을 가했다.
퍽! 투둑! 투둑!
심장이 터져 나가며 피가 튀었다. 무영의 옷과 얼굴이 피로 물들었다.
꿈틀! 꿈틀!
하지만 추소명의 몸은 계속해서 꿈틀거리고 있었다. 무영은 몸을 돌려 멍하니 그 광경을 바라보던 연유흔을 보았다.
"피가 다 빠질 때까지 계속 움직일 거야."
무영은 쓴 미소를 지었다.

"여, 여기는······?"
나무 기둥에 매달려 한참 동안 발작하던 추소명이 정신을 차렸다.

"정신 차렸다, 저 여자."

연유흔은 경계심 어린 눈빛으로 추소명을 바라보았다. 무영은 고개를 끄덕이며 자리에서 일어나 다가왔다.

"정신이 들었나?"

무영의 물음에 추소명은 쓴 미소를 띠며 자신의 상태를 살폈다. 단단한 밧줄로 몸이 칭칭 감겨 있었다. 힘차게 약동하던 심장의 울림 대신 공허하게 뚫린 가슴 사이로 바람이 느껴졌다.

반쯤 잘린 다리는 여느 때와 같이 아물어지지 않고 있었으며 허리와 목에는 힘이 없다.

"그런가… 잡혔나?"

무영은 고개를 끄덕였다.

"그래."

"결국 이렇게 될 거였군."

처연한 읊조림에 무영은 씁쓸한 기분이 들 수밖에 없었다. 추소명은 한숨을 내쉬었다. 그리고 쭈뼛거리며 서 있는 연유흔에게 시선을 주며 말문을 열었다.

"너… 강하더라? 인간이 그렇게 강할 줄은 몰랐어."

"너는 인간이 아니라는 소리냐?"

연유흔은 눈썹을 꿈틀거리며 되물었다. 순간 추소명을 비롯해 무영까지 멍한 표정을 지었다.

"그렇군. 내가 잠시 착각을 하고 말았어."

추소명의 중얼거림에 무영은 고개를 끄덕이며 긍정했다.

'언제부터일까.'

잠시 잊고 있었다, 자신이나 무영이나 같은 사람임을.

연유흔은 바라보며 보통 인간치고는 강하다라고 생각했다. 자신도 모르는 새에 우월감에 젖어 있었던 것이다.
"나는 궁금해."
연유혼은 추소명을 바라보며 말문을 열었다. 그 정도의 치명상을 입고도 끊임없이 움직였다.
"당신 도대체 뭐야? 어떻게 살아 있을 수 있지?"
"……."
추소명은 말이 없다. 연유혼은 무영에게도 시선을 주었다.
"너도 마찬가지야. 저 여자랑 무슨 관계야?"
연유혼의 얼굴에는 짙은 의구심이 묻어 있었다. 무영은 비릿한 미소를 지었다.
"모르는 것이 좋아."
"상관없어."
"말해줄 의무도 없고."
그 후로도 연유혼이 뭐라 말했지만 가볍게 무시했다. 무영은 쪼그리고 앉아 추소명을 바라보았다.
"물어볼 것이 있지만… 대답해 주지 않겠지?"
"잘 알고 있군."
추소명의 입가에는 조소가 어려 있었다. 무영은 피식 웃었다. 결국에는 이렇게 될 일이었다.
"이제 끝내줄까?"
무영의 물음에 추소명은 짧게 한숨을 내쉬었다.
"그렇군… 이제 끝날 때가 된 건가?"
"그래."
추소명의 표정이 몽롱해졌다. 문득 옛 생각이 난다.
"우리 집은 정말 찢어지게도 가난했어. 그런데 어느 날인가 자고 일어나 보니 생전 처음 보는 사람의 품이었어. 금화 한 냥. 그게 내 몸값이었지."

추소명의 입가에 씁쓸한 미소가 머금어졌다. 열세 살의 가을,

"누, 누구세요?"
"일랑이라고 부르렴."

생전 처음으로 들어보던 부드러운 음성. 그것으로 좋았다.
처음의 그는 무척이나 자상한 사람이었다. 추소명이 원하는 것은 무엇이든 사주었다. 매일같이 따뜻한 물로 목욕을 할 수 있었다. 끼니 역시 거르는 법이 없었다.
처음의 위화감도 잠시. 곧 일랑을 오라비처럼 따르게 되었다.
그렇게 한 달 넘게 여행을 했다. 그리고 목적지에 도착했을 때 추소명 말고도 세 명의 또래 친구를 만났다.
언제나 침착하고 냉정해 또래의 우두머리 격이었던 공우.
병약하지만 머리가 좋았던 운비.
그리고 활달하고 짓궂은 장난을 자주 치던 소문산.
사람들과 친해지는 데는 많은 시간이 걸리지 않았다. 하지만 일랑을 만날 수는 없었다. 몇 달에 한 번씩 들를 뿐이었다. 다행히 집안 일은 일랑이 보내준 소요란 여인이 맡았기에 생활하는 데는 불편함이 없었다.
그렇게 시간이 지나며 네 명은 무언가 이상함을 깨닳았다.
열세 살이었던 추소명은 이십 대 중반의 여인이 되었다. 그것은 세 명의 사내아이 역시 마찬가지였다. 하지만 일랑과 소요는 처음 만났을 때와 변함이 없었다.
얼굴에 주름 한 점 늘지 않았다.

"이상하지?"

소요가 쓴 미소를 지으며 물었을 때 아무도 입을 열 수 없었다. 그리고 언제나처럼 몇 달 만에 들른 일랑은 미소를 지으며 자신의 손목을 칼로 베었다.

시뻘건 피를 네 개의 잔에 떨군 후 말했다.

"마셔라."

왠지 일랑의 말에 거역할 수 없었다. 무엇에 홀린 것처럼 모두들 선선히 그의 피를 마셨다. 그리고 지금에 이르렀다.

"사백 년… 참으로 오랜 세월을 살아왔군."

추소명은 무영에게 시선을 주었다.

"나와 산이는 특히 각별했어. 나보다 세 살이나 많았던 공우나 반대로 네 살이나 어렸던 운비와는 다르게 동갑이었거든. 우리는 마음이 통하는 친구였어."

그런 그가 만신창이가 되어 돌아왔다, 추소명마저 알아보지 못하는 광인이 되어서.

"복수하려고 했는데… 그랬는데… 내가 먼저 가게 될 처지가 되었네. 뭣 같은 일이지."

문득 추소명의 입가에 허탈한 미소가 머금어졌다. 너무나도 공교롭지 않은가. 그녀 역시 소문산과 마찬가지로 광인이 되었다.

"산이와 다시 마주치면… 그래 어차피 결과는 정해진 거로구나?"

추소명의 물음에 무영은 고개를 끄덕였다. 만나면 싸우게 될 것이 틀림없다.
둘 중 하나는 죽어야 한다. 그것은 거스를 수 없는 숙명이다.
추소명은 문득 무영을 바라보며 물었다.
"모든 일이 끝나면 어떻게 할 거지?"
"글쎄… 아직 생각해 보지 않았군."
추소명은 가만히 손을 들어 무영의 볼을 매만졌다.
"사실 지금의 상황 재밌지 않니?"
"뭐?"
무영은 멍한 표정으로 반문했다. 추소명은 부드럽게 무영의 볼을 쓰다듬으며 말을 이어갔다.
"너에게 허락된 삶은 길어. 불멸이나 마찬가지야. 모든 일에 이제는 무뎌질 때도 되었지."
"……"
"네가 어떻게 삶을 살아왔는지 알아. 너는 이 무료한 일상에 일회용 청량제를 찾은 거야. 그렇잖아? 나보다도 더 오래 살아왔으니까. 하지만 그것도 조금씩 무뎌지던 참이었어."
조금씩 무영의 얼굴이 일그러졌다.
"…닥쳐."
"그런데 이런 큰 자극이 찾아온 거야. 사실을 말해봐. 재미있지? 내심 즐기고 있지? 가슴이 두근거리지 않아?"
"닥치라고."
무영의 말에도 추소명의 입은 멈추지 않았다.
"사람은 갈수록 더 큰 자극 거리를 찾게 마련이야. 나는 궁금해. 지금의 모든 일이 끝나고 또다시 찾아올 무료함을 네가 견딜 수 있을까? 훗! 모르지 후에 네가 무슨 엄청난 짓을 저지를지."

"제발 닥쳐!"

"네가 마음만 먹는다면 가능한 일이야."

추소명의 입가에 차가운 조소가 어렸다.

"그만!"

무영은 일갈하며 소매를 펄럭였다. 이내 철컥하는 소리와 함께 검이 튕겨 나왔다.

푹!

무영의 검이 추소명의 이마 한가운데에 박혔다. 하지만 추소명은 말을 멈추지 않았다.

"저승에서도 보고 있을 거야."

무영은 차가운 목소리로 입을 열었다.

"이제 그만 죽어."

추소명의 몸 전체에 희뿌연 기운이 어리더니 검을 통해 솟구쳐 올라와 무영의 몸 전체를 감쌌다.

빠지직!

전류가 이리저리 날뛰며 무영의 몸 안으로 조금씩 잠식되어 가기 시작했다. 그렇게 얼마나 시간이 지났을까. 무영은 감았던 눈을 떴다.

추소명의 시신은 어느새 흔적도 없이 사라져 있었다. 다만 바람에 나부끼는 화려한 경장만이 그녀가 방금 전까지 이곳에 있었음을 증명해 주었다.

무영은 가만히 손을 들어보았다. 몸 안에 이질적인 기운이 느껴졌다. 추소명의 것이었다.

하지만 그것도 잠시 무영의 기운에 녹아들어 갔다. 그것으로 그녀가 존재했던 증거 중 하나가 사라졌다.

드디어 한 명이 죽었다.

하지만 왠지 기분이 더러웠다.
"제기랄!"
무영은 내기를 검 쪽으로 집중시키며 휘둘렀다.
콰콰쾅!
엄청난 폭음과 함께 대로가 갈라졌다. 끝이 보이지 않을 정도로.

소요는 거칠게 서신을 내팽개쳤다.
"빌어먹을!"
평소 욕설은 입에 담는 법이 없었다. 하지만 오늘만큼은 예외였다. 이렇게라도 하지 않으면 참을 수가 없었다.

추소명 사망.

적.

사백 년.
추소명과 알고 지낸 시간이었다.
처음 만났을 때 그녀는 자그맣던 소녀였다. 자신을 친언니처럼 따르던 착한 아이였다. 하지만 이제는 사라졌다.
소요는 억누른 목소리로 중얼거렸다.
"이것이 당신이 원하시던 건가요?"
추소명을 이렇게까지 몰고 간 무현.
소요는 이맛가를 손을 짚으며 잠시 눈을 감고 있다가 밖을 향해 외쳤다.
"바깥에 누구 있는가?"
이내 궁녀 한 명이 방으로 들어왔다. 소요는 시선도 주지 않은 채 말문을 열었다.

"술 한 병만 가져다다오."

"하지만 잠시 후에 황제 폐하의 처소로……."

순간 소요의 눈이 크게 치켜떠졌다.

"닥치고 가져와!"

"예, 예… 마마!"

소요의 흉험한 외침에 궁녀가 안절부절못하며 바깥으로 나섰다.

"하아……."

소요는 시름 어린 한숨을 내쉬었다.

"…이거 대단하군."

연유혼은 걸음을 옮기며 고개를 숙이고 대로 한가운데를 가로지르는 반 장 깊이의 구멍을 바라보았다.

추소명이 죽고 하루가 지났다. 둘은 곧바로 길을 떠났다. 식사도 거르고 잠도 자지 않은 채 걸음을 옮겼다. 하룻밤 새에 꽤나 많은 거리를 왔다. 하지만 무영이 뿜어냈던 검기의 여파는 아직까지도 대로 한가운데를 반으로 가르고 있었다.

연유혼은 묵묵히 앞서 걷고 있는 무영을 바라보았다.

문득 추소명이 했던 말이 생각났다.

사백 년간 살아왔다는 말.

하지만 그것뿐이었다. 그 뒤의 이야기는 서로 속삭이는 수준이라 들을 수 없었다. 갑자기 무영이 불같이 화를 내더니 냅다 검을 꽂아 추소명을 죽였다.

'도대체 그런 괴물과 알고 있는 저 사람은 뭐야?'

다만 한 가지 확실한 것은 무영이 말도 안 되는 초고수라는 것이다.

연유혼 역시 그런 경외감 때문에 싸움 직후 무영에게 높임말을 썼다.

"자꾸 거리가 벌어진다?"

무영은 연유혼을 돌아보며 퉁명스럽게 쏘아붙였다. 그런 모습에 연유혼은 쓴 미소를 지었다.

어제 그 일이 있고 난 직후부터 무영은 묵묵히 걸음을 옮기기만 할 뿐이었다.

궁금한 점은 많았다. 묻고 싶었다. 하지만 그럴 수가 없었다.

그것은 본능과도 같은 것이었다. 왠지 이런 상황에서 물어보면 위험해질 것 같았다.

그렇게 얼마나 걸었을까. 문득 무영이 걸음을 멈추며 연유혼을 돌아보았다.

"오늘은 이만 쉴까?"

"아, 그러지요."

연유혼이 고개를 끄덕이자 무영은 짧게 한숨을 내쉬며 주위를 살폈다. 이내 길가 한편에 자리를 잡고 앉았다. 무영은 주위에 놓인 나뭇가지를 주워 불을 붙였다.

연유혼은 바닥에 엉덩이를 붙이고 앉아 붕대로 감싼 다리를 바라보았다.

추소명의 탄지공에 당한 상처가 욱신거렸다. 다행히 근육이나 뼈가 상하지 않았다. 붕대를 풀고 금창약을 발랐다. 관통당한 상처는 빠른 속도로 아물고 있었다.

새로운 붕대로 갈았을 무렵 저녁이 완성되어 있었다. 무영은 국을 연유혼에게 건네며 입을 열었다.

"밥 먹어."

"어? 예."

"이틀 동안 식사 당번 하라며?"

연유흔은 마냥 고개를 끄덕였다. 솔직히 그런 제안 따위 무시할 줄 알았다.

"맛있게 먹겠습니다."

연유흔은 입으로 바람을 불며 뜨거운 국을 식혔다. 어느새 후딱 식사를 끝낸 무영은 자리를 잡고 누워 눈을 감고 있었다.

그렇게 얼마간의 시간이 지나고 저녁 식사를 끝낸 연유흔 역시 자리를 잡고 앉았다.

"……"

연유흔은 잠시 무영을 바라보았다. 뭐라도 말하고 싶었다. 그때 무영이 한 쪽 눈을 살짝 뜨며 말문을 열었다.

"높임말 쓰지마. 평소대로 대해."

"예?"

"말 들어."

"으, 응……"

연유흔이 조심스럽게 평대를 하자 무영은 손을 들어 헝클어진 머리를 쓰다듬으며 입을 열었다.

"그렇게 알고 싶어?"

"……?"

"어제 그 일 말이야. 어제부터 계속 안절부절못하고 있잖아."

연유흔은 조심스럽게 고개를 끄덕였다. 무영은 긴 한숨을 내쉬며 자리에서 일어나 앉았다. 그리고 나뭇가지 하나를 모닥불에다 던졌다.

"…알지 않는게 좋아. 위험해져."

연유흔은 고개를 좌우로 저었다.

"상관없어."

"네가 아무리 도제의 손자라고 해도 마찬가지야."

연유혼, 아니, 연교휘의 두 눈이 크게 치켜떠졌다.

"…나를 알아?"

무영은 가만히 고개를 끄덕였다.

"명교에서 잠시 머문 적이 있거든. 이국석인 외모와 각기 다른 색의 눈동자… 알고 있지."

"난 당신에 대해 들은 적이 없어."

무영은 쓰게 웃었다.

"당연하잖아? 아무도 모르게 조용히 묻혀 살았으니까."

"아……."

그제야 연교휘는 수긍한 표정이다.

"돌아갈 생각은 없나?"

무영의 물음에 연교휘는 쓴웃음을 지으며 고개를 끄덕였다. 무영은 짧게 한숨을 내쉬며 말문을 열었다.

"남겨진 사람의 아픔도 헤아릴 줄 알아야지."

무영은 어조는 너무도 무거웠다. 자신의 입으로 말하고 보니 너무도 우스웠다.

탁탁! 타탁!

나무가 타며 자그만 불꽃이 하늘로 솟았다. 하지만 이내 공기 중으로 흩어져 사라졌다.

무영은 가만히 불꽃을 바라보다가 말문을 열었다.

"진시황제와 불로초에 관한 이야기는 알지?"

연교휘는 고개를 끄덕였다. 불로불사를 바랐던 진시황제는 제인과 동남동녀 오백 쌍에게 불로초를 찾아오라 명했다. 하지만 그들은 돌아오지 않았다.

"그들이 왜 돌아오지 않았을까?"

무영의 물음에 연교휘는 잠시 생각하다가 말문을 열었다.

"그야 불로초를 찾지 못해서 돌아가지 않은 것이 아닐까? 임무에 실패하고 돌아가면 진시황한테 필시 죽임을 당할 테니까 그것이 두려워서……?"

무영은 희미한 미소를 띠었다.

"그것이 널리 알려진 이야기이기는 하지. 하지만 조금 다른 각도에서 생각해 봐."

"…흐음."

"불로초를 찾았다는 가정 하에. 그리고 인간이 가지고 있는 욕심을 결합시켜 봐."

순간 연교휘의 눈이 크게 떠졌다. 무영은 고개를 끄덕였다.

"떠나고 삼 년. 원정대는 해동국의 봉래란 곳에서 불로초를 찾을 수 있었지. 자, 그럼 여기서 생각해 보자. 불로초란 것은 어떻게 생겼지?"

연교휘는 아무런 대답도 할 수 없었다. 말만 들어봤을 뿐, 실상 구체적으로 어떻게 생겼는지는 모르기 때문이다.

무영은 가볍게 고개를 끄덕이며 말문을 열었다.

"그래, 아무도 몰라. 그냥 전해진 것일 뿐. 시황제가 굳이 짐 덩어리인 동남동녀 오백 쌍을 딸려 보낸 것도 그 이유야."

"설마?"

무언가 짚이는 바가 있었다. 그때 무영이 고개를 끄덕이며 입을 열었다.

"그래, 그들은 인체 실험용 도구였지."

연교휘는 너무도 큰 충격에 머리 속이 하얗게 텅 비는 것 같았다. 하지만 무영의 말은 계속해서 이어졌다.

"제인은 영험한 산이라고 이름나 있는 곳을 닥치는 대로 뒤지고 다니면서 채집한 식물들을 먹였지. 물론 운이 좋아 약초를 먹는 이들도 있었지만 그 반대의 경우도 있었겠지?"

"독초······."

"물론 그 와중에 병들거나 산짐승에 의한 습격 외에도 많은 일들이 있었지만 대게 그랬어."

연교휘는 아무런 말도 하지 못한 채 무영이 말에 귀를 기울였다.

"시간이 지나면서 실험체들은 점점 줄어들었어. 그렇게 삼 년. 봉래에 도착했을 때 남은 이는 제인뿐이었어. 하지만 결국 그는 발견했지. 공교롭게도 마지막으로 자신을 실험체로 삼아 먹은 것이 불로초였어."

꿀꺽.

연교휘는 마른 침을 꿀꺽 삼키며 무영을 바라보았.

무영이 잠시 한 모금 물로 목을 축이는 시간조차도 얄미울 지경이었다.

"내가 아까 말한 인간의 욕심 기억해? 그러면 문제를 내겠어. 불로불사의 몸을 손에 넣은 제인이 어떻게 했을 것 같아?"

연교휘는 멍한 얼굴로 당연한 대답은 내놓았다.

"돌아오지 않았어."

무영은 미소를 지으며 고개를 끄덕였다.

"존재 자체가 절대자야. 늙지도 죽지도 않지. 사람이란 간사해서 좋은 것은 혼자 독점하고자 하는 본능이 있지."

무영은 다시금 나뭇가지를 들어 모닥불에 던져 넣으며 말을 이어갔다.

"그는 자신이 내키는 대로 하고 살았어. 거칠 것이 없었지. 불멸의 삶은 무엇이든지 가능하게 만들어주었거든. 예를 들어 무공을 배운다 치자. 그에게는 노화란 개념이 존재하지 않아. 끊임없이 발전할 수 있어."

"……."

"그렇게 천 년이 흘렀을 때 그는 문득 이런 생각을 했어. 본래 이 세상을 이루고 있는 것은 수없이 많은 인간들이지만 그들을 이끌어 나가는 존재는 매우 극소수지. 이른바 선택받은 존재들. '나는 인간을 초월한 우월한 존재다'. 그리고 묻어두었던 진시황제를 추억했지. 인류 역사상 과거에도 없었고 미래에도 없을 절대불변의 최강 제국. 그 욕망 때문에 불로초를 찾아오라 시킨 것이니까."

"절대불변의 최강 제국……."

"일단 마음을 정하고 생각해 보니 자신은 혼자였어. 수하가 필요했어, 그것도 아주 뛰어난."

"설마… 설마……."

무영은 고개를 끄덕였다.

"그래, 그 여자는 제인의 수하다. 겪어봐서 알겠지만 그녀 역시 인간을 뛰어넘은 초월자에 가까운 존재지."

"잠깐? 가까운 존재라니?"

"여기까지."

무영은 말을 멈추며 자리에 누웠다. 그런 모습에 연교휘는 못내 서운한 표정으로 입맛을 다셨다. 하지만 이내 마음을 다잡으며 자리를 깔고 누웠다. 부탁한다고 해서 선선히 말해줄 것 같지 않았기 때문이다. 차라리 이대로 관계가 가까워지면 자연스럽게 알 수 있으리라 생각했다.

'부질없는.'

무영은 뒤척거리는 연교휘의 기척을 느끼며 고개를 가로저었다. 그의 내심을 왜 모르겠는가. 하지만 더 이상 말해줄 여력이 없었다. 자꾸 추소명이 했던 말이 머리 속을 혼란스럽게 헤집고 있었다.

'즐기고 있다고? 내가?'

무영은 거칠게 침낭으로 몸을 덮으며 나지막하게 중얼거렸다.
"웃기지 마."

탁탁.
운비는 오만상을 찌푸린 채 애꿎은 탁자를 손가락을 두들겼다.
"끄응."
침음성을 흘리며 머리를 헝크리며 탁자에 머리를 박고 상념에 빠져들었다.
'어디서부터 이렇게 꼬이게 된 거지?'
"재미있게 되었군."
앞에 앉아 있던 일랑이 미소를 흘리며 말문을 열었다. 그런 모습에 운비가 고개를 들며 눈살을 찌푸렸다.
"주인께서는 재미있으시겠지요. 하지만 저는 그렇지 않습니다."
"너무 경직되게 생각할 필요 없어. 언제까지 정파가 웅크리고 있으리라 생각했나?"
일랑의 여유로운 대답에 운비는 한숨을 내쉬었다. 물론 예상은 했었다. 하지만 이렇게 빠르리라고는 생각하지 못했다.
"저의 계획대로라면 십 년 후였습니다."
"세상일이란 한 치 앞도 알 수 없는 법이야. 그래서 재미있지."
생각해 보자면 모든 것이 무영으로부터 비롯되었다. 조금씩이지만 엇나간다. 자그만 구멍이 결국에는 거대한 댐을 붕괴시키는 법이니까.
머리를 감싸 쥔 채 골몰하는 운비와 달리 일랑은 얼굴에 여유로움이 만연했다.
"차라리 잘되었어."
문득 일랑이 의미심장한 미소를 머금은 채 중얼거렸다. 운비는 눈을 가늘게 뜨며 입을 꼭 다물었다.

일랑은 고개를 끄덕이다가 손을 뻗어 운비의 머리를 매만졌다.

"적당히 정보를 흘려."

운비의 어깨가 가볍게 들썩였다. 일랑이 한 말의 뜻을 왜 모를까.

"예상보다 조금 빠르긴 하지만 어차피 행해질 계획이었어. 무영으로 인해 우리가 수고스럽지 않게 되었으니 일석이조라고 생각하자."

"그, 그건."

"큭큭큭."

운비는 아무런 말도 하지 못한 채 이마에 솟은 식은땀을 닦아냈다.

제24장
집념

집 탐

"아… 아……."

소문산은 자신의 앞에 놓여진 옷가지를 바라보며 말을 잊지 못했다. 빛 바랜 붉은 피로 물들어 있는 경장은 여기저기 찢어져 너덜너덜했다.

"소명… 소명이가……."

뚝.

소문산의 눈가에 맺힌 눈물이 볼을 타고 흘렀다. 그리고 그 모습을 바라보고 있던 적은 참참한 표정으로 말문을 열었다.

"옷가지밖에 회수할 수 없었소."

'시신조차 없었으니까' 란 말은 적의 입 안에서만 웅얼거렸다.

소문산은 추소명의 너덜너덜해진 옷가지를 부여안은 채 눈물을 흘렸다. 그러던 중 문득 고개를 들고 적에게 시선을 주었다.

"너… 보고만 있었지?"

순간 소문산의 손이 번개처럼 뻗어왔다.

"컥!"

적은 답답한 신음성을 토해내며 얼굴을 일그러뜨렸다.

"그렇지? 보고만 있었지!"

소문산은 적의 멱살을 틀어쥐며 윽박질렀다.

"네놈이 도와주기만 했어도 죽지 않았을 거야!"

"…누구 때문에 이렇게 된 건데."

"뭐?"

거친 숨을 몰아쉬는 와중에도 적의 입가가 곡선을 그렸다. 명백한 비웃음이었다.

"따지고 보면 네놈 때문 아니던가?"

소문산의 손에 힘이 빠졌다.

적은 컥컥거리며 뒤로 한 걸음 물러서더니 흐트러진 옷매무새를 가다듬었다, 그리고 소문산을 가리켰다.

"그렇잖아? 네놈이 잘만 했으면 그녀가 나설 일도 없었어. 그리고 이렇게 비참한 죽음을 맞이하지도 않았을 거야."

"아… 아……."

추소명과는 가장 친했다. 나이가 동갑인 탓도 있었지만 왠지 마음이 잘 맞았다.

그녀와는 항상 붙어 다녔다. 가끔씩 둘이 경극 구경을 가거나 맛있는 집이라 소문난 곳을 찾아 식사를 하기도 했다.

'너희 둘이 사귀냐?'

몇 번인가 공우가 농담 삼아 둘에게 묻고는 했다. 대번에 손사래 쳤지만 왠지 나쁘지 않은 기분이었던 것도 같다.

"아아… 소명아……."

"언제까지 그러고 있을래?"

적의 물음에도 소문산은 추소명의 경장을 품에 안은 채 눈물을 흘리고만 있었다. 적은 한 쪽 눈을 찡그리며 말문을 열었다.

"그녀 혼자 가기에는 너무 외로운 여정이야, 저승길은."

순간 소문산의 어깨가 격하게 흔들렸다. 겨우 잦아들었던 약 기운이 돌기 시작했다.

"또, 또……."

조금씩 광폭해져 가는 소문산의 어조에 적은 희미한 미소를 흘리며 품에 손을 넣었다.

툭.

문득 땅바닥에 떨어진 가죽 주머니. 그리고 그 안에서 자그만 단약 한 알이 굴러 나왔다. 소문산은 고개를 들어 적을 바라보았다.

"약 떨어졌지? 이걸 먹어."

적은 소문산에게 얼굴을 가까이 가져가며 속삭이듯 말했다.

"그를 죽여."

소문산은 고개를 끄덕이며 한 치의 망설임도 없이 단약을 집어 들었다.

"…죽인다, 무영."

쾅!

이윽고 공기가 터지는 소리와 함께 소문산의 몸이 저 멀리로 사라져 갔다.

길 양옆으로 울창하게 서 있던 나뭇가지들이 거칠게 나부꼈다. 땅바닥에 떨어졌던 낙엽들이 미친 듯이 휘날리고 있었다.

"병신."

적은 아직까지 나부끼는 옷을 가다듬지도 않은 채 소문산이 사라진 방향 쪽으로 시선을 주며 중얼거렸다.

"으하함!"

연교휘는 입이 찢어져라 하품을 하며 침상에서 일어났다.

어제저녁에 마을에 들어설 수 있었다. 반나절만 가면 황도에 도착할 수 있을 것이다.

"피곤해."

연교휘는 반쯤 감긴 눈을 손등으로 부비며 중얼거렸다.

"일어났나?"

귓가를 파고든 소리에 눈을 동그랗게 떴다. 어느새 일어난 무영이 무심한 표정으로 찻잔을 들고 있었다.

"잘 잤어?"

무영은 가만히 고개를 끄덕이며 창밖으로 시선을 주었다.

휘잉!

황량한 바람 소리, 그리고 잔뜩 흐린 하늘.

"꿀꿀한 날씨군."

"그러네. 아, 잠깐만."

연교휘는 잠시 손을 내젓더니 그대로 바닥에 무릎을 꿇고 앉아 두 손을 허공으로 곧게 든 채 언제나 처럼의 의식을 치뤘다. 명교의 신, 마즈다에 대한 아침 기도였다.

투철한 신앙심에 불타는 연교휘는 무슨 일이 있어도 기도를 빼먹는 법이 없었다.

일 다경여의 시간이 지나자 연교휘는 눈을 뜨며 몸을 일으켰다.

세안을 끝내고 아래로 내려와 간단하게 아침을 먹을 무렵이었다. 한 무리의 사람들이 객점 안으로 들어왔다.

"아!"

무영은 자신도 모르게 몸을 일으켰다.

달칵!

의자가 바닥에 나뒹굴며 꽤나 큰 소리를 냈다. 순간 객점 안 모든 이들의 시선이 무영에게 쏠렸다. 그것은 방금 들어온 무리들도 마찬가지였다.

"어라? 너는?"

무리 쪽에서도 소리가 들려왔다. 사내들 틈에 서 있던 차분한 인상의 여인이 무영을 가리키며 놀랍다는 표정을 짓고 있었다.

'소화.'

"아는 애니?"

무리의 맨 앞에 서 있던 면사여인, 연류진이 소화에게 시선을 주며 물었다.

"소혜 아가씨를 데려온 아이요."

"아! 무영님이 어렸다면 딱 그 얼굴일 거라고 말했던?"

"아, 아가씨."

연류진의 농조에 소화는 얼굴을 살짝 붉힌다. 그 말을 들은 연교휘는 무영에게 시선을 주며 고개를 갸웃거렸다.

"무영?"

"시끄러."

무영은 눈을 부라리며 전음의 수법으로 말을 건넸다. 연교휘는 눈을 동그랗게 뜨며 무영을 바라보았다. 분명 입이 아주 미약하게 달싹였을 뿐이다. 그럼에도 아주 정확한 발음이 뇌를 울렸다.

'전음?'

연교휘는 이내 피식 웃었다.

검기를 뿜은 여파가 하룻밤을 걸어도 끊어지지 않을 정도의 초고수다.

전음을 쓴다는 것이 이상할 일이 아니었다.

하지만 그보다 무영이란 이름에 당혹해한다는 사실이 연교휘의 흥미를 돋궜다.

"안녕하세요."

무영은 짐짓 천진한 미소를 지으며 소화에게 쪼르르 다가가 꾸벅 인사했다.

"안녕, 이런데서 보니 반갑다."

소화는 놀랍다는 어조로 무영에게 인사를 건넸다. 그때 옆에 서 있던 연류진이 말을 건넸다.

"네가 혜야를 데려온 아이니?"

"안녕하세요, 누나."

무영이 소화와 마찬가지로 꾸벅 인사를 올렸다.

"흐음?"

연류진은 어린 모습의 무영을 자세히 훑으며 침음성을 흘리다가 고개를 끄덕였다.

"과연… 정말 많이 닮았네?"

"그렇지요?"

소화가 얼굴에 화색이 돌아 되물었다.

연류진 역시 놀라운 마음을 감출 수 없었다. 이건 좀 정도가 심하지 않은가. 열이면 열, 어렸을 때의 모습이라 말하면 대번에 고개를 끄덕일 정도였다.

무영은 내심 침음성을 흘렸다. 이 수법의 대표적 단점 중 하나였다.

"제가 누구랑 닮았나요?"

무영이 앞서 치고 나가 묻자 연류진과 소화는 연신 고개를 갸웃거리면서도 말문을 열었다.

"응. 지나치리만큼."

무영은 배시시 웃으며 소화에게 시선을 주었다.

"그렇군요. 하지만 저는 누나와 이제 두 번째 보는 건데요? 그리고 제 이름은 곽현입니다."

천진난만한 말에 연류진과 소화는 고개를 끄덕일 수밖에 없었다. 무영은 그런 둘을 바라보다가 남소혜에게 생각이 미쳤다.

제대로 된 집에 입양되었는지.

"그런데 소혜가 안 보이네요?"

"아! 아가씨?"

"예."

무영이 크게 고개를 끄덕이자 소화의 얼굴에 처연한 빛이 띠어졌다. 웬일인지 무영에 대한 모든 기억을 잃었다. 처음에는 많이 놀랐다. 하지만 생각해 보니 차라리 그 편이 잘된 것 아닌가.

때마침 좋은 조건의 양부모들이 나타나 수월하게 입양 절차를 밟을 수 있었다.

"부모님께 갔단다."

'그렇군. 부탁한 대로 양부모를 찾았나 보군.'

무영은 내심 안도하며 고개를 끄덕였다. 그리고 멀뚱히 식탁에 앉아 있는 연교휘를 가리켰다.

"죄송한데 제가 일행이 있어서요."

"그래? 정말 미안. 시간을 뺏었구나. 그리고 저번에는 정말 고마웠어. 다시 한 번 감사할게."

"별말씀을요. 그럼 이만."

무영은 꾸벅 인사를 하고 자리로 돌아왔다. 그리고 연교휘의 옷소매를 잡아끌었다.

"이만 나가자."

"응? 나 아직 다 못 먹었는데?"

연교휘는 고개를 갸웃거렸다. 무영은 눈살을 찌푸리며 연교휘의 소매를 잡아당겼다.

"나른 곳으로 가자고. 내가 사줄게."

"뭐, 그렇다면야."

연교휘는 선선히 고개를 끄덕이며 몸을 일으켰다. 방에 올라가 짐을 챙기던 연교휘가 조심스럽게 말문을 연다.

"아는 사람들?"

무영은 짜증스럽게 앞머리를 잡아당겼다.

"어휴, 하필이면!"

여러 일이 있어 지체된 까닭이었다. 이런 곳에서 마주쳐 버리다니. 하지만 한편으로는 소득도 있었다.

'뭐, 소혜의 소식을 들었으니까.'

무영은 희미한 미소를 지었다.

그 시각. 탁자에 자리를 잡고 앉은 소화와 연류진은 연신 고개를 갸웃거렸다.

"정말 비슷했어."

"그렇지요?"

"응. 하지만 아니라는데 어쩌겠니?"

"그렇지요? 그렇게 생각해야겠지요?"

"어서 식사나 하자. 오늘 저녁에는 황도에 들어가야 해."

"…예, 아가씨."

소화는 고개를 끄덕이며 음식을 들기 시작했다. 하지만 연류진은 젓가락으로 애꿎은 음식만 깨작거릴 뿐, 좀처럼 먹지 못하는 모습이었다.

"왜 안 드세요?"

"글쎄… 별로 식욕이 없네."

"그러시면 안 돼요. 황실에 들어가시면 이것저것 간택 준비로 정신이 없을 텐데."

"…그렇겠지?"

문득 연류진의 입가에 쓴 미소가 머금어졌다. 그때였다.

쾅!

갑작스레 천지를 울릴 것 같은 굉음과 함께 객점 문이 터졌다.

"까아악!"

예상치 못한 상황에 연류진이 눈을 질끈 감으며 몸을 움츠렸다.

"아가씨!"

소화가 비명성을 내지르며 연류진을 감쌌다.

고오오!

자욱한 먼지와 함께 허공으로 건물의 파편들이 이리저리 튀었다. 다행히 소화의 등으로 떨어진 것은 자그만 돌맹이 조각이었다.

"괘, 괜찮으세요?"

소화가 눈을 가늘게 뜬 채 연류진의 상황을 살폈다.

"…응. 괜찮은 것 같아."

연류진은 놀란 가슴을 진정시키며 눈을 깜박였다. 그제야 소화는 안도하는 기색이었다.

"모두들 괜찮은가요?"

연류진은 호위무사들 쪽으로 시선을 주며 외쳤다. 무슨 일인지 파악해야 했다. 다행히 호위무사들은 무사했다. 먼지로 인해 옷가지나 얼굴이 더러워진 정도였다.

"다행이다."

연류진은 안도의 한숨을 내쉬며 바닥에 털썩 주저앉았다. 하지만 이내 무언가 이상한 점을 발견했다. 객점 안의 모든 시선들이 한곳으로 향해 있었다.

"아… 아……!"

그때 옆에 서 있던 소화가 말을 더듬거리며 바닥에 털썩 주저앉았다. 그 경악스런 표정은 호위무사들 역시 마찬가지였다.

"……?"

연류진은 의아한 표정으로 고개를 돌렸다. 그리고 한 사내를 볼 수 있었다.

육 척에 이르는 장신에 봉두난발(蓬頭亂髮)의 사내는 딱 보기에도 뭔가 이상했다. 하지만 처음 보는 사내였다.

"아는 사람이야?"

"으아아!"

소화는 객점이 쩌렁쩌렁 울리도록 비명성을 질러댔다. 미친 광인. 끔찍했던 예전의 공포가 되살아났다. 그것은 호위무사들 역시 마찬가지였다.

무림사에 전설로만 전해지는 허공답보를 아무렇지도 않게 시전하던 사내. 목이 부러졌음에도 멀쩡하게 도망치던 충격적인 광경을 어떻게 잊을 수 있겠는가.

하지만 정작 연류진은 모른다. 호위무사들이 싸울 적이나 소화가 습격을 받았다 일렀던 때 모두 마차에 있었기 때문이다.

히죽.

그때 광인, 소문산이 징그러운 미소를 지으며 호위무사들을 바라보았다.

"여어."

움찔!

나직한 말에도 호위무사들의 어깨가 한 차례 세차게 흠칫거렸다.

"우리… 예전에 만난 적 있었지?"

소문산의 시선이 이번에는 바닥에 웅크리고 있는 소화에게 향했다.

"아가씨도 오래간만이야."

소문산은 징그러운 미소를 흘리며 손가락을 들어 자신의 이맛가를 툭툭 쳤다.

"그때는 실례가 많았어. 머리가 좀 돌았었거든."

"으악! 으아악!"

소화는 손으로 귀를 막으며 실성한 사람마냥 비명을 질렀다. 그런 모습에 소문산은 히죽 웃었다. 그리고 이번에 시선이 닿은 곳은·면사로 얼굴을 가린 연류진이었다.

"호오… 아가씨는 처음 보는데?"

순간 연류진이 몸을 움츠리며 뒤로 한 걸음 물러섰다. 소문산은 만족스러운 미소를 지으며 살짝 고개를 치켜들었다.

"관객이 모두 모였군."

스윽!

치켜 들려졌던 소문산의 고개가 다시금 제자리로 돌아왔다. 그리고 계단 쪽으로 시선을 주며 말문을 열었다.

"그렇지, 무영?"

순간 연류진과 소화의 눈이 크게 떠졌다.

분명 무영이라고 불렀다.

첫 인상은 최악이었다. 뭐 저런 사람이 있나 할 정도로 무례하고 자유분방했다. 하지만 어느새 연류진과 소화의 가슴 한편에 묵직한 존재감을 남겼다. 하지만 일방적으로 사라졌다.

그런 그의 이름이 들렸다. 연류진과 소화는 단번에 계단 쪽으로 고개를 돌렸다.

하지만 둘의 기대와는 달리 계단에는 곽현이라 소개한 아이가 서 있을 뿐이다. 너무도 무영과 닮은 아이. 하지만 아니라고 했다.

무거운 적막감과 함께 모든 이의 시선이 아이에게 향했다.

"이번에는 맨 정신으로 왔군."

무영은 히죽 웃으며 천천히 계단을 내려왔다.

"과연… 그게 네 본 모습이냐?"

무영은 고개를 끄덕였다. 소문산은 입가에 조소를 띤 채 양팔을 벌렸다.

"보고 싶었다, 무영. 미치도록 말이야."

무영은 계단 위쪽에 서 있던 연교휘에게 말했다.

"사람들을 밖으로 내보내."

"괜찮겠어? 도와줘?"

연교휘는 걱정스러운 표정이었다. 하지만 무영은 아무런 대답도 하지 않은 채 묵묵히 발걸음을 옮겨 계단을 내려가고 있었다. 연교휘는 피식 웃었다.

'자신있다는 소리군.'

연교휘는 주위를 향해 외쳤다.

"모두들 밖으로 나가요!"

하지만 객점 안에 남은 이들은 연류진 일행뿐이었다. 어느새 모두들 밖으로 도망쳤다.

연류진과 소화는 뭐가 어떻게 된 건지 혼란스러웠다.

'무영이라니… 저 아이가?'

그때 계단을 내려온 무영이 소화의 옆을 지나며 입을 열었다.

"소화 소저, 아가씨를 모시고 밖으로 나가요."

"에?"

소화의 눈가에는 눈물이 그렁그렁 매달려 있었다. 무영은 걸음을 멈췄다. 미소를 머금으며 손을 들고 그녀의 눈가에 맺힌 눈물을 손가락 위로 얹었다.

"웃어요. 당신은 웃는 모습이 예쁘니까."

무영이 걸음을 옮겼다.

"아!"

순간 소화가 나직한 신음성을 터뜨렸다. 안양에서 헤어질 무렵 무영은 지금과 같은 미소를 머금은 채 눈물을 닦아주었다. 그리고 지금과 같은 말을 마지막으로 남겼다.

"무, 무영님……?"

소화가 고개를 들었다. 무영은 살며시 고개를 돌려 미소를 지어주었다.

그 장면을 마지막으로 소화는 호위무사들에게 이끌려 문 쪽으로 걸음을 옮겼다. 그때였다. 소문산은 무영을 바라보며 손가락을 튕겼다.

탁!

쾅!

갑작스런 굉음과 함께 연류진의 앞에서 조심스럽게 경계하던 호위무사들 몇 명이 터졌다.

후두둑!

살점과 핏물이 연류진과 소화의 옷가지를 순식간에 적셨다.

"까아악!"

연류진은 날카롭게 비명을 지르며 그 자리에 주저앉았다. 소문산은 그 모습을 바라보고는 입꼬리를 말아 올리며 재차 손가락을 튕겼다.

딱!

퍼버벅!

육신이 터지는 소리. 이윽고 연류진과 소화만이 남았다. 호위무사들은 손 한 번 써보지 못한 채 어이없이 한줌의 핏덩어리로 변했다.

"도망치려고? 안 되지."

소문산의 웃음소리는 징그러웠다.

"네년들도 죽는 거야."

소문산이 손가락을 마주 대고는 튕기려 했다. 순간 무영이 눈을 부릅 떴다.

딱!

텅!

하지만 이번에는 좀 전과 같은 소리가 들리지 않았다. 무언가 부딪치는 이질적인 음색.

"…으! 속이 뒤집어지는 것 같아."

연교휘는 얼굴을 찡그린 채 연류진과 소화의 앞을 막아서고 있었다. 하지만 온전하지는 못했다. 옷 여기저기가 갈기갈기 찢어져 있었다.

"크윽!"

연교휘는 몸을 비틀거렸다. 옷가지에서는 피가 배어 나오고 있었다. 겨우 아물어가던 상처가 다시 벌어졌다. 결국 고개를 떨구며 바닥에 한쪽 무릎을 꿇었다.

그런 모습에 소문산은 비웃음 섞인 미소를 지었다. 용케 버텨내기는 했다.

"하지만 또 막을 수 있을까?"

소문산이 손가락을 드는 순간이었다.

빡! 우당탕!

갑작스러운 충격과 함께 소문산의 몸이 한쪽 구석으로 처박혔다.
무영은 주먹을 쥔 채 꿈틀거리는 소문산을 노려보며 으르렁거렸다.
"네 상대는 나야."
소문산은 자신의 몸 위를 덮은 탁자를 한쪽으로 밀어내며 차가운 미소를 흘렸다.
"여흥이야, 여흥."
"헛소리."
무영의 손이 휘둘러졌다.
빠각!
순식간에 소문산의 앉아 있던 자리가 반원형으로 푹 파였다.
콰장! 쾅! 쾅! 쾅!
무영의 손길이 향한 곳은 순식간에 잘게 부서지거나 터져 나갔다.
"죽어!"
무영의 발이 허공에 들려졌다가 땅을 밟았다.
콰득!
발바닥이 움푹 패이며 축으로 허리가 돌아갔다. 뒤이어 뒤로 당겨져 있던 일권이 앞으로 뻗어 나왔다. 소문산은 재빨리 횡으로 보법을 밟으며 피해 나갔다.
콰르르!
객점 안을 지탱하고 있던 나무 기둥이 바스러지며 이층 복도 한편이 무너져 내렸다. 하지만 이것으로 끝이 아니었다. 순식간에 소문산의 앞으로 달려든 무영이 몸을 날리며 발을 휘둘렀다.
소문산은 반사적으로 몸을 숙였다. 반경이 상당히 큰 공격. 허점이 드러났다.
씨익.

소문산은 차가운 미소를 흘리며 손을 들어 무영의 다리를 움켜쥐었다.
"아차!"
무영이 당황한 표정이다. 지금 자신의 체구는 작다. 그 말인즉슨 무게도 가볍다는 소리다. 소문산은 그대로 몸을 들어올리며 무영을 거꾸로 들어 바닥에 내리꽂았다.
으드득!
머리부터 바닥에 들이박힌 무영이 고통스런 신음성을 흘렸다. 이대로는 위험하다. 불리한 자세였다. 무영은 허리를 튕기며 몸을 일으켰다. 하지만 뒤이어 시야를 꽉 채우며 들어오는 발바닥.
너무도 근접한 거리. 피하기는 늦었다.
"제기랄!"
무영은 거칠게 투덜거리며 양팔을 십자로 교차시켰다.
텅!
커다란 충격과 함께 무영의 허리가 뒤로 휘어졌다. 저항하지 않고 흐름에 몸을 내맡겼다. 그러는 와중에 자신의 발을 위로 솟구쳐 올렸다. 물론 짧은 다리 때문에 허리를 튕기는 것도 잊지 않았다.
빡!
갑작스런 반격에 턱을 얻어맞은 소문산의 몸이 휘청거렸다. 무영은 그대로 공중에서 한 바퀴 돌아 땅바닥에 착지했다. 그리고 그 탄력을 이용해 소문산의 품으로 파고들며 섬광처럼 주먹을 출수했다.
오른 주먹이 그대로 소문산의 명치에 꽂혔다.
"커억!"
숨이 턱 막히는 격통에 소문산이 반사적으로 몸을 수그렸다. 그것이 무영이 의도한 바였다. 양손으로 소문산의 목 뒷덜미를 부여잡고 아래쪽으로 내리누르며 무릎을 올려쳤다.

쾅!

소문산의 얼굴이 위로 들썩였다. 무영의 무릎이 정확하게 맞은 탓이다. 두 차례 방금 전과 같은 공격을 가한 무영은 발을 뻗어 소문산의 복부를 후려쳤다.

소문산의 몸이 뒤로 쭉 밀려났다. 거리가 확보되자 무영이 소매에 휘둘렀다.

철컥! 철컥!

날카로운 검이 쭉 뻗어 나왔다. 무영은 순식간에 내기를 끌어올렸다. 옷이 부풀어 오르며 객점 전체가 조금씩 흔들리기 시작했다.

"흐압!"

힘찬 기합성과 함께 무영의 검이 두 차례 허공을 그었다.

슈각! 슈각!

시퍼런 반원형 검기가 소문산을 향해 날아들었다.

"빌어… 먹을!"

발을 끌었지만 충격으로 인해 잘 멈춰지지 않는다. 소문산은 재빨리 발을 놀리며 손을 휘저었다.

쾅! 콰쾅!

검기와 권풍. 둘이 부딪치자 격한 폭발이 객점 안을 뒤덮었다.

후두둑!

폭발이 잦아들자 자욱한 먼지가 시야를 가렸다. 소문산은 한쪽 벽에 처박힌 채 거친 숨을 몰아쉬었다.

"허억! 허억!"

저벅.

"…그 정도냐?"

먼지를 뚫고 들려오는 발걸음 소리. 뒤이어 들려온 음성에 소문산은 씁쓸하게 웃을 수밖에 없었다.

소문산은 품 안에 손을 넣었다. 뒤이어 동그란 단약의 촉감이 느껴졌다.

"미안, 소명."

소문산은 단약을 입 안에 넣었다. 혀끝에 닿기가 무섭게 녹아 목 안으로 흘러들어 간다. 그와 동시에 희뿌연 무영의 형체가 어른거리기 시작했다.

소문산은 비웃음 섞인 미소로 무영 쪽을 바라보았다.

"…온전한 상태로 이길 수 있는 상대가 아닌가 보다."

소문산은 나직한 어조로 중얼거렸다. 처음 추소명의 옷가지를 봤을 때는 아무것도 보이지 않았다. 오로지 무영을 잡아 복수해야겠다는 생각만이 머리 안에서 맴돌았다.

하지만 단약을 먹고 난 뒤가 마음에 걸렸다. 자기 자신이 아닌 것 같은 느낌. 통제에서 벗어난 야수와 같은 상태가 싫었다. 그것은 다시 생각하기 싫은 경험이었다. 그래서였다.

온전한 소문산으로서 복수를 행하고 싶었다. 하지만 현실은 잔혹했다. 기량 차이가 너무도 현저했다.

"크윽!"

그때 가슴 한편이 울컥하며 뜨거워졌다. 참을 수 없는 화기가 목까지 치고 올라왔다.

부들거리며 떨리던 검은 눈동자가 위로 말려 올라갔다.

"크르륵!"

목 울대에서 거북한 가래 끓는 소리가 흘러나왔다. 반쯤 벌어진 입에서 뜨거운 김이 새어 나왔다.

무영은 그 모습을 바라보며 눈살을 찌푸렸다. 예전과 똑같다. 물론 얼마 전에 해치웠던 그 여자와도 같은 상태다. 건방진 괴변을 늘어놓던 그녀.

무영은 손을 뻗어 손가락을 자신 쪽으로 까닥였다.

"와라, 괴물."

"크ㅎㅎ!"

소문산이 땅을 박차며 무영을 향해 달려들었다.

털썩!

연교휘는 바닥에 털썩 주저앉으며 거친 숨을 몰아쉬었다.

"허억! 허억!"

몸 여기저기 안 아픈 곳이 없다. 생각보다 상처가 컸다. 피가 끊임없이 흐르고 있었다.

"괘, 괜찮으세요?"

소화가 질린 표정으로 연교휘에게 다가서며 상처를 살폈다.

"…견딜 만합니다."

연교휘는 힘겹게 답하며 객점 쪽으로 시선을 주었다. 둘의 격돌을 틈타 겨우 바깥으로 피신할 수 있었다. 오늘의 그 사내는 먼저 번에 상대한 여인과는 격이 달랐다. 자신이 감당할 만한 상대가 아니었다.

'조금이나마 자만하고 있던 내 자신이 부끄럽군.'

하지만 지금은 그런 것을 생각할 때가 아니었다.

"그것보다 멀리 피해야 해요."

아직 객점에서 충분히 떨어지지 않았다. 무영의 무위나 정체불명의 괴한을 볼 때 이 정도는 안정권이 아니다. 자칫하면 둘의 싸움에 휘말릴 여지가 있었다.

쾅! 콰창! 빡!

객점 바같으로 쉴 새 없이 무언가 부서지거나 폭발성이 쉬지 않고 터져 나왔다. 부러진 기둥이나 돌 부스러기가 이리저리 튀며 조금씩 객점이 허물어지기 시작했다.

연교휘는 주위를 살피다가 아연실색할 수밖에 없었다. 객점 바같에는 소위 말하는 구경꾼들이 놀려 있었다. 무슨 일인가 싶은 호기심 때문이겠지만 상황은 예상보다 심각했다.

"제기랄! 모두 빨리 피해요!"

연교휘는 쥐어짜듯 외쳤다. 하지만 모두들 수군거리기만 할 뿐이었다. 연교휘는 짜증스럽게 몸을 일으키며 억지로 내기를 끌어올렸다.

쾅!

연교휘가 발을 구르자 땅이 움푹 파였다.

"죽기 싫으면 다 꺼지란 말이야!"

"으아악!"

그제야 구경꾼들이 주춤거리며 뒤로 물러서기 시작했다.

"쿨럭!"

무리하게 끌어올린 내기로 연교휘는 울컥 피를 토하며 몸을 수그렸다. 그런 모습에 소화가 황급히 다가왔다. 연교휘는 힘겨운 표정으로 말문을 열었다.

"일단 피합시다."

"에?"

소화와 연류진은 완전 넋이 나가 있었다. 얼굴이나 옷가지에 덕지덕지 묻은 혈흔. 그녀들이 받은 충격은 대단했다.

"제기랄!"

갑작스럽게 터져 나온 격한 어조에 연류진과 소화가 동시에 움찔거렸다. 연교휘는 짧게 한숨을 내쉬며 그나마 상태가 나은 소화를 바라보았다.

"저 아가씨를 모시고 뒤로 물러서요."

"에? 예."

"어서요."

연교휘는 힘겹게 발을 끌며 걸음을 옮겼다.

그럭저럭 안전한 거리라 생각한 곳에 당도하자 비로소 연교휘는 몸에 힘이 쭉 빠져나감을 느꼈다.

털썩.

연교휘는 바닥에 주저앉았다. 그 옆에는 소화와 연류진도 자리잡고 있었다.

"아가씨, 아가씨."

소화는 떨리는 목소리로 연류진을 흔들었다. 평소라면 상상도 할 수 없는 일이었다. 하지만 지금으로서는 불가피한 상황이었다.

"이, 이제는 괜찮아."

연류진은 격양된 마음을 애써 감추며 소화에게 시선을 주었다.

더 이상 흐트러진 모습을 보일 수는 없었다. 소화는 그제야 안도했다. 그리고 바닥에 주저앉아 있는 연교휘를 바라보았다.

"괜찮으세요?"

연교휘는 고개를 들었다. 잔뜩 겁먹은 표정은 소화를 바라보며 힘겹게 미소를 지었다.

"별로 안 괜찮아요."

"그, 그런……."

"그것보다, 아가씨… 무영과 아는 것 같던데?"

소화는 곤혹스러운 표정을 보였다. 아직 뭐가 뭔지 모르겠다. 머리가 뒤죽박죽으로 뒤엉킨 느낌이다.

"잘 모르겠어요."

"…뭐 나중에 물어보면 알겠지."

연교휘는 나지막하게 중얼거렸다. 그때였다. 수십의 인기척이 느껴졌다. 고개를 돌린 연교휘는 눈살을 찌푸렸다.

관병들이 몰려오고 있었다. 누군가 무림인들이 충돌을 일으켰다고 신고한 모양이었다.

"번거롭게 되었군."

연교휘는 옷소매로 얼굴을 가렸다. 무영도 그렇지만 자신이 문제였다. 몇 번인가 소란을 일으켰기에 조심하는 것이 나으리라.

다행히 관병들의 관심은 쉴 새 없이 굉음이 터져 나오는 객점 쪽으로 향했다.

"저쪽이다!"

선두에 선 자가 앞서자 관병들이 재빨리 객점 쪽으로 달려간다. 그리고 객점 앞에 서 크게 외친다.

"마을 안에서 싸우다니, 간이 배 밖으로 나온 자들이로구나! 녀석들을 잡아들여!"

"예!"

각자 창을 꼬나 쥐고 객점 안으로 들어가는 모습을 바라보던 연교휘는 고개를 돌렸다. 저들의 운명은 이미 결정난 것이나 다름없었다.

툭! 데구르르.

잠시 후 객점 밖으로 동그란 원형의 물체가 하나가 굴러 나왔다. 뒤이어 다리가 잘린 관병 한 명이 비명성을 지르며 기어나왔다.

"내 다리! 내 다리가! 아아악!"

하지만 관병의 애처로운 비명성을 끝까지 이어지지 못했다. 결국 객점이 폭삭 내려앉으며 뒤덮었기 때문이다.

그 폐허의 한가운데에는 단 두 명만이 서 있을 뿐이었다.

"크흐흐……."

소문산은 자신의 손아귀에 잡혀 버둥거리는 관병을 바라보며 악귀처럼 웃었다.

"…죽어라. 크히히히!"

"사, 살려……!"

콰작!

관병의 목이 부러지며 얼굴이 푹 떨궈졌다. 소문산은 쓰레기처럼 바닥으로 내팽개치며 무영을 향해 한 걸음을 내디뎠다.

징그러운 웃음을 흘리고 있는 소문산의 몰골은 말이 아니었다. 산발된 머리에 옷은 갈기갈기 찢어져 있었고, 안면은 피범벅이었다.

"씨익! 씨익!"

소문산이 거친 숨을 내뱉을 때마다 부러진 이 사이로 바람 빠지는 소리가 새어 나왔다. 무영은 소문산에게 파고들어 복부에 손을 꽂아 넣었다.

퍼억!

"꺼흑!"

소문산의 상체가 앞으로 수그러졌다. 초절한 속도의 일권이 소문산의 복부를 파고들었다.

후두둑!

무영의 팔등을 타고 피가 흘러내렸다. 무영의 일권이 복부를 뚫은 것이다. 하지만 등 쪽까지 꿰뚫고 나오지는 못했다. 팔이 너무 짧았다.

"죽어, 이 새끼야!"

무영은 발바닥으로 소문산의 몸을 밀쳐 냈다.

콰당!

길 건너편에 자리잡은 과일 상점에 처박힌 소문산은 헐떡거렸다. 으스러진 과즙으로 인해 온몸이 질퍽했지만 그것을 생각할 겨를이 없었다. 어느새 다가온 무영이 검을 휘둘렀다.

"푸학! 푸학!"

일검에 양다리가 반쯤 잘려 나가며 시뻘건 핏물이 허공으로 튀었다.

"으아악!"

소문산은 처절하게 비명을 내지르면서도 손가락을 곧게 뻗어 내질렀다.

"푸각!"

"아악!"

무영이 오른쪽 눈두덩이를 손으로 가리며 몸을 수그러졌다. 손가락이 눈 안을 파고든 탓이다.

"이 새끼가!"

무영은 악귀처럼 외치며 발을 들어 소문산의 오른쪽 팔을 밟아버렸다.

"퍼석!"

발에 밟힌 곳이 으스러졌다. 그때 소문산이 온전한 왼쪽 손을 세워 무영의 다리를 그었다.

"쉬익!"

무영은 입술을 베어 물며 허공으로 뛰어올랐다.

"퍼석!"

무영의 뒤에 자리잡은 나무 가판대의 바퀴가 반으로 쪼개졌다. 무영은 허공에 멈춰 서며 이를 으득 갈았다. 이제 이것저것 따질 겨를이 없었다.

"단번에 끝낸다."

무영은 차갑게 중얼거리며 내기를 뿜어냈다. 몸 바깥으로 희뿌연 기운이 어른거리기 시작했다.

"빠직! 빠지직!"

연기처럼 이글거리는 기운이 조금씩 늘어나기 시작했다.

쉬이이.

길게 뻗어나간 연기가 바닥에 겨우 서 있던 나무 기둥에 닿았다.

짜악!

그 순간 칼로 썰린 두부처럼 깨끗한 단면을 드러내며 쪼개졌다. 그 모습을 이십 장 밖에서 바라보고 있던 연교휘가 눈을 부릅떴다.

"검강?"

한눈에 알아볼 수 있었다. 명교의 초대 교주였던 천마종사가 단 한 번 행했던 절정의 무위.

"실례합시다!"

연교휘는 소화와 연류진을 양 옆구리에 끼었다.

"까악!"

"무, 무슨 짓이에요!"

갑작스런 상황에 둘은 비명을 질러댔다. 하지만 일일이 설명할 시간이 없었다. 연교휘는 마지막 진기를 짜내 몸을 날렸다.

미루어 짐작하건데 그 위력이란 상상을 초월할 것이다.

이미 무영과의 거리는 백여 장이 훌쩍 넘었다. 하지만 그럼에도 불구하고 온몸이 저릿저릿할 정도다.

'제기랄!'

탁!

연교휘는 땅을 박차고 다시금 앞으로 쭉 뻗어나갔다. 이대로 휘말리면 끝이다.

"조금만 더! 조금만!"

연교휘의 다급한 외침을 아는지 모르는지 무영은 차가운 표정을 유지한 채 소문산을 내려다보았다. 소문산은 비틀거리면서도 몸을 일으켰다.

치익! 치이익!

반쯤 잘린 다리와 으스러진 팔 쪽에서 연기가 피어오른다. 벌써 상처가 아물며 회복되기 시작했다.

치이익!

그것은 부영 역시 마찬가지였다. 불의에 일격을 당해 감긴 눈자위로 연기가 치솟기 시작했다.

"크흑! 크흐흑!"

소문산은 비명성을 흘리면서 무영과 마찬가지로 내기를 끌어올리기 시작했다. 뒤이어 희뿌연 기운이 몸을 감싸기 시작했다.

무영은 비릿한 미소를 머금었다.

피빗! 피비빗!

무영의 주위에서 이글거리던 기운이 소문산을 향해 뻗어나갔다. 소문산은 괴이한 미소를 머금은 채 양팔을 벌렸다.

"크흐흐흐!"

콰광!

검강이 맞부딪치며 구형의 섬광이 둘 사이를 휘감았다.

휘오오!

둘의 사이에서 생성된 소용돌이 바람이 구형으로 퍼져 나갔다.

퍼석!

목재로 이루어진 건물 기둥들이 부서지며 내려앉기 시작했다. 먼지를 머금은 바람이 급격하게 연교휘와의 거리를 좁혀간다.

그때 눈앞에 어딘가의 건물에서 뽑혀져 나간 지붕이 날려와 떨어졌다.

쿵!

"이런 제기랄!"

연교휘는 욕지기를 내뱉으며 몸을 날려 장애물을 뛰어넘었다. 하지만 계속해서 잔해들이 떨어져 행보를 방해하기 시작했다. 이대로라면 위험했다.

연교휘는 신속하게 주위를 살폈다. 마침 제법 튼튼해 보이는 건물이 보인다.

"옳지!"

연교휘는 재빨리 건물로 다가갔다. 그리고 굵은 나무 기둥을 붙잡았다.

"눈감고 꽉 붙잡아요! 날아가면 끝이에요!"

그 외침이 너무 다급했던 탓일까. 소화와 연류진은 고개를 끄덕이며 각기 기둥을 움켜잡고 자리에 주저앉았다. 그와 동시에 소용돌이가 세 사람을 휩쓸었다.

"크으윽!"

몸이 조금씩 밀려났다. 손아귀에 힘이 조금씩 빠져나간다.

연교휘는 이를 악 물었다. 그때 힘이 빠진 연류진의 몸이 허공으로 치솟았다.

"꺄아악! 모, 못 버티겠어!"

연류진이 비명성을 내질렀다. 그 순간 손에 힘이 빠졌다.

툭!

손아귀를 벗어나 연류진의 몸이 급격히 뒤로 쑥 빠져나갔다. 그 순간 연교휘가 손을 뻗어 잡아챘다.

"으윽! 이런… 제기랄!"

연교휘는 연류진과 소화를 품에 감싸며 돌개바람을 온몸으로 막아섰다.

몸이 갈갈이 찢어지는 느낌이다. 그렇게 얼마나 시간이 지났을까 미친 듯이 나부끼던 바람이 잦아들었다. 연교휘는 소화와 연류진을 품에 감싼 채 거친 숨을 몰아쉬었다. 내기가 온통 헤집어져 엉망이었다. 살며시 눈을 떠보았지만 자욱한 먼지 때문에 시야가 확보되지 않았다.

먼지가 가라앉은 것은 그 후로도 일각이라는 시간이 지난 뒤였다. 연교휘는 주위를 살피다가 허탈한 표정을 지으며 자리에 주저앉았다. 그것은 소화와 연류진도 마찬가지였다.

마을은 폐허가 되었다. 건물들은 쑥대밭이 되었다. 어지러이 널려진 잔해로 인해 어디가 길인지 모를 지경이었다.

"…지, 진짜야?"

자신들이 의지했던 건물은 기둥만을 남긴 채 사라졌다.

여기저기 처박힌 시신들이 어지럽게 널려 있었다.

"으아앙!"

어딘가에서 어린아이의 울음소리가 들렸다. 연교휘는 천천히 걸음을 옮겼다. 잔해 안쪽에 쓰러져 있는 한 여인. 그리고 그 품에는 갓난아이가 울고 있었다.

연교휘는 이미 숨이 멈춘 여인을 들어내고 아이를 품에 안았다. 그리고 최초의 발생지 쪽으로 시선을 옮겼다.

그곳에는 무영이 여전히 몸에 희뿌연 기운을 두른 채 허공에 떠 있었다.

주위를 살폈다. 어지러운 잔해만 남았을 뿐 아무것도 남아 있지 않았다.

"후우."

무영은 깊은 한숨을 내쉬며 땅으로 천천히 내려앉았다. 저 멀리 이름 모를 아이를 품에 안은 채 허망한 표정을 짓고 있는 연교휘가 보인다.

"무사했군."

그 뒤로 연류진과 소화 역시 몸을 추스르고 있는 모습에 무영은 쓴 미소를 지었다. 완전히 폐허가 된 마을. 부서진 건물 잔해와 아이의 울음소리.

"나… 무슨 짓을 한 거지?"

무영은 힘없이 중얼거리는 순간이었다.

쾅!

잔해의 한쪽이 폭발하듯 솟구치며 소문산이 무영을 향해 튀어나왔다.

너무나도 급작스런 상황. 무영은 아무런 대비도 하지 못했다.

소문산이 무영의 팔을 물고 늘어졌다.

머리와 몸통만이 남은 소문산에게 남은 것은 이뿐이었다.

"크아악!"

무영의 벌어진 입에서 비명성이 터져 나왔다.

무영은 힘겹게 팔을 휘둘러 소문산을 떨쳐 냈다. 하지만 팔뚝의 살점이 한 웅큼 떨어져 나가는 것을 막을 수 없었다.

"이 징그러운 새끼!"

무영은 바닥에서 격렬히 꿈틀거리는 소문산의 머리 한가운데에 검을 박아 넣었다.

소문산의 몸 전체에 희뿌연 기운이 어리더니 검을 통해 솟구쳐 올라와 무영의 몸 전체를 감쌌다. 추소명을 죽일 때와 마찬가지의 상황이었다.

소문산의 몸통부터 조금씩 바스러지기 시작했다. 그럼에도 입은 쉴 새 없이 움직이고 있었다.

"크흐흐! 죽인다! 죽여!"

"그만 좀 해!"

무영은 고함성을 내질렀다.

빠지직!

전류가 이리저리 날뛰며 무영의 몸 안으로 조금씩 잠식되어 가기 시작했다. 이윽고 소문산의 시신은 흔적도 없이 사라졌다.
 털썩!
 무영은 바닥에 주저앉았다.
 펄럭!
 소문산이 입고 있던 옷이 바람에 흩날려 허공으로 치솟았다. 힘겹게 떠 있던 무영의 눈꺼풀이 감겼다.
 치이익!
 한 웅큼 떨어진 팔뚝 부위로 연기가 치솟으며 새 살이 돋아나기 시작했다.

제25장
음모 1

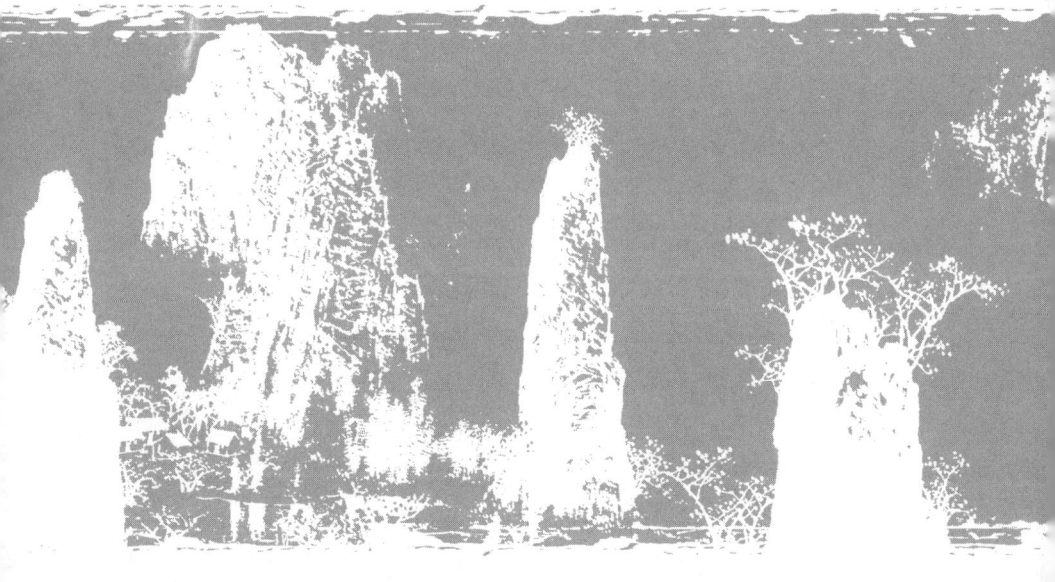

음모 1

남궁창은 힘겹게 발걸음을 놀리며 앞으로 뻗어나갔다.
"제기랄! 제기랄! 제기랄!"
입에서는 연신 욕지기가 터져 나왔다.
"저기 있다! 잡아!"
한줄기 고함성과 함께 수많은 사도련 무사들이 급격하게 거리를 좁혀왔다.
어떻게 이 지경에까지 이른 것일까. 아무리 생각해도 이해가 가지 않았다.
"이 사실을 어떻게든 맹에 알려야 해!"
남궁창은 애써 눈물을 훔치며 중얼거렸다. 동료들 중 반수 이상이 죽어나갔다. 급박한 상황에 찢어지기로 결의했지만 남아 있는 동료들의 생사 역시 불투명했다.
그들의 죽음으로 알아낸 사실. 어떻게든 윗선에 알려야 했다. 그리고 죽어간 동료들의 넋을 위로해 줄 것이다.
"사파 새끼들! 복수하겠어!"
남궁창은 쥐어짜듯 외치며 몸을 날렸다.

무영은 눈을 떴다.
눈부신 햇살에 한 손을 들어 눈 주위를 가렸다.
"…여기는?"
"정신이 들었어요!"
'낯익은 목소리.'
무영은 전신을 지배하는 통증에 얼굴을 일그러뜨렸다.
"크윽."
무영은 신음성을 흘리며 몸을 일으키려 했다. 그런 모습에 누군가 등을 받쳐 줬다.
"음?"
무영이 고개를 들어 도와준 상대를 바라보았다. 울먹이는 얼굴의 여인이 무영의 등을 받치고 있었다.
"소화 소저."
무영은 희미한 미소를 지었다. 그러자 소화가 몸을 움찔거린다. 울먹이는 얼굴 한편에 자리잡은 감정. 그것은 공포심이었다. 무영은 잠시 고개를 갸웃거리다가 쓸쓸한 표정으로 한숨을 내쉬었다.
그럴 만도 했다. 눈앞에서 마을 한곳이 완전히 사라진 것이다.
"일어났소?"
그때 들려온 냉담한 목소리. 더욱이 처음 보는 사람에게 하는 양 반존대다.
아이를 품에 안은 연교휘가 무영을 싸늘하게 바라보았다.

'하기는…….'

무영은 헝클어진 뒷머리를 매만지며 가만히 고개를 끄덕였다.

"…그래."

무영은 짧게 한숨을 내쉬며 상처 부위를 살폈다. 싸움 중에 입었던 상처는 모두 나아 있었다. 다만 소문산에게 찔렸던 눈이 문제였다. 동공은 복원되었지만 신경이 아직 이어지지 않은 것 같았다. 그것 역시 시간이 해결해 줄 문제다.

"내일쯤이면 눈도 완벽하게 보이겠군."

무영의 중얼거림에 연류진과 소화가 복잡한 시선으로 쳐다보았다. 처음 무영을 보았을 때의 상태는 그야말로 끔찍했다.

온몸에 입은 깊은 상처와 떨어져 나간 오른쪽 팔뚝의 살점, 그리고 완전히 짓이겨진 오른쪽 눈이 불과 한나절이라는 시간만에 나아버렸다.

"당신… 도대체 뭐야?"

연교휘는 노기 어린 어조로 말했다. 무영은 짧게 한숨을 내쉬었다. 머리가 복잡하다.

"시끄러워."

무영은 고개를 설레설레 저었다. 하나부터 열까지 묻는다고 답해줄 기분이 아니었다. 그때 옆에 앉아 있던 연류진이 말을 걸어왔다.

"당신이 무영님… 인가요?"

언제나처럼 얼굴을 가리고 있던 면사는 벗겨져 있었다. 무영은 미소를 지었다.

"상상한 것보다 더욱 미인이시군요."

연류진과 소화는 동시에 경탄성을 터뜨렸다. 그가 맞았다.

"정말인가요?"

무영은 가만히 고개를 끄덕였다. 그리고 자그만 자신의 몸을 내려보며 자조 섞인 미소를 머금었다.

"몸이 이러니 못 믿겠나요?"

무영은 희미하게 웃으며 내기를 끌어올려 얼굴 쪽으로 집중시켰다.

우둑! 우두둑!

얼굴이 기이하게 뒤틀리며 조금씩 불어났다. 그런 모습에 연류진이나 소화의 표정이 일그러졌다. 하지만 이내 감탄성을 터뜨렸다.

결코 잊을 수 없는 얼굴이 두 사람을 응시하고 있었다.

"이 얼굴이지요?"

두 사람은 아무런 대답도 하지 못한 채 고개만 끄덕였다. 무영은 본래대로 얼굴을 돌린 뒤 한숨을 내쉬었다.

"저희를 속이신 건가요?"

연류진의 조심스럽게 물었다. 하지만 어조 안에 담긴 미약한 반감이 무영을 씁쓸하게 만들었다. 그럴 만도 할 것이다. 하지만 일일이 대꾸해 줄 마음은 없었다.

"내가 원망스러운가요?"

"소, 솔직히 기분이 좋지는 않군요."

"좋을 대로 생각해도 좋아요."

너무도 간단한 대답에 연류진의 얼굴이 빨갛게 달아올랐다. 무영은 연교휘에게 시선을 주며 말문을 열었다.

"너는 이제부터 어쩔 거지?"

마을의 일로 인해 단단하게 미움을 받게 되었다. 연교휘의 의향을 묻고 싶었다.

"황도까지만 같이 갈 거요."

"그런가?"

무영은 쓰게 웃으며 고개를 끄덕였다. 그런 모습에 연교휘가 자리에

쭈그리고 앉으며 말문을 열었다.
"그게 당신의 방식이오?"
"마을 말인가?"
연교휘가 고개를 끄덕였다. 세 명의 시선이 무영의 입으로 집중되었다.
무영은 다리를 꼬고 앉아 머리를 매만지며 비릿하게 웃었다.
"그게 그렇게 마음에 걸리던가?"
"그렇게까지 할 필요는 없었소."
뭐라도 변명해 주기를 바랬다.
"장애물은 치워 버려야지, 피해서 갈까?"
너무나도 여유로운 어조에 연교휘는 허탈하게 웃으며 고개를 내저었다. 어떻게 저렇듯 유유자적할 수 있단 말인가.
흡사 강 건너 불 구경하듯.
"내가 무슨 말을 해주길 바라는 거지? 울며불며 자책하길 바란 건가?"
무영은 이죽거리며 말을 이었다.
"안 됐지만 그럴 생각은 없어."
"그만 합시다."
연교휘는 고개를 설레설레 저었다.
"날 비난하지 않는가?"
무영의 나직한 물음에 연교휘는 쓰게 웃었다.
"자격이 없는 사람이거든, 나 역시."
무영이 연교휘의 품에 안겨 있는 갓난아이를 바라보며 말문을 열었다.
"그 아이는 어찌할 거지?"
"응? 아, 이 아이."
연교휘는 자신의 품에 안겨 잠든 아이를 바라보았다.

"이것도 인연이라면 인연. 차후 마즈다님의 말씀을 세상에 전파할 성자로 만들고자 하오."

무영은 비릿한 미소를 날리며 자리에 누웠다. 아직까지 피곤이 가시질 않았다. 충분히 휴식을 취해야 눈도 빨리 낫게 될 것이다.

"휴우……."

나직한 한숨이 입 언저리에서만 맴돌았다.

만력제가 손을 뻗었다.

스윽.

손길이 닿은 육체가 파닥거린다.

"일어나 있었구나?"

만력제의 어조는 부드럽게 여인의 귀를 감쌌다. 여인은 흐트러진 머리를 귀 뒤로 넘기며 상체를 일으켰다. 입가에 머금어진 미소가 천천히 곡선을 그렸다.

사르륵—

상체를 감싸고 있던 이불을 손에 꼭 쥐며 입을 열었다.

"폐하께서는 너무 짓궂어요."

"그러냐?"

여인이 매력적인 미소를 머금었다. 그때 한줄기 음성이 그녀의 머리를 울렸다.

"주군."

여인의 눈이 살며시 커졌다.

"적?"

"예, 주군. 적입니다."

여인은 살며시 고개를 갸웃거리다가 깨달았다. 적이 이곳에 왔다는 것은 무영이 황도에 거진 당도했다는 뜻이기도 했다.

"언제 도착하지?"

"내일 점심나절입니다."

"그래, 현님께도 알려 드리렴."

"예. 그리고……."

"응?"

"아닙니다. 나중에 말씀드리겠습니다."

여인, 소요는 궁금했지만 굳이 묻지는 않았다. 조금 엉뚱한 면이 있지만 공과 사는 구별할 줄 아는 인물이다. 그가 말을 아낄 때에는 필시 이유가 있으리라 생각했다.

"그래, 이따가 처소로 오렴."

"예."

짧은 대답과 함께 적의 인기척이 사라졌다. 소요는 잠시 만력제를 바라보다가 애교스럽게 미소를 지으며 품으로 파고들었다.

"폐하, 요즘 들어 피곤하신 것 같아 소첩의 근심이 큽니다."

만력제는 쓰게 웃었다. 요즘 들어 처리할 일이 좀 많기는 했다.

"그래 보이더냐?"

"예."

소요는 만력제의 등을 부드럽게 어루만지며 속삭였다.

"바람이라도 한 번 쐬시는 게 어떠실는지요?"

"바람이라……."

만력제는 턱 주위를 매만지며 중얼거렸다. 그런 모습에 소요가 말문을 열었다.

"듣자 하니 서문 쪽에 꽃이 만발했다고 하옵니다."

"흠……."

"아니 되옵니까?"

소요는 짐짓 침울한 표정으로 고개를 떨궜다. 금방이라도 떨어질 듯 눈망울에 눈물이 그렁그렁 맺혔다. 만력제는 잠시 침묵하다가 크게 고개를 끄덕였다.

"그래, 내일 같이 나들이라도 가보자꾸나. 그렇지 않아도 바깥바람을 쐰 지가 한참 된 것 같구나."

만력제의 허가가 떨어지자 소요는 환한 미소를 지으며 만력제에게 폭 안겨들었다.

"감사하옵니다, 폐하."

"껄껄! 뭐 그런 것 가지고."

호탕하게 웃는 만력제는 품에 안겨 있는 애첩의 입꼬리가 비틀려 올라갔음을 알지 못했다.

노파는 침상에 누워 있는 무현의 귓밥을 파주며 인자한 미소를 짓고 있었다.

"시원하세요?"

"응, 시원해."

무현은 살가운 미소를 지으며 노파의 허리를 양손으로 감쌌다.

"이런… 도련님 이러시면 귀를 못 파요."

"상관없어. 난 유모를 껴안는 게 제일 좋아."

"후후… 도련님도 참."

노파는 빙그레 웃으며 무현을 품에 감싸 안았다. 그때였다.

"적입니다."

순간 무현의 눈썹이 꿈틀거렸다.

"유모와 있을 때는 가급적이면 보고를 받지 않겠다고 했는데?"

"죄송합니다. 하지만 시급을 다투는 일이라 어쩔 수 없었습니다."

무현은 잠시 침음성을 삼켰다.

"무슨 일이지?"

"내일 그가 도착합니다."

"호오? 내일?"

"예. 소요님께도 보고를 드렸습니다."

무현은 고개를 끄덕였다. 그렇다면 그쪽에서도 일을 진행시켰을 것이다.

"그렇다면 나도 준비를 해야겠군."

"예. 그리고 소문산이 죽었습니다."

"역시 아무짝에도 쓸모없는 놈이었군. 알았으니 가봐. 그리고 우림낭 쪽에도 정보를 흘려 넣고."

"복명!"

적의 인기척이 사라졌다. 무현은 배시시 웃으며 노파를 올려다봤다.

"유모, 내일 바람이라도 쐬러 갈까?"

노파는 고개를 갸웃거렸다. 뜬금없는 제안이었다. 그동안은 되도록 밖으로 나가지 않던 주인이었기에 더욱 그랬다. 하지만 결국 자신은 유모였다. 주인의 말을 따라야 했다.

"어느 쪽으로 가시려고요?"

"서문 쪽."

"흐음… 그럼 도시락을 준비해야겠군요. 뭔가 드시고 싶으신 거라도 있으세요?"

"돼지고기 볶음."

"예."

노파는 인자하게 웃으며 고개를 끄덕였다.

"그러면 찬거리를 손질하러 가봐야겠군요."
"응. 가봐."
노파는 천천히 방문을 나섰다. 무현은 손을 흔들며 배웅해 주었다.
탁.
이내 문이 닫히자 무현은 열심히 흔들던 손을 멈췄다.
손이 천천히 머리를 따라 내려와 턱에 얹어졌다. 어느새 입가에는 징그러운 미소가 걸려 있었다.
"기대되는걸. 오늘밤은 잠을 설치겠어."
무현의 나직한 웃음소리가 방 안을 울렸다.

그날 저녁, 무영은 땔감을 들어 피워놓은 불에 던져 넣었다.
아까의 일 이후로 연교휘와는 별다른 말도 오고 가지 않았다. 그것은 연류진과 소화도 마찬가지였다. 주저하는 빛이 역력했다.
"소혜가 입양된 집은 믿을 만한가요?"
무영의 나직한 물음이 세 사람의 이목을 집중시켰다. 소화는 잠시 주위를 살피다가 무영의 시선이 자신에게 향해 있음을 깨달았다.
"에? 예. 믿을 만한 분들이에요."
"다행이군."
무영은 고개를 끄덕였다. 소화는 잠시 눈동자를 이리저리 굴리다가 조심스럽게 말문을 열었다.
"…한 가지 물어봐도 될까요?"
"그래요."
"소혜… 무영님에 대한 기억을……."
울며 뛰쳐나갔던 소혜가 돌아왔을 때는 무영이 누구냐고 물었다. 처음에는 괴이쩍은 마음뿐이었지만 지금 무영을 대하고 보니 무언가 감이 잡하는 듯했다. 더욱이 무영의 손에 이끌려 돌아오지 않았는가.
 무영은 고개를 끄덕이며 말문을 열었다.
 "그래요. 내가 지웠소."
 옆에서 듣고 있던 연류진이 고개를 떨구며 나지막한 어조로 중얼거렸다.
 "기억을 지울 때… 망설이지 않았나요?"
 "그래요."
 "그런……."
 "어쩔 수 없는 선택이었습니다."
 무영은 쓰게 웃었다. 그때는 그게 최선이었다. 그렇지 않았다면 슬픔이 가시는데 너무도 많은 시간이 걸릴 테니까.
 소화는 입술을 살짝 베어 물며 무영을 바라보았다.
 "그 아이는 무영님을 친오라비처럼 따랐어요. 아니, 그 정도가 아니라……."
 "날 좋아했지요. 오라비가 아닌 남자로서."
 소화와 연류진의 눈이 동시에 부릅떠졌다. 무영은 알고 있었다. 그런데도 불구하고 기억을 지웠다. 망설임도 없이 말이다.
 "어떻게 그럴 수 있지요?"
 무영은 씁쓸하게 웃었다.
 "말을 놓는 편이 좋겠군."
 연류진과 소화는 무엇에 홀린 것처럼 고개를 끄덕였다, 흡사 본래부터 그랬던 것처럼.
 "육백 년이 좀 넘었나?"
 "……."
 "내가 살아온 시간이다."

무영은 짧게 한숨을 내쉬었다.
"놀랍나?"
갑작스런 하대. 하지만 너무도 자연스러웠다. 더욱 정확히 말하자면 혼란스러운 상황으로 인해 이것저것 따질 겨를이 없었다.
'역시……'
뒤에서 조용히 귀를 기울이던 연교휘는 그럴 줄 알았다는 표정을 짓고 있었다. 확답은 받지 못했지만 상황으로 미루어 짐작했기 때문이었다.
"사람은 태어나면 죽는다. 그것이 진리야. 하지만 난 그것에서 벗어났지."
무영의 짐짓 냉소적인 표정을 지으며 말문을 열었다.
"어떻게 그럴 수 있냐고? 하지만 어쩔 수 없어. 감정에 휘둘리게 되면 내가 버텨내질 못해."
무영은 땔감을 들어 조금씩 꺼져 가는 불 속으로 던져 넣었다.
타닥! 타닥!
이윽고 땔감이 타 들어가고 있었다. 무영은 가만히 그 광경을 바라보다가 중얼거리듯 말했다.
"어떻게 일일이 애정을 쏟을 수 있나? 결국 혼자가 될 것을 뻔히 아는데."
연류진과 소화는 눈을 내리깔며 입을 꼭 다물었다. 무영의 말은 큰 울림이 되어 가슴 한편을 두들겼다.

감미란은 눈살을 찌푸리며 인을 바라보았다.
"그게 무슨 소리지?"
나지막한 어조. 하지만 감출 수 없는 반감이 서려 있었다.
"본 교에서 서신이 왔습니다."

인 역시 짜증스러운 표정으로 입을 열었다. 감미란은 눈을 내리깔며 손톱을 이로 물어뜯었다.

"칫."

한시가 바쁘다. 한시라도 빨리 무영을 찾아 품에 안고 싶었다.

"골치 아프게 되었어."

감미란은 나지막이 읊조리며 머리를 헝클어뜨렸다. 인은 짧게 한숨을 내쉬며 서신 안에 적힌 내용을 바라보았다.

하북성 인근 모든 명교지부에 대한 특별 수색 활동을 명함.
수색 범위: 하북성 전체.
수색 대상, 이름: 연교휘.
나이: 이십일 세.
직책: 소교주.
수색 기간: 무기한.
특이 사항: 황도로 간다는 첩보.
명령권자: 태상교주 연오랑.

감미란은 고개를 내저으며 몸을 일으켰다. 서신을 받은 이상 나 몰라라 할 수는 없다. 좋든 싫든 해야만 했다.

"황도라……."

감미란은 나지막이 중얼거렸다. 황도라면 어차피 감미란의 목적지이기도 했다.

"인."

"예."

"황도로 들어가면 다섯 명을 붙여주마."

"그 말씀은?"
"소교주를 찾아보도록 해."
"…예."
대답은 했지만 인은 못마땅한 기색이 역력했다. 그녀 역시 한시라도 빨리 무영을 보고 싶었기 때문이다.
감미란은 쓴웃음을 지었다.
"어쩔 수 없지."
"예."
인은 침울한 어조로 대답했다. 감미란은 의자 등받이에 몸을 묻으며 나지막이 입을 열었다.
"그러고 보면 영이와 너는 참 각별했었지?"
인은 고개를 떨궜다.
"보고 싶니?"
"예……."
인은 무겁게 말끝을 흐렸다. 감미란은 피식 웃었다.
"나도 보고 싶구나."
"…저는."
인의 중얼거림에 감미란이 고개를 들었다.
뚝.
떨궈진 인의 얼굴에서 눈물이 떨어져 내렸다.
"사실 조금 무서웠어요, 오라버니가 다른 사람과 다르다는 것이."
"……."
"그때 제가 떠나지 못하게 잡았어야 했는데… 그러지를 못했어요… 바보같이."
무영에 관한 소문으로 인해 집 안 전체가 흉흉했었다. 감미란은 광기에 젖어 날뛰다 칠대장로의 손자까지 죽여 버렸다.

감미란이 잡혀가자 사람들은 불안감에 휩싸였다. 그리고 그 중심에 무영이 있었다.

상황이 극한으로 치닫자 사람들이 겁을 집어먹기 시작했다. 그것은 인 역시 마찬가지였다.

"다시… 다시 만나게 되면 꼭 사과하고 싶어요."

"…그래."

감미란은 인자한 미소를 지으며 손을 뻗어 인의 머리를 쓰다듬어 주었다.

"이런 제길!"

우림중랑장 이자겸은 탁자를 내려치며 욕설을 내뱉었다.

상관의 격한 반응은 순식간에 대전 안을 침묵 속으로 몰아넣었다.

"호분랑… 그 새끼들!"

갑작스럽게 내려진 황제의 나들이 소식에 황실 안은 분주하기 짝이 없었다. 일단 우림낭 역시 황제의 측근 호위를 맡고 있는지라 나름대로 준비를 했다.

하지만 방금 전 호분랑에서 발칙한 서신이 도착했다.

우림낭은 영내 대기.

이자겸의 노기를 폭발시키는 데에는 단 한 줄이면 족했다.

우림낭은 황제의 측근 호위를 최우선으로 한다. 물론 전통적으로 시종병의 성격이 강하기는 그 전통을 무시할 수는 없었다.

그에 비해 호분랑은 순수하게 황제의 호위만 신경 쓰는 특수 무력 단체였다.
　우림낭과 호분랑.
　규정짓기 애매모호한 임무로 인해 두 기구는 잦은 분란을 일으켰다. 하지만 황실의 중신들이나, 심지어 황제조차도 우림낭을 알게 모르게 호분랑의 아래 단체로 보고 있었다.
　상황이 이러하니 우림낭의 수장인 이자겸은 미칠 지경이었다.
　"우리보고 사탕과자나 빨고 있으라는 소리야 뭐야?"
　황제의 직인이 찍혀서 왔으니 옴짝달싹도 못할 상황인 것이다.
　"크윽!"
　이자겸은 애꿎은 머리를 거칠게 흩뜨리며 씩씩거릴 수밖에 없었다.
　"정보가 들어왔습니다."
　그때 보좌관이 빠른 걸음으로 다가와 서신을 건넸다. 이자겸은 신속하게 내용을 살피다가 눈을 크게 치켜떴다.
　"이런 빌어먹을! 바깥에 나가 있는 새끼들은 뭐 한 거야? 여기까지 당도하도록 아무도 몰랐다는 게 말이 돼?"
　이자겸은 서신을 내팽개치며 몸을 일으켰다.
　"영내 가용 인원을 있는 데로 긁어모아 교전지로 배치해!"
　"복명!"
　"나도 나간다!"
　이자겸은 벽 한편에 걸려 있는 검을 잡으며 눈을 번뜩였다.
　바닥에 떨어진 서신이 뒤집혔다.

　목표물이 한 시진 후 황도에 도착.
　교전에 들어가겠음.

이자겸은 문을 박차고 나섰다. 그 뒤로 몇몇 수하들이 눈을 번뜩이며 뒤따랐다.

백리현은 눈을 동그랗게 뜨며 유하를 바라보았다.
"그게 정말이니?"
"예, 저만 따라 나오세요."
유하는 눈동자를 이리저리 굴리며 초조한 음성으로 말했다. 백리현은 고개를 끄덕이며 보자기를 들고 왔다. 옷가지라도 싸려 했지만 그마저도 유하가 막아섰다.
"시간이 없어요. 일단 나가서 생각해요."
"하, 하지만……."
"어서요!"
백리현은 뭐라 할 새도 없이 유하의 손에 이끌려 걸음을 옮겼다.
방을 나서 걸음을 옮겼다.
"오른쪽으로 다섯 걸음… 왼쪽으로 두 걸음! 앞으로 세 걸음! 다시 왼쪽으로 열다섯 걸음. 마지막으로 앞으로 세 걸음. 옳지!"
유하는 환한 미소를 지었다. 그것은 백리현 역시 마찬가지였다. 방과 자그만 화단만이 그녀에게 허락된 공간이었다. 그 이상 가려 하면 웬일인지 제자리로 돌아와 있었다. 그런데 바깥으로 나올 수 있게 된 것이다.
"어떻게 알게 된 거야?"
백리현의 물음에 유하는 아무런 대답도 하지 않은 채 그녀의 손을 이끌었다.
벽을 따라 몸을 잔뜩 움츠리고 기었다. 가끔씩 누군가라도 지나가면 서로 끌어안은 채 가슴을 조려야 했다.
하지만 결국 바깥으로 나가는 문에 다다를 수 있었다.

"여기예요."

백리현은 연신 주위를 살피며 조심스럽게 말문을 열었다.

"…여기만 나가면 끝이야?"

"예."

유하가 고개를 끄덕이는 순간이었다. 누군가의 발걸음 소리가 들렸다. 백리현은 단번에 유하를 품에 안고 숲 쪽으로 몸을 웅크렸다.

두근두근!

심장이 미친 듯이 뛰기 시작했다.

'그냥 가라. 그냥 가라. 제발 그냥 가!'

그녀는 간절히 바라며 유하를 더욱 힘주어 안았다.

"거기 누군가요?"

'빌어먹을!'

백리현은 눈을 질끈 감았다. 들켰다고 생각했다. 이제는 끝이라는 생각에 몸에 힘이 쭉 빠지는 것 같았다.

저벅… 저벅…….

발걸음 소리가 천천히 가까워져 왔다. 하지만 뒤이어 들려온 소리는 백리현의 예상을 빗나갔다.

"아니? 아가씨는?"

왠지 낯이 익은 목소리다. 백리현은 한쪽 눈을 슬며시 뜨며 인영을 바라보았다.

"아! 당신은?"

목소리의 주인공은 늙은 여인이었다. 그리고 백리현은 그녀를 안다. 유하가 오기 전까지 자신을 돌봐줬던 늙은 노파.

"아가씨… 바깥으로 나오셨네요?"

백리현은 다급해졌다.

"제발 눈감아주세요, 제발요."

바닥에 무릎까지 꿇고 앉아 애걸했다. 다행히 노파는 배시시 웃으며 고개를 끄덕였다.

"…걱정 마세요. 말하지 않아요."

"…정말요?"

"그럼요."

노파는 고개를 끄덕이다가 아직까지 백리현의 품에 안겨 있는 유하를 바라보았다.

"모시고 나왔니?"

"예. 야, 내려와."

"어? 어."

백리현은 순순히 유하를 내려주었다.

"아아… 숨막힐 뻔했네."

유하는 짐짓 고개를 이리저리 휘저으며 투덜거렸다. 그리고 노파에게 시선을 주며 말문을 열었다.

"그럼 데려가세요."

"그래."

순간 백리현은 고개를 갸웃거렸다. 무언가 잘못되고 있었다.

"이년 때문에 몇 달이나 고생한 것을 생각하면 쯥!"

"그런 말투는 좋지 못해."

노파는 눈살을 찌푸리며 가볍게 유하를 책망했다. 그런 모습에 백리현이 창백해진 얼굴로 물었다.

"자, 잠깐만… 지금 상황이 어떻게 되어가고 있는 거야? 응?"

유하는 백리현을 바라보며 비릿한 미소를 지었다.

"아직도 상황 파악이 안 돼? 너 저능아냐?"

유하는 어깨를 으쓱였다. 그때 한곳에서 나지막한 소리가 들려왔다.
"그동안 너는 속아왔다는 거지."
"누구?"
백리현은 얼이 빠진 얼굴로 고개를 돌렸다. 그곳에는 한 아이가 서 있었다. 열 살 정도의 외모. 하지만,
"…비슷해."
무영과 흡사한 외모의 사내아이.
"너는 나 처음 보지?"
사내아이, 무현은 빙그레 미소를 지으며 걸음을 옮겼다. 이윽고 둘 사이의 거리가 지척까지 좁혀졌다.
"나는 널 몇 번 본 적이 있어. 그래! 백리세가에서 널 데려온 게 나거든."
"뭐?"
백리현의 안색이 새하얗게 변했다. 무현은 빙그레 웃으며 말문을 열었다.
"정식으로 내 소개를 하지. 내 이름은 무현이라고 해."
"…무현?"
"입에 담기는 싫지만 무영과는 같은 피가 흐르고 있어. 뭐 그렇다는 이야기야."
"아!"
백리현의 자신도 모르게 탄성을 터뜨렸다. 무현은 비릿하게 웃었다.
"지금부터 나를 따라와 줘야겠어. 유모."
"예, 도련님."
"도시락 잊지 말고 챙겨."
"예."

무현은 히죽 웃으며 걸음을 옮기기 시작했다.

"이것들은 뭐야?"
무영은 고개를 갸웃거리며 주위를 살폈다.
"헛된 저항은 하지 말길 바라오."
무영은 연교휘를 바라보았다. 하지만 그 역시 어찌 된 영문인지 모르고 있었다.
"다짜고짜 달려들다니."
연교휘는 이를 바득 갈았다. 아기의 기저귀를 갈던 중에 습격을 받아 얼마나 당황했는가.
무영은 잠시 턱 주위를 매만지다가 손바닥을 탁 마주쳤다.
"그렇군. 이제 알았어."
"뭐가 말이오?"
연교휘의 물음에 무영은 히죽 웃었다.
"이 녀석들… 우림낭 소속이다."
"우림낭? 거기의 사람들이 어째서 우리를?"
"정확하게 말하자면 우리가 아니라 나야."
"당신?"
무영은 고개를 끄덕였다.
"진시황제 이야기는 해줬지?"
연교휘는 고개를 끄덕였다. 무영은 진득한 미소를 머금은 채 말문을 열었다.
"사람의 욕심이란 끝이 없거든. 특히 윗대가리일수록 더 그렇지."
"그렇다는 이야기는……?"
"이만 찢어지자. 너희까지 엮일 필요는 없어."

연교휘는 고개를 갸웃거렸다. 그것은 한켠에 몸을 움츠리고 있는 연류진과 소화도 마찬가지였다.

"아가씨들을 황도까지 바래다줘."

"당신은?"

"어제 말했지? 장애물은 치워 버리는 것이 내 방식이라고."

무영이 땅을 박차며 마지막 말을 환영처럼 세 사람의 주위를 머물렀다.

"어서 가."

어느새 무영의 신형은 우람낭의 무사들 품으로 파고들었다.

빠박!

두 번의 타격음. 그와 동시에 두 명의 무사가 나가떨어졌다.

"욕구불만이었는데 잘됐어."

무영은 주위를 둘러싼 우람낭의 무사들에게 손을 까닥였다.

"와봐!"

"잡아!"

우람낭의 무사들은 함성을 내지르며 짓쳐들었다. 무영은 지지 않고 일장을 마주 뻗었다.

쾅!

"음?"

만력제는 고개를 갸웃거리며 교태로운 미소를 짓고 있는 애첩을 바라보았다. 비록 면사로 가려져 있지만 알 수 있었다. 그녀가 즐거워하고 있음을 말이다.

"무슨 소리 못 들었느냐?"

"무슨 소리 말씀이시옵니까?"

"아니다. 내 잠시 환청을 들은 것 같구나."
만력제의 중얼거림에 소요는 안색을 굳혔다.
"어의에게 일러 약 한 첩 올리라 일러야겠습니다."
"네가 그렇게 생각해 주니 기쁘구나."
만력제는 피식 웃었다. 그런 모습에 소요가 빙그레 웃으며 술잔을 건넸다.
"한잔 받으시옵소서."
"뭐 나름대로 운치가 있기는 하구나."
잔을 받자 소요가 술을 따랐다. 만력제는 술을 입 안으로 흘려 머금으며 맛을 음미했다.
"괜찮구나."
"제가 담궈 놓은 과일주이옵니다."
"오오! 그래? 과연 독하지 않은 것이 달달하고 맛있구나."
만력제는 흐뭇한 표정으로 소요가 집어주는 안주를 씹어 먹었다. 소요는 생긋 웃으며 힐끗 호분랑 쪽을 바라보았다. 왠지 어수선한 모습. 하지만 아둔한 황제는 눈치채지 못하고 있었다.
'시작되었군.'
소요는 왠지 가슴 한편이 두근거려옴을 느꼈다.

쿵!
흑색 무복을 입은 우림낭의 무사가 숲 중앙에 자리잡은 나무에 처박혔다.
스스스!
한 차례 나무가 매섭게 흔들리며 잎이 떨어졌다.
"크윽……! 크으윽!"

무사는 미약한 신음성을 흘리며 몸을 잔뜩 움츠린 채 꿈틀거리다가 숨을 거뒀다.
"결국… 이 정도밖에 안 되는 놈들이었군."
무영은 어지럽게 널려 있는 우림낭의 무사들을 훑으며 짧게 한숨을 내쉬었다. 무영에게 위협이 될 만한 수준은 아니었다. 다만,
"잡아!"
"끝도 없이 몰려오는구만."
무영은 입술을 살짝 베어 물며 선두로 달려오는 무사의 팔을 낚아채 땅바닥으로 내리꽂았다.
쿵!
볼 것도 없이 즉사였다. 무영은 소매를 휘둘러 검을 뽑아내었다.
우웅! 우웅!
"작작 좀 해라!"
일검이 수평으로 휘둘러졌다. 순간 반원형 검기가 가닥가닥 갈라지며 쏟아져 나갔다.
"피해!"
선두에 달려오던 무사가 다급하게 외쳤다. 하지만 그것이 마지막 유언이 되어버렸다. 순식간에 몸이 수십 갈래로 잘리며 허공으로 흩어졌다.
뒤따르던 이들 역시 마찬가지의 결과를 맞이했다.
털썩! 털썩!
형체를 알아볼 수 없을 정도로 잘린 육신이 떨궈지며 핏물이 바닥을 적셨다.
무영은 시체 더미 한가운데에 서서 살며시 눈을 감았다.
살랑.

청량한 바람이 불어와 무영의 머리카락을 부드럽게 흩뜨렸다.
'과연 끝이 있을까?'
언제까지 지속될 것인가. 추소명의 자조 섞인 어조에 몸이 잠겨든다.

"모든 일이 끝나면 어떻게 할 거지?"

수많은 피와 죽음.

"사실 지금의 상황 재밌지 않니?"

"닥쳐."
무영은 나지막하게 중얼거리며 눈을 떴다. 그리고 살기에 일그러진 수많은 시선을 마주 쳐다보았다.
"죽을 줄 알면서도 불꽃을 향해 달려드는 불나방들."
무영의 입꼬리가 비틀렸다.
"너희들을 지칭하는 것인가?"
"잡아!"
무사들은 언제나 똑같은 외침을 되풀이하며 달려들기 시작했다. 그때 들려온 한줄기 목소리.
"모두 멈춰라!"
중후한 음성이 숲 속을 울렸다. 그리고 한 사내가 천천히 모습을 드러냈다.
사십대 중반 정도로 보이는 중년사내의 인상은 차분했다. 그는 주위에 어지럽게 널려 있는 시체 더미를 바라보며 한 차례 눈살을 찌푸렸다.

"당신이오?"
사내는 무영에게 시선을 주었다. 무영은 피식 웃었다.
"그래."
"과연… 진짜 어린아이의 외모로군."
"불만인가?"
"별로."
사내는 고개를 살짝 저었다. 그리고 자신의 가슴에 손을 얹으며 말문을 열었다.
"이자겸이라 하오. 우림중랑장이지."
순간 무영을 둘러싸고 있는 무사들이 무릎을 꿇었다.
무영은 짐짓 비웃음 섞인 미소를 머금으며 사방의 시체 더미를 가리켰다.
"약소하지만 내 성의가 어떻나?"
명백한 도발이었다. 그럼에도 불구하고 이자겸의 얼굴에서는 표정 변화가 보이질 않았다. 무영은 혀를 끌끌 찼다.
"재미없는 아이군."
"대명제국 황제 폐하의 명을 받잡아 당신을 구금해야겠소."
"대명제국… 황제 폐하……?"
무영은 삐닥한 시선으로 이자겸을 마주보며 반문했다. 그리고 손가락을 휘휘 저었다.
"싫은데?"
순간 이자겸의 눈썹이 위로 치켜 올라갔다.
"무엄하다!"
무영은 히죽 웃으며 검을 날렸다.
촤악!

옆에 서 있던 보좌관의 머리가 잘려 허공으로 치솟았다. 무영은 고개를 살짝 내려뜨리며 말문을 열었다.

"지랄하네."

순간 이자겸이 손을 치켜들었다.

"잡아라! 팔다리 한 군데쯤 없어도 상관없다!"

이자겸의 노기 섞인 목소리가 숲을 쩌렁쩌렁하게 울렸다. 그와 동시에 무사들의 움직임이 바빠졌다. 무영은 원형으로 주위를 감싼 이들을 힐끗거리며 말했다.

"말 많은 것들은 질색이야!"

폭발적으로 내기가 끌어올려지며 주위를 감쌌다.

쩡!

바닥이 반원형으로 움푹 파이며 순식간에 십수 명이 피떡으로 변했다. 이윽고 커다란 충격파가 반경 십 장 주위를 감쌌다.

이자겸은 다급하게 몸을 웅크리며 충격에 대비했다. 그와 동시에 격한 먼지 바람이 이자겸의 몸을 밀어냈다.

"크으윽!"

이자겸의 몸이 바람에 휘날려 나무에 들이 박혔다.

주르륵!

바닥에 널브러진 이자겸은 머리를 이리저리 흔들며 정신을 가눴다. 어느새 무영이 지척에 이르러 이자겸을 내려보고 있었다. 질린 목소리가 입에서 흘러나왔다.

"괴, 괴물!"

우림낭의 무사들은 약하지 않았다. 황제를 측근에서 보필하는 기구답게 모두가 일당백의 정예 병력이었다.

이자겸 자신도 절정에 이른 무인이었다. 그럼에도 불구하고 아무런 저

항도 하지 못했다. 대해에 홀로 떠 있는 조각배마냥 이리저리 휘둘리고만 있을 뿐이다.

잘못 판단한 것은 사실이다. 하지만 어쩔 수가 없다. 경험해 보지 않은 것은 알 수 없다. 무영의 존재 자체가 이자겸에게 있어서는 생소한 것이다. 인간과 같은 외향을 가진 괴물이나 마찬가지였다.

"그래, 괴물이지!"

무영은 비틀린 어조로 답했다. 어찌 보자면 그럴 수도 있다. 모든 것이 비상식적이지 않은가.

"어디 괴물한테 한 번 죽어봐라."

무영이 힘차게 검을 내려칠 무렵이었다.

쐐엑!

바람을 가르는 파공성. 순간 무영이 횡으로 보법을 밟으며 손을 뻗었다.

척!

손에 잡힌 물건을 바라보던 무영은 고개를 갸웃거렸다.

"활?"

반문하며 몸을 돌리는 순간 수십 발의 화살이 보였다. 앞에 달린 금속 화살촉이 태양에 반사되어 무영의 시야를 방해했다.

"빌어먹을."

무영은 눈을 찡그리며 검막을 쳤다.

챠챠챵! 퍽!

"크윽!"

무영은 짧은 신음성을 터뜨렸다. 오른쪽 장딴지에 극심한 통증이 느껴졌다. 시야가 방해되서 화살 한 발을 놓쳤다.

"이 자식들!"

무영은 노호성을 터뜨리며 화살이 날아온 방향으로 무지막지하게 검기를 날렸다.

콰콰쾅!

검기가 그 주위를 순식간에 초토화시켰다. 자욱한 먼지와 함께 무언가 환해졌다.

"길이 보인다."

무영은 의미심장한 미소를 지으며 아직까지 얼이 빠져 있는 이자겸의 머리카락을 움켜쥐고 끌었다.

"아악!"

이자겸은 극심한 고통에 비명을 내지르며 질질 끌려가기 시작했다. 무영이 걸음을 옮겨 검기를 날린 쪽을 지날 무렵 어지러이 패인 땅과 함께 주인을 잃은 한 쪽 팔을 발견했다. 그리고 그 손에는 활이 움켜쥐어 있었다.

무영은 히죽 웃으며 활을 짓밟았다.

숲을 나서자마자 무영을 맞이한 것은 수십 명의 호분랑 소속 무인들이었다. 혹시 모를 불상사를 대비해 수색하던 중 무영과 부딪친 우람낭을 발견하고 나온 지원 병력이었다.

궁수가 후방에서 받치고 있는 가운데 검수들이 무영을 바라보며 안광을 번뜩이고 있었다.

"저것들은 뭐야?"

무영은 히죽 웃으며 이자겸의 머리 끄덩이를 잡아당겼다.

"아악! 호, 호분랑!"

"호분랑이라… 그 말인즉슨 근처에 황제가 있다는 소린가?"

또한 황제를 손 안에 틀어쥔 계집을 볼 수 있는 가능성도 높다.

"어떻게 생겨먹었는지 궁금하던 참이었어."
저벅!
무영이 한 걸음을 옮겼다. 그와 동시에 궁수들의 활시위가 팽팽하게 당겨졌다.
"이봐, 우림중랑장이 내 손에 있다고."
무영은 이자겸을 가리키며 이죽거렸다. 그때 맨 중앙에 자리잡고 있던 궁수가 활시위를 팽팽히 당긴다. 그 모습에 이자겸이 절규했다.
"아, 안 돼!"
이자겸은 무영의 바짓가랑이를 부여잡았다. 하지만 비정하게도 활시위를 당기고 있던 궁수의 손이 놓아졌다.
핑!
퍽!
화살이 이자겸의 미간에 박혔다.
'이번달 대출금 이자가 얼마더라? 십 년 상환에 일 년만 고생하면 되는데……'
부질없는 생각, 하지만 이내 이자겸의 몸이 축 늘어졌다. 무영은 눈살을 찌푸렸다.
"황제의 안전이 최우선이라 이거지?"
무영은 이자겸의 시신을 아무렇게나 던졌다. 그 모습을 보고 있던 호분랑 무사 중 한 명이 반대편으로 달리기 시작했다. 지금의 상황을 알리고 황제를 황도 안으로 피신시켜야 했기 때문이다.
"안 되지."
무영은 손가락을 튕겼다.
"어억!"
삼십 장이나 거리가 벌어졌던 무사가 땅바닥에 꼬꾸라졌다. 무영은 깍

지를 끼고 뻿소리를 내며 내기를 끌어올렸다.

툿!

순간 무영의 신형이 사라졌다 나타난 곳은 이자겸에게 화살을 날린 궁수의 품이었다.

쾅! 쾅! 쾅!

무영의 주먹이 복부를 파고들 적마다 궁수의 몸이 들썩였다.

씨잉!

뒤편에서 살을 에일 듯 다가오는 검의 파공성. 무영은 반사적으로 몸을 구부리며 발을 뒤쪽으로 찔러 넣었다.

퍽!

자세를 낮춘 채 달려들어 오던 검수의 얼굴이 뒤로 꺾이며 바닥에 쓰러졌다. 순식간에 세 명의 동료가 당하자 무서울 정도로 냉정을 유지하던 호분랑의 무사들이 감정을 드러냈다.

"죽여 버려!"

무영은 히죽 웃었다. 그 편이 상대하기가 수월하다.

무영은 사방에서 찔러 들어오는 검을 요리조리 피하며 차근차근 때려 눕혔다.

한 명당 한 번의 공격이면 족했다. 일권에 몸이 터져 나가고 뼈가 으스러진다. 찢어지는 비명 소리가 대로를 울렸다. 어느새 반수 이상이 죽어나간 검수들이 잔뜩 경계하며 무영의 주위를 돌았다. 그러던 중 급격하게 뒤로 물러섰다.

"응?"

무영이 고개를 갸웃거렸다. 순간 그의 눈에 보인 것은 활시위를 팽팽하게 당긴 궁수들이었다.

피비빙!

수십의 파공성이 무영을 향해 급격히 다가왔다. 무영은 눈동자를 이리저리 굴렸다.

'어디로 피해야 하지?'

공중은 위험했다. 움직임에 제한이 있었다. 물론 허공답보를 할 수 있었지만 땅 위에서보다는 느리다. 몸을 띄우는 순간 공격해 들어올 것이다.

"제기랄!"

무식하지만 어쩔 수 없다. 무영은 내기를 끌어올렸다.

부웅!

순식간에 옷이 부풀어 올랐다. 무영은 한 발을 땅에 내리찍었다.

쿵!

땅을 깊게 패이며 무영의 검이 앞으로 쭉 뻗어나갔다.

파앙!

검 주위를 감싸고 있던 이글거리던 기운이 일직선으로 뻗어나갔다. 그리고 그 궤적 안에서 날아오던 화살이 순식간에 산화되었다.

그것은 무사들 역시 마찬가지였다. 미처 피하지 못한 한 궁수의 몸 절반을 검기가 휩쓸고 지나갔다.

털썩.

신체의 절반이 사라진 시신이 바닥에 넘어졌다. 정수리부터 가랑이까지 정확하게 반으로 잘린 단면이 섬뜩할 정도로 깨끗했다.

"아아……."

간발의 차이로 검기를 피한 궁수가 말을 더듬거렸다. 어제까지만 하더라도 시시덕거리던 동료의 몸 절반이 사라졌다. 궁수가 천천히 공격의 진원지 쪽으로 시선을 옮겼다. 그리고 본 것은 검을 몸 뒤로 당긴 채 음흉한 미소를 짓고 있는 괴물이었다.

"죽어."

검이 탄력적으로 앞으로 뻗어 나오며 수십 갈래의 검기 줄기가 쏟아져 나왔다. 그것으로 끝. 아무런 말도 필요 없었다. 한줄기 핏덩어리로 변한 시신들은 바닥을 검붉게 적셨다.

"무슨 일이더냐?"

만력제는 분주한 호분랑의 움직임에 의아함을 표했다.

"아뢰옵기 황공하오나 지금 파악 중입니다."

호분랑주인 백파흔이 송구스런 표정으로 읍했다. 만력제는 짐짓 한 차례 헛기침을 하며 소요에게 시선을 주었다.

"무슨 일이 일어났나 보구나. 오늘은 이만 황도로 돌아가는 것이 좋겠다."

"그렇사옵니까?"

"조만간 다시 한 번 나들이를 나오도록 하자꾸나."

"…예."

대답하는 소요의 얼굴은 침울했다. 만력제는 고개를 갸웃거렸다.

"무언가 기다리는 것이라도 있느냐?"

"그런 것은 아니옵고……."

소요가 고개를 떨군 채 대답할 무렵이었다. 저 앞에 한 인영이 모습을 드러냈다.

순간 호분랑주는 안력을 돋궜다. 처음에는 정찰 결과를 알리러 온 연락책이라 생각했다. 하지만 무언가 이상했다. 멀리 보이는 인영의 체구가 너무도 자그맣다. 더욱이 걷는 속도 역시 지나치게 유유자적했다.

"응?"

호분랑주가 오만상을 찌푸리며 있는데로 안력을 돋궜다.

인영의 손에는 무언가 알 수 없는 원형의 물체가 들려 있었다. 그렇게 얼마나 지났을까.

호분랑주의 눈이 크게 치켜떠졌다.

"아이?"

자그마한 사내아이였다. 그때 마차에 앉아 있던 만력제가 되물었다.

"아이라니?"

"그, 그것이……."

뭐라 마땅한 변명거리가 떠오르질 않았다. 본래 황제가 머무는 곳은 일반 백성들의 출입이 허용되지 않는다. 혹시 모를 불상사 때문이었다. 서문 쪽 백성들의 출입을 통제한 것도 바로 그 이유였다. 그런데 아이라니?

'이 새끼들 근무를 어떻게 한 거야?'

처음에는 녀석들의 기강이 헤이해졌다고, 돌아가면 한 번 빡세게 굴려야겠다고 생각했다.

툭! 데구르르.

아이의 손에 들려 있는 의문의 원형 물체가 자신의 앞에 떨어지지만 않았다면 말이다.

"뭐, 뭐, 뭐냐!"

호분랑주와의 거리가 멀지 않았던 만력제는 몸을 벌떡 일으켰다. 그 역시 상황을 지켜보고 있었기 때문이다.

그것은 사람의 수급이었다, 그것도 만력제가 잘 아는 인물의.

"우림중랑장?"

만력제의 목소리가 높아졌다. 불로불사가 될 수 있는 방법을 찾아내라 명했던 자였다.

모두가 혼란스러운 마음인 가운데 아이의 낭랑한 목소리가 귀를 파고 들었다.
"니가 황제냐?"

제26장
음모 2

음모 2

"누구? 날 지칭한 소린가?"

만력제는 멍한 표정으로 말문을 열었다. 순간 앞자리에 서 있던 호분랑주 백파혼이 쩌렁쩌렁하게 외쳤다.

"이, 이런 무엄한!"

"지랄하네."

무영은 코웃음을 치며 걸음을 옮겼다. 호분랑은 이를 바득 갈았다. 비록 어린아이라고는 하나 용서할 수는 없는 일이었다. 그것은 황실 전체에 대한 도전이나 마찬가지였다.

"황제 폐하를 모욕한 죄는 일백 번의 죽음으로도 씻을 수 없다!"

호분랑의 말이 떨어지기가 무섭게 뒤에 도열해 있던 호분랑의 무사들이 검을 빼 들었다. 또한 삼백에 이르는 궁수들 역시 활시위를 당기며 백파혼의 명이 떨어지기만 기다렸다.

"폐하! 명을 내려주시옵소서!"

백파혼이 짧게 읍하며 만력제의 의향을 물었다. 그 역시 상황을 이해하고는 눈썹을 치켜뜨고 있었다.
"폐하!"
거듭된 재촉에 만력제는 손을 살며시 들었다.
감히 이 나라의 주인인 자신을 능멸했다.
"윤허한다."
짧은 대답과 함께 허공에 들려 있던 만력제의 손이 아래로 내려갔다. 순간 삼백에 이르던 궁수의 손이 일제히 활시위를 놓았다.
피피핑!
쐐에엑!
하늘을 가르며 시꺼먼 화살이 무영을 향해 날아왔다.
"의미없는 공격이야."
무영은 희미하게 웃으며 한 쪽 발을 축으로 몸을 바람개비처럼 휘돌렸다.
처음에는 느릿하던 무영의 회전은 점차 잔상을 남길 정도로 빨라졌다. 이윽고 그의 몸 자체가 소용돌이로 변했다.
티티팅!
무영을 향해 날아오던 화살은 소용돌이에 막혀 튕겨 나갔다.
"뭐야?"
그 모습을 바라보던 백파혼은 비명성을 토했다.
말도 안 된다. 저건 말이 안 되는 이야기다. 어떻게 저런 식으로 수백에 이르는 화살을 튕겨낼 수 있단 말인가.
백파혼이 눈을 부릅뜬 채 바라보는 가운데 무영의 도는 속도가 조금씩 느려지기 시작했다.
이윽고 완전히 멈춰선 무영은 차가운 미소를 머금은 채 걸음을 옮겼다.

"불로불사가 될 방법을 찾고 있다지?"

차분한 어조였다. 하지만 그 울림은 너무도 똑똑히 만력제에게 들려오고 있었다.

만력제는 눈을 부릅떴다.

불로불사.

너무도 간절히 원했던 것.

그것은 인간이라면 한 번쯤 가져 봄직한 욕망이었다.

그런데 어째서?

만력제에게 처음 든 의구심이었다. 우림중랑장 이자겸에게만 은밀하게 내렸던 명을 어째서 처음 보는 꼬마 아이의 입에서 흘러나오는가.

만력제의 눈이 크게 떠졌다. 아이의 손에서 던져진 이자겸의 수급, 그리고 그 나이로는 펼치기 불가능한 무위.

'설마?'

만력제의 의문에 대해 무영은 곧바로 답해줬다.

"잘됐네."

무영은 히죽 웃었다.

"내가 바로 그 불로불사의 인간이거든."

탁!

무영이 땅을 박차며 순식간의 거리를 좁혀왔다. 그에 맞춰 대기하고 있던 호분랑의 검수들이 마주 달려들었다.

"이제는!"

무영은 소매를 훑어 검을 뽑아냈다.

"상대하기도 귀찮다!"

외침과 함께 검이 휘둘러지며 검기가 뿜어져 나왔다.

피웅!

한 가닥 실같이 얇은 검기가 선두에서 달려드는 검수에게 날아들었다. 순간 호분랑의 검수가 검을 곧추 세우며 검기를 막아섰다.

"깡!"

쇠로 이루어진 검날이 울리는 소리와 함께 검수의 몸이 뒤로 꺾어졌다. 그 뒤로 따르던 검기가 검수의 몸을 갈랐다.

"푸악!"

허리부터 잘려진 상체가 미끄러지듯 바닥에 떨어지며 피를 뿜어냈다. 끔찍한 최후를 맞이한 동료였지만 황제의 호위를 맡은 최정예 호분랑의 검수들은 냉정한 눈빛을 유지했다.

"그래야지."

무영은 비릿하게 웃으며 적들을 향해 무자비하게 검을 휘둘러 나갔다.

"아악!"

무영의 검에 다리를 잘린 검수 한 명이 비명을 지르며 바닥에 엎어졌다. 하지만 곧바로 눈앞을 뒤덮어오는 발바닥을 피할 수는 없었다.

"콰득!"

검수의 얼굴이 함몰되며 몸을 한 차례 격하게 떨었다. 하지만 그것도 잠시, 이윽고 축 늘어진다.

무영은 검수의 얼굴을 밟고 뛰어오르며 일장을 뻗었다.

"뻥!"

지척까지 달려들던 검수의 얼굴이 순식간에 사라졌다. 무영은 공중에서 연결 동작으로 다리를 뻗어 휘갈겼다.

"빠각!"

운없이 무영의 발차기에 얻어맞은 검수의 몸이 허공에서 핑그르 돌며 나가떨어졌다.

"죽어랏!"

그때 등 뒤에서 들려오는 외침. 무영은 몸을 휘돌렸다. 순간 시야를 꽉 메우며 떨어지는 검 끝이 보였다.

무영은 반사적으로 팔을 들어 막았다.

텅!

자연스럽게 형성된 반탄력에 검이 튕겨 나갔다. 혼신의 일격이 실패한 검수의 눈이 크게 떠졌다.

무영은 발을 들어 땅을 찍었다. 순간적으로 허리가 틀어지며 팽팽히 당겨져 있던 붕권이 검수의 복부를 찍었다.

"허억!"

검수는 숨이 턱 막힌 신음성과 함께 뒤로 쭉 밀려나다가 나뒹군다. 그때 바람을 가르는 파공성과 함께 무영의 등 부위에 데인 것 같은 통증이 일었다.

"크윽!"

무영은 침음성을 흘리며 몸을 돌려 검을 휘둘렀다.

부앙! 파바밧!

십 장 밖에 있던 궁수 한 명이 비명도 지르지 못하고 몸이 수십 갈래로 갈라진 채 흩어졌다.

"쓰읍!"

무영은 침을 꿀꺽 삼키며 사방으로 내기를 뿜어냈다.

쾅!

커다란 폭발음과 함께 섬광이 무영을 둘러싸고 있던 감수들을 단번에 휩쓸고 지나갔다.

투둑! 후두둑!

먼지와 돌맹이가 바닥에 떨어져 뒹굴었다. 그리고 그 가운데에 무영은 허공을 응시한 채 서 있었다.

스윽.

무영은 고개를 떨구며 만력제 쪽으로 시선을 주었다. 그리고 손을 뻗어 등 뒤에 박힌 화살을 뽑았다.

찍!

피가 솟으며 무영은 한 쪽 눈을 찡그렸다.

"빌어먹을."

무영은 화살을 내팽개치며 만력제가 있는 쪽으로 시선을 주었다.

백파흔과 소수만이 남은 호분랑 소속 무사들이 만력제의 주위를 빈틈없이 둘러싸고 있었다. 또한 기백에 이르는 황군들이 무영을 향해 병장기를 겨눴다.

치이익!

무영의 등 쪽에서 연기가 피어올랐다. 어느새 상처가 아물어가고 있었다.

무영은 힐끗 만력제가 앉은 마차를 훑었다.

'저년인가?'

만력제의 옷소매를 꼭 붙들고 있는 면사 여인. 짐짓 공포에 젖은 몸가짐이었지만 유일하게 겉으로 드러난 눈 주위는 가벼운 곡선을 그리고 있었다.

'웃고 있는 것을 보니 맞군.'

황실의 실질적인 권력자. 겉으로 보기에는 너무도 가련해 보인다.

"어떤가요, 제 환영 인사가?"

때마침 무영의 귀를 파고드는 한줄기 음성. 한 점 흔들림도 없는 도도한 어조에 무영은 가볍게 웃으며 응수했다.

"고약한 인사법이군."

"소녀의 호위를 그리 비꼬시다니 들은 것과는 정반대군요. 최악이에요."

면사여인의 눈웃음이 더욱 짙어졌다. 그때 황제를 태운 마차가 성문 쪽으로 내달리기 시작했다.

그 뒤로 백파혼과 호분랑의 무사들이 뒤따랐다.

"도망치나!"

무영은 비웃음 섞인 목소리로 외쳤다. 대답 대신 황군들이 조금씩 발걸음을 움직이기 시작했다.

"기다리고 있을게요."

여인의 마지막 전음. 무영은 피식 웃었다.

"그렇게 나온다 이거지?"

"와아아!"

황군들이 일시에 무영을 향해 짓쳐들어왔다. 무영은 히죽 웃으며 중얼거렸다.

"기대에 응해줘야겠지?"

무영은 검날을 빗겨들었다.

씨잉!

검은 정직하다. 닿는 곳에는 어김없이 피가 튀어 오르고 비명성이 울려 퍼졌다.

"아악! 으아악!"

무영은 자세를 잔뜩 낮춘 채 달렸다.

'이 몸이 유리한 점이지.'

몸에 중심이 낮고 작은 체구로 인해 상대편이 공격하기가 까다로웠다. 황군이 무영에게 검을 날리려면 상체를 잔뜩 구부려야 했다.

펄럭!

무영은 품에서 소검을 꺼내 왼손에 쥐었다. 오른팔에 부착된 착탈식

중검과 더불어 쌍검이 되었다.
"훅! 훅!"
무영은 황군의 중앙을 파고들며 짓쳐들어갔다. 그리고 양팔을 활짝 벌리며 황군의 발목 아래를 가르고 지나갔다.
"끄악! 내, 내 발이!"
순식간에 수십 명의 황군들이 잘린 발목을 부여잡고 나뒹굴었다. 무영은 주위를 살피다가 혁낭 끝에 매달린 호리병을 쥐고는 뚜껑을 이로 물어 뽑았다.
"촤악!"
사방으로 액체가 흩뿌려졌다.
처음 황군들은 뿌려진 액체가 무엇인지 몰랐다. 급박한 싸움 중이었기 때문이다. 하지만 이윽고 형용할 수 없는 기름 냄새가 코를 찔러오자 사태의 심각성을 깨달았다.
"서, 설마!"
누군가 다급하게 외쳤다. 그리고 무영의 들고 있는 불붙은 화섭지를 발견했다.
"잘 가."
화섭지가 천천히 무영의 손아귀에서 떠나 땅에 떨어졌다.
"화르륵!"
불은 순식간에 기름에 젖은 땅을 따라 확장되기 시작했다. 처음 옷에 불이 옮겨 붙은 이들은 길길이 날뛰며 땅바닥을 굴렀다.
"으아악!"
불은 무서운 기세로 퍼져 나가기 시작했다. 옷에 불이 옮겨 붙어 비명을 지르는 이와 어떻게든 불길을 피하려 갈팡질팡 하는 모습.
아비규환.

이것으로밖에 설명할 길이 없었다.

피비빙!

갑작스레 날아온 화살. 무영은 옷소매를 휘저어 쳐냈다.

어느새 성벽에는 궁수들이 자리를 잡고 무영을 향해 활시위를 겨누고 있었다. 무영은 히죽 웃었다.

"이야아!"

그때 무영의 옆구리 쪽으로 한 무사가 검을 찔러 들어왔다.

"훗."

무영은 히죽 웃으며 몸을 틀어 피했다. 그리고 손을 뻗어 공격에 실패하고 달려나가는 녀석의 머리 끄덩이를 잡아 비틀었다.

"아악!"

비명 소리. 무영은 그대로 목을 꺾어 넘겼다.

불의에 일격을 당한 무사는 한 차례 격하게 몸을 꿈틀거리더니 이내 숨을 거뒀다.

어느 정도 보병들은 정리가 되었다. 아직 숨이 붙어 있는 자들도 움직일 수 없는 지경, 이제는 성벽 위에 몸을 숨기고 있는 쥐새끼들을 처리할 차례다.

저벅저벅!

처음에는 좁던 보폭이 점점 넓어졌다.

탁탁탁탁!

땅을 딛는 속도 또한 빠르게 전환되었다. 성벽의 높이는 십 장에 이르렀다. 순간 무영의 무릎이 구부러졌다.

퉁!

무영의 몸이 순식간에 쏜살같이 솟아올랐다.

"쏴! 위로 올라오게 해서는 안 된다!"

장수가 피를 토할 듯한 목소리로 외쳤다.

투투퉁! 투퉁!

일시에 활시위가 놓아지며 화살이 쏟아져 내려왔다. 무영은 팔을 허리춤에 붙인 채 다리를 곧게 폈다.

피웃! 피빗!

화살 한 대가 아슬아슬하게 무영의 몸을 훑고 지나갔다. 그리고 무영의 발이 성벽 위를 밟았다.

씨이익.

무영의 입꼬리가 말려 올라가며 하얀 이가 드러났다.

콰앙!

성벽 위에 폭발음은 황궁의 문 안으로 들어서던 만력제의 귀에도 똑똑히 들릴 정도였다.

"괴, 괴물."

만력제의 중얼거림에 면사 안으로 가려진 소요의 입가에 의미심장한 미소가 걸렸다.

"어때?"

망루 위에 앉아 저 멀리 성벽 쪽을 바라보던 무현이 말문을 떼었다.

백리현은 눈에 대고 있던 천리경(망원경)을 내려놓으며 얼빠진 얼굴로 무현을 바라보았다.

"…무, 무영이 맞아?"

떨리는 목소리 한편에 불신감을 드러났다. 무현은 미소를 머금으며 고개를 끄덕였다.

"넌 속은 거야. 이를 어째?"

"그, 그럴 리가……."

백리현은 못내 고개를 저었다. 무현은 히죽 웃으며 천리경을 빼앗았다.

"왜? 네가 알고 있는 생김새와 달라?"

백리현은 아무런 대답도 하지 못했다. 무현은 혀를 끌끌 차며 백리현의 머리에 손을 얹었다.

"불쌍한 고아. 그렇기야 하지. 벌써 육백 년 전에 우리 부모님은 돌아가셨으니 정확히는 틀린 이야기가 아니야."

처음에는 황당무계한 이야기라 생각했다.

도대체 사람이 육백 년을 넘게 살 수 있다는 이야기 자체가 말이 안 된다고 생각했다. 물론 그 의구심은 아직도 남아 있었다. 하지만 정황이 조금씩 그녀의 신념을 갉아먹고 있었다.

백리현은 얼빠진 얼굴로 고개를 내저으며 중얼거렸다.

"말도… 말도 안 돼."

무현의 손이 백리현의 머리카락을 조금씩 훑어 내려갔다. 이윽고 끝에 이르렀을 무렵 손아귀가 꽉 쥐어졌다.

"아악!"

백리현의 목이 뒤로 젖혀졌다. 무현은 그녀의 머리카락을 뒤로 잡아당긴 채 말을 이어갔다.

"쓰레기, 너 같은 것들이 제일 싫어. 마치 자애로운 성녀라도 된 양 감싸주는 척할 뿐이야. 그리고는 마음 한편으로 생각하겠지. 나는 이만큼이나 착한 사람이야… 하고."

무현은 백리현에게 가까이 다가섰다. 차가운 얼굴 표정에 백리현은 소름이 돋았다.

무현은 백리현의 귓가에다 대고 속삭이듯 입을 열었다.

"너도 그렇지?"

"아, 아니야… 난 그렇지…….."

백리현은 고개를 내저었다. 그런 모습에 무현은 비릿한 미소를 머금은 채 말을 이어나갔다.

"말대꾸하지마. 역겨운 년. 난 네가 무슨 생각을 하는지 다 알아."

무현은 백리현의 목덜미에 가볍게 입을 맞췄다.

"천한 것. 쓰레기면 쓰레기답게 알아서 기어."

"나, 난… 난……."

"무영에게 있어서 너는 이용 거리 그 이상도 이하도 아니야. 그저 잠시 지나쳐 가는… 그래, 유희지. 일상이야."

주르륵.

백리현의 눈가에 맺힌 눈물이 볼을 타고 흘러내렸다.

"그동안 몇 명이나 너처럼 이용당했을 거라 생각하지?"

무현은 짐짓 과장스럽게 어깨를 으쓱였다.

백리현은 굵은 눈물을 떨궜다. 초점이 없는 눈. 무현은 만족스럽게 웃으며 몸을 일으켰다. 그리고 노파에게 시선을 주었다.

"배고프다. 밥 먹자."

하지만 노파의 시선은 아직까지 연기가 치솟고 있는 성벽 쪽에 가 있었다.

"유모."

"…아, 예. 죄송해요. 바로 도시락을 펴겠습니다."

노파는 황급하게 준비해 온 도시락을 펴기 시작했다. 그 모습을 바라보고 있던 무현은 입술을 살짝 베어 물었다.

"쳇!"

잠시 풀어졌던 눈매가 다시 매섭게 치켜 올라갔다. 무현의 시선은 성벽 쪽으로 향했다.

"끄윽… 사도련은… 사도련은……."

남궁창은 힘겹게 말을 이어나갔다. 하지만 이윽고 눈동자가 위로 말려 올라가며 힘없이 주저앉았다.

"어서 의원에게 데려가 보거라."

남궁민은 미간을 매만지며 입을 열었다. 이윽고 사람들이 들어와 남궁창을 데리고 나갔다.

"하아……."

남궁민은 한숨을 내쉬었다. 그 모습을 바라보던 현 남궁세가주 남궁문이 걱정스러운 어조로 말을 붙였다.

"결국 우려가 현실로 드러났군요."

"그렇소, 가주."

남궁민의 말에 남궁문은 쓴 미소를 지었다. 가주직을 물려준 직후부터 편하게 말을 놓지 않는다.

몇 번 예전처럼 대해달라고 간청해 봤지만 소용이 없었다.

'하지만 지금은 이런 생각을 하고 있을 때가 아니지.'

사고를 전환하자 곧바로 머리가 욱신거려 오기 시작했다. 상황이 너무도 복잡하고 꼬이는 것 같다.

"아직 확실한 것은 아닙니다."

남궁민은 고개를 끄덕였다. 이제 사도련 쪽의 보고서가 왔을 뿐이다. 황도 쪽으로 파견한 인원에서는 아무런 연락이 오질 않았다.

"하지만 정황상… 기정사실화 되고 있소."

"그렇군요."

"준비는?"

남궁민의 물음에 남궁문은 고개를 끄덕였다. 이미 군량미는 확보해 두

었고, 병기 손질도 끝났다.
 훈련 수준 역시 만족스럽다. 모용세가나 소림을 비롯해 무림맹에서도 촉각을 곤두세우고 있는 상태.
 "하지만 마음에 걸립니다."
 사도련 쪽이 보인 반응은 너무도 노골적이었다. 그것이 마음에 걸렸다. 더욱 문제인 것은 무언가 있다는 것을 뻔히 알면서도 움직일 수밖에 없다는 사실이다.
 이미 주사위는 던져졌으니까. 이번 일은 벌써 무림맹 내에서는 깊게 퍼진 상태였다.
 설사 무림맹의 수뇌부에서 자중한다 하더라도 젊은 구성원들이 참아내질 못할 것이 분명했다.
 "넝쿨인가……"
 벗어나려 애쓸수록 더욱 꼬인다.
 "무영……."
 무영으로부터 시작되었다. 잠깐의 대화. 그는 던져 주었을 뿐이다.
 왠지 남궁민과 정파 무림 전체가 미끼를 물은 것 같은 의구심을 지울 수 없었다. 마음 한편은 답답한데 시원하게 풀 길이 없다.
 "후우……."
 남궁민은 고개를 설레설레 저었다.

 무영이 마방루란 객점에 들어섰을 무렵 의외에 인물과 만날 수 있었다.
 "어라? 너?"
 객점 안에 앉아 있던 사내는 놀랍다는 표정으로 몸을 일으켜 무영에게 다가왔다. 무영 역시 눈을 동그랗게 뜨며 말문을 열었다.

"청월 형?"

예전 광주까지 동행했던 무당의 제자.

'섬검이라고 했던가?'

분명 섬검 청월이었다.

"정말 오래간만이구나."

"아… 형도."

청월은 안면에 미소를 띤 채 무영의 머리를 쓰다듬어 주었다.

"그동안 어떻게 지냈니?"

무영은 짐짓 미소를 머금었다.

"나야 그냥."

"이럴 게 아니라 이리와. 밥 사줄게."

밥을 사준다는 데 마다할 이유가 없었다. 무영은 선선히 청월의 손에 이끌려 걸음을 옮겼다.

그곳에는 청월 이외에도 네 명의 인원이 자리잡고 있었다. 무영은 내심 입술을 살짝 베어 물었다.

도리어 잘되었다. 이들과 몰려다니면 움직이기도 수월할 것이다.

"어이, 그 아이는?"

맨 가장자리에 자리잡고 앉아 있던 사내가 무영을 바라보며 청월에게 물었다.

청월과 비슷한 또래에 날카로운 인상을 가진 사내였다.

"좀 알던 아이야. 모임 때 말했었잖아?"

"아……."

사내가 고개를 끄덕였다. 청월은 자신의 옆 자리를 권했다. 무영이 폴짝 뛰어 의자에 앉았다.

"뭐 먹을래?"

"그냥 아무거나 시켜줘."
청월은 대강 음식을 시키고 무영에게 의자를 가까이 붙였다.
"그런데 소령이가 안 보이는데?"
"아… 걔는 광주에 있어."
"아, 그래."
청월은 고개를 끄덕였다. 그때 아까의 사내가 다시금 말을 붙여왔다.
"이봐, 우리한테도 좀 소개해 달라고."
상념에서 벗어난 청월이 무영을 머리를 쓰다듬어 주며 입을 열었다.
"모임 중에 말했기에 알겠지만 무영이라고 해. 귀엽게 생겼지?"
청월의 말에 유일한 홍일점인 여인이 환한 표정을 지었다.
"귀엽다기보다는 예쁘다는 표현이 맞을 정도네. 누나한테 와보렴."
무영은 고개를 갸웃거렸다. 청월은 피식 웃었다.
"왕예련이라고 아미의 제자지."
"안녕?"
왕예련은 살포시 웃으며 무영에게 눈웃음을 지었다. 청월은 처음 무영에게 흥미를 보인 날카로운 인상의 사내를 가리켰다.
"그리고 아까 저 녀석은 전진의 조구호."
"안녕하세요."
"잘 부탁해."
조구호는 엷은 미소로 무영을 맞이했다. 마지막으로 청월이 소개한 두 명은 소림사의 제자로 형제였다.
"키 큰놈이 일각. 작은 녀석이 이각."
"잘 부탁하오, 꼬마 도령."
"잘 지내보자."
일각과 이각은 각기 다른 어조로 무영을 맞이해 주었다. 형인 일각이

범접하기에 어려운 기도를 흘리고 있다면 이각은 친근하고 편안한 느낌이었다.

"그런데 형은 황도까지 웬일인가요?"

무영의 한마디. 순식간에 좌중의 분위기가 차갑게 가라앉았다. 무영은 내심 히죽 웃었다.

무엇인지 알 것 같았다. 필시 예전 던져 놓았던 미끼를 문 것이다. 황도에 온 것은 사도련과 황실에 관계를 조사하기 위함일 것이다.

"놀러 오신 건가요?"

무영이 짐짓 다른 말로 화제를 돌리자 모두들 단번에 고개를 끄덕였다.

"어, 그래, 황도에 볼거리가 많다고 들어서."

청월이 씩 웃으며 무영의 머리를 과장스럽게 흐트러놓았다.

'정말 알기 쉬운 성격이야.'

무영은 눈살을 찌푸렸다.

만력제는 떨리는 손을 못내 이불 안으로 밀어 넣었다.

"그… 괴물은 도대체 뭐냐?"

상상했던 것과는 정반대의 모습.

두려웠다. 지금 당장이라도 이곳에 들이닥쳐 검을 겨눌 것 같은 공포에 휩싸였다.

"폐하……."

문득 만력제의 등 뒤로 포근한 느낌이 전해져 왔다. 만력제를 가만히 고개를 돌렸다. 면사를 걸은 소요가 눈꺼풀을 살짝 늘어뜨린 채 기대어 있었다.

"두려우셨사옵니까?"

만력제는 아직까지 떨림이 잦아들지 않은 표정으로 말문을 열었다.
"인간이 아니다, 그자는."
스윽.
소요는 만력제의 얼굴을 자신의 가슴팍에 묻으며 말을 이어나갔다.
"그자가… 폐하께서 그토록 원하시던 자이옵니까?"
"…그래. 하지만 자신이 없어졌어."
소요는 빙그레 웃었다.
"정말 강하더군요."
"그래."
오늘 두 눈으로 똑똑히 볼 수 있었다. 수백의 병사 앞에서도 의연한 그 모습.
잔인하고 정확하다.
압도적인 강함이란 그러한 것이었다.
만력제의 모습을 바라보던 소요는 짐짓 정색을 한 표정으로 말문을 열었다.
"무엇이 그리 걱정입니까?"
"……?"
만력제를 고개를 갸웃거렸다. 소요는 빙그레 웃었다.
"하지만 아무리 강하다 한들 혼자일 뿐이지 않습니까?"
"한 명……."
"폐하께는 팔십만 황군이 있습니다."
소요의 가슴에 안겨 있던 만력제는 몸을 일으켰다. 그래 자신은 대명제국의 주인이다. 그의 말 한마디라면 수십만 황군이 움직인다.
소요는 차분한 어조로 만력제의 용기를 복돋았다.
"전 강한 황제 폐하를 모시고 싶습니다."

"강한……."

나지막히 중얼거리는 만력제의 눈가에 불길이 일어나기 시작했다.

"이 세상 모두가 황제 폐하의 발아래 놓일 겁니다."

"이 세상 모두……."

"역대 어느 황제도 해보지 못한 업적을 이루실 수도 있겠지요. 영원한 절대불변의 대제국. 살아 있는 전설이 되실 겁니다."

하얗게 질려 있던 만력제의 얼굴이 조금씩 본래의 빛을 찾아가고 있었다.

그동안 그토록 원하던 것이 무엇인가.

비록 상대가 압도적으로 강하다고는 하나 그뿐이다. 결국에는 자신이 뜻한 바를 이룰 것이다.

누가 뭐라고 해도 자신은 대명제국의 황제였다. 자신이 하고자 마음만 먹으면 못 이룰 것이 없다.

소요는 의미심장한 미소를 머금으며 마지막 말을 건넸다.

"그를 잡으세요."

꽈악.

만력제의 주먹이 쥐어졌다.

제27장
충격 1

"알아본 바에 의하면 문서상으로 존재한다더군."

청월의 목소리가 나직하다. 일각은 천천히 고개를 끄덕였다. 우연치 않게 알아낸 정보였다.

더욱이 확실한 증거물. 손에 넣을 수만 있다면 황실과 사도련의 관계를 밝혀낼 수 있을 것이다.

"황실… 안 인가?"

일각의 목소리는 침울했다. 황실 안.

지금 중요한 것은 확실한 증거였다. 물증만으로는 부족하다. 하지만 문제는 그 문서라는 것이 황실 안에 있다는 점이었다.

황실에 잠입한다는 것은 자살 행위나 다름없었다.

"아… 골치 아프군."

왕예련은 머리를 부여잡으며 투덜거리다가 곤히 잠들어 있는 무영에게 시선을 주었다.

"쟤는 어떻게 할 거야?"

"자칫 휘말리면 위험해질 수도 있어."

일각이 거들고 나서자 청월은 턱 주위를 매만지며 침음성을 흘렸다. 하지만 고심은 금세 끝낼 수 있었다.

"자연스럽게 헤어져야겠지."

"그러는 게 좋겠어."

조구호는 고개를 끄덕이며 다시금 화제를 본래대로 돌렸다.

"혹시 모르니까 사본 같은 것이 있는지 수소문해 봐."

"그래."

모두들 고개를 끄덕이는 가운데 눈을 감고 있던 무영의 입꼬리가 가볍게 올라갔다.

다음날 아침. 가볍게 식사를 하던 청월은 황도의 객점 주인으로부터 바깥의 분위기가 심상치 않다는 소식을 들었다.

"그러니까, 웬만하면 당분간은 객점에 머무시는 것이 좋겠수."

"어째서인지는 모르시고?"

객점 주인은 고개를 끄덕였다.

"분위기들이 흉험한 것이 심상치 않수."

"무슨 일이길래?"

청월의 중얼거림에 객점 주인이 목소리를 낮추며 말을 붙여왔다.

"어제 서문 쪽에서 큰 난리가 있었답디다."

"난리?"

"잘은 모르겠고… 황군 몇백 명이 죽었다는 소문이 있더군."

"몇백 명?"

"어제 점심나절 때 굉음이 있지 않았소이까?"

청월이 고개를 끄덕였다. 분명 엄청난 굉음을 들었었다.

"일단 오늘은 이곳에 계시구려. 괜히 우리 집에 머물렀던 손님이 잘못되기라도 한다면 내 마음이 편치 않수."

주인은 뒷짐을 쥔 채 터덜터덜 계산대로 걸어갔다. 그 모습을 바라보던 청월은 한숨을 내쉬며 방으로 올라와 동료들을 불러들였다. 그리고 주인에게 들은 이야기를 전했다.

"그럼 어쩌라는 이야기야?"

조구호는 곤혹스러운 표정으로 고개를 설레설레 저었다. 왕예련과 일각, 이각 형제들 역시 한숨을 푹푹 내쉬었다.

하지만 이내 다섯 명의 화제는 어제 생겼다는 대참극으로 향했다.

"몇백 명이 죽어나갔다니… 그게 무슨 소리지?"

왕예련은 손바닥을 탁 마주쳤다.

"서문 쪽이면 어제 출입 제한되었던 거기 아니야?"

이각이 고개를 끄덕였다. 어제 황제의 행차로 인해 서문 전체에 출입을 제한했었다.

"답답하군. 지금쯤이면 사도련 쪽으로 갔던 녀석들이 돌아왔을 텐데 우리는 아직도 꾸물거리고 있으니."

일각의 중얼거림에 다른 이들은 고개를 떨궜다.

"흐음……."

이층 계단 가에서 다섯 사람의 말을 엿듣던 무영은 쓴 미소를 지었다. 어제 좀 과하게 날뛰기는 했었다.

'이제 어떻게 움직여야 하나.'

무영은 턱 주위를 매만졌다. 그러던 중 한구석에 밀어두었던 상념이 떠올랐다.

연교회와 두 여인.

'황도에는 무사히 들어왔을려나?'
하지만 이내 고개를 저었다. 자기들 처신은 알아서 할 것이다. 더욱이 만약의 경우 연교휘가 있지 않은가.
'일단 급한 것은 황실로 어떻게 잠입하느냐인데.'
곰곰이 고심해 보았다. 하지만 결국 드는 생각은 처음 연류진을 만났을 때의 방법이 가장 무난했다.
그 일행에 끼어 자연스럽게 잠입하는 것이다.
'하지만 그렇게나 일을 벌려놨으니.'
결국 문제는 그것이었다. 더욱이 현재는 연류진과 떨어진 상태.
무영은 창밖으로 시선을 주었다. 저 멀리 높게 솟은 웅장한 황궁의 지붕이 보였다.
"담을 넘어?"

연교휘는 품에 안겨 잠든 아이를 내려다보며 말문을 열었다.
"두 분 다 피곤해 보이시는군요."
"예."
연류진은 힘없이 고개를 끄덕였다. 충혈된 눈에 부스스한 머리. 밤새 잠을 설친 결과였다.
"잠을 이루기가 쉽지 않았어요."
연교휘는 고개를 끄덕였다. 그 역시 서문 쪽에서 난리가 일어났다는 소식을 들었다.
바보가 아닌 이상 그 주인공이 무영이라는 사실 또한 어렵지 않게 유추해 낼 수 있었다. 수백 명의 황군이 죽어나갔다고 들었다.
'방식이 마음에 들지 않아.'
연교휘는 입술을 살짝 베어 물었다. 앞뒤 생각할 것없이 막아서면 베어버린다. 그의 방식은 어찌 보자면 단순 명쾌했다. 하지만 그만큼 피해가 크다.

"그래, 두 분은 이제부터 황궁으로 가시는 겁니까?"

연교휘의 물음에 연류진과 소화는 고개를 끄덕였다.

"그것 때문에 여기까지 온 것이니까요."

"그렇군요."

연교휘는 고개를 끄덕였다. 그렇다면 어찌해야 하나… 결국 결론은 하나였다. 그녀들을 홀로 가게할 수는 없었다.

"제가 바래다 드리지요."

"그러실 필요까지는 없어요. 다 왔는걸요."

연류진은 손을 내저었다. 하지만 옆에 앉아 있던 소화가 옷소매를 살짝 당겼다.

"응?"

"호의는 받아들이는 것이 좋아요. 더욱이 황도 안의 분위기도 좋지 않잖아요. 여자 둘이 다니기에는 충분히 위험해요."

"그렇기는 하지만……."

연류진은 못내 미안한 표정이었다. 연교휘는 피식 웃었다.

"신경 쓰실 필요 없어요. 그럼 채비를 끝내고 내려오세요. 바래다 드리지요."

"예."

의견 조율이 끝나자 준비는 일사천리로 진행되었다. 곱게 화장을 끝내고 옷가지를 정리한 연류진은 면사를 착용한 채 일층으로 내려왔다. 그 뒤를 단정한 옷으로 갈아입은 소화가 뒤따랐다.

연교휘는 피식 웃으며 장난스럽게 상체를 숙였다.

"성심을 다해 모시겠습니다, 아가씨."

"부탁드리겠습니다."

연류진은 가볍게 미소 지으며 객점을 나섰다. 과연 바깥의 분위기는 흉험했다.

황군들은 혹시라도 수상쩍은 사람이 있는지 안광을 빛내고 있었다. 그런데 한 가지 문제점은, 연교휘였다.

이국적인 외모에 양 눈동자 색깔이 다르다. 누가 보더라도 한 번쯤은 시선이 갈직한 생김새가 아닌가.

"어이 이봐. 거기 짝눈."

"짝눈?"

연교휘의 눈썹이 꿈틀거렸다. 어려서부터 외모 때문에 많은 안 좋은 일을 겪었다. 그래서인지 짝눈이란 말에 자연스럽게 신경이 거슬릴 수밖에 없었다.

"나 말이오?"

"그래, 너. 이리와 봐."

연교휘는 노기 어린 표정이다. 순간 연류진과 소화의 안색이 하얗게 질렸다. 며칠 사이에 많은 일을 겪어서 일까.

혹여 무슨 일이라도 날까 가슴을 졸일 수밖에 없었다.

"지금 짝눈이라고 했소?"

"그래."

병졸은 거만한 표정으로 연교휘를 바라보았다.

"이름."

"연교휘."

"직업."

"현재는 무직이오."

연교휘의 대답에 병졸은 피식 웃었다.

"백수구만."

"…날 모욕하는 것이오?"

연교휘의 눈썹이 치켜 올라갔다. 순간 기세에 질린 병졸이 다급하게 외쳤다.

"뭐, 뭐야! 잘하면 한 대 치겠네?"

"뭐야? 무슨 일이야?"

갑작스런 소란에 다른 동료들이 건들거리며 걸어왔다. 동료들이 늘어나서일까 방금 전까지만 해도 움츠러들었던 병졸의 어깨가 쭉 펴졌다.

"이보게, 저놈이 글쎄… 어?"

병졸은 고개를 갸웃거렸다. 방금 전까지만 하더라도 죽일 듯 노려보던 연교휘가 보이질 않았다.

"왜?"

"아니, 그게… 방금 전까지만 하더라도 웬 건방진 놈이… 있었는데……?"

"자네 헛것이라도 봤나?"

"진짠데……."

병졸은 연신 고개를 갸웃거렸다.

"뭐 저런 사람이 다 있담?"

연류진은 가볍게 인상을 찌푸리며 투덜거렸다. 그리고 연교휘에게 시선을 주며 짧게 한숨을 내쉬었다.

"너무 신경 쓰시지 마세요."

연교휘는 고개를 설레설레 저었다.

"전 괜찮습니다. 하루 이틀 겪은 일도 아니고."

이국적인 외모가 이유였다. 언제나 짜증을 부리던 어머니.

구라파 출신이던 어머니가 어쩌다가 아버지와 인연이 맺어졌는지는 알 수 없다.

어머니가 말씀하시기로 자신은 법국(法國:프랑스)의 귀족출신이라고 했다. 가문이 몰락되기는 했지만 언젠가는 다시금 일어설 것이라고 습관처럼 되뇌이셨다.

할아버지인 연오랑은 어머니에게 무척이나 냉랭했다. 한어도 제대로 하지 못하는, 더욱이 출신 성분도 확실치 않은 색목인을 데려왔으니 그럴 만도 했다.

처음에는 어머니도 당당하셨다. 출신 성분다운 오만함과 자신감이랄까. 그런 것들이 있었다.

하지만 아버지가 불행하게 교주 후보에서 물러나고 하나 있는 자식마저 손가락질받게 되자 조금씩 무너져 갔다.

정확히 말하자면 견뎌내질 못했다는 표현이 맞았다. 옛 영화를 추억하는 시간이 길어졌다.

어머니는 점점 이상해져 갔다. 언제나 신경질적이었다. 유일하게 연교휘만이 알아들을 수 있었던 법국어(불어)로 투덜거리는 시간이 길어졌다.

그런 어머니가 미소를 지어주는 유일한 때는 연교휘가 무공을 연공하는 시간이었다.

연교휘 자신이 보기에도 재능이 있었다. 점점 강해지며 손가락질하던 이들의 반응이 바뀌어갔다.

명교 역사상, 아니, 고금을 통틀어 최고의 재능.

절망이 희망으로 바뀌었다.

하지만 아버지는 달랐다. 자신의 쓰라린 아픔 때문이었을까. 연교휘가 평범하게 살아가길 바랬다.

그로 인해 어머니와 다투는 횟수가 빈번해졌다.

지금 와서 생각해 보자면 어머니는 연교휘가 교주로 올라서 당신의 가문이 다시금 일으켜 주길 바랬던 것 같다.

그녀에게 있어서는 하늘을 날고 맨손으로 바위를 부수는 무림인들은 분명 매력적인 존재임에 틀림없었다.

몸이 허약해 잔병치레가 잦았던 아버지는 점점 침대에 누워 있는 날이 많아졌다. 그럼에도 어머니는 외면했다.

두 분의 골은 계속해서 깊어졌다.

그렇게 얼마 지나지 않아 아버지가 돌아가셨고 장례를 치를 때도 어머니는 참석하지 않으셨다.

결국 분노한 연오랑으로 인해 연교휘는 두 분의 장례를 치러야만 했다.

그리고 명교를 떠났다.

바깥 세상은 그대로 명교보다는 좀 나았다. 이국적인 외모를 가진 색목인은 어디서나 수근거림의 대상이었지만 말이다. 비록 잡부라고는 하지만 일자리도 얻을 수 있었다.

그렇게 이만큼의 시간이 지났다.

'아직도 벗어나지 못했나?'

연교휘는 짧게 한숨을 내쉬었다.

"사님… 무사님?"

상념에 빠져 있던 연교휘는 고개를 절레절레 내저으며 소화와 시선을 맞췄다.

"아! 죄송합니다. 잠시 생각 좀 하느라."

"예. 그것보다 이제부터는 조심히 가야겠는데요?"

소화의 말에 연교휘는 씁쓸한 미소를 지었다.

"괜히 저 때문에 죄송스럽게 되었습니다."
"아니요, 별말씀을."
"그럼 가시지요."
연교휘는 천천히 걸음을 옮기기 시작했다.
그 뒤로 황궁까지는 별 탈 없이 도착할 수 있었다. 몇 번인가 병사들과 마주치기는 했지만 그때마다 연류진이 나섰다.
후궁 간택을 위한 호위무사라 말하면 대부분 별말없이 보내주었다.
"휴우……."
연류진은 눈앞에 웅장하게 솟은 황궁의 담을 올려다보며 안도의 한숨을 내쉬었다.
생각해 보자면 많은 일이 있었다.
처음 이십여 명에 달했던 호위무사들은 모두 죽었다. 또한 무영과 남소혜를 만났다.
"도착했구나."
목적지에 도착했음에도 연류진의 어조에는 힘이 없었다. 왠지 마음 한편이 무거웠다.
스윽.
문득 넓은 대로 쪽으로 시선을 주었다. 하지만 그는 이 자리에 없었다.
알 수 없는 사내.
언제나 상냥하고 미소를 지었지만 연극이었다. 무자비하고 잔혹하다. 무섭기는 했지만 왠지 밉지는 않았다.

"어떻게 일일이 애정을 쏟을 수 있나? 결국 혼자가 될 것을 뻔히 아는데."

그 쓸쓸하던 어조가 뇌리에서 떠나질 않았다.

'이제 끝이야.'

황궁 문으로 들어서면 그와는 다시 볼 수 없다.

뚝.

"어?"

연류진의 의아한 표정으로 소매를 들어 눈 주위를 비볐다.

눈물이 소매를 적셨다. 왜인지는 몰랐다. 하지만 참을 수가 없었다. 그동안의 고생 때문은 아닌 것 같다.

"나도 참… 이게 웬 추태니?"

연류진의 울먹거림에 소화는 살짝 미소를 지었다.

"그동안의 고생이 생각나셔서 그런 것일 테지요."

"…그런가?"

하지만 그것만은 아닌 것 같았다.

"들어가시지요."

그때 문지기가 다가왔다. 연류진은 붉게 충혈된 눈을 한 번 부비고는 숨을 골랐다.

"휴우."

"이제는 이별이군요."

연교휘가 다가와 친근한 미소를 지어 보였다. 연류진은 짐짓 아무렇지도 않게 마주 웃어주며 마지막 인사를 나누었다.

"짧은 시간이었지만 신세를 지었습니다."

"몸조심하시고요."

연교휘는 고개를 끄덕였다. 그리고는 짐짓 연류진의 귀에 얼굴을 가까이 대며 속삭였다.

"악의 대변자가 되지는 마십시오. 마즈다님의 가르침을 언제나 가슴에 새기세요."

진지한 어조. 하지만 연류진은 허탈하게 웃을 수밖에 없었다. 틈날 때마다 마즈다님의 가르침이라고 말해주었던 것들이 생각났다. 비록 대부분 무슨 말인지는 못 알아들었지만.

"예."

"그럼 저는 이만. 소화 소저도 마찬가지예요."

연교휘는 소화에게도 인사를 건네더니 몸을 돌렸다. 그 모습을 바라보던 연류진이 용기를 짜냈다.

"저기요."

"예?"

연교휘가 고개를 갸웃거렸다. 연류진은 살짝 얼굴을 붉힌 채 입을 열었다.

"혹시라도……."

"……?"

"무영님을 만나뵙게 되면 안부… 전해주시겠어요?"

연교휘는 씩 웃으며 고개를 끄덕였다. 그리고 잠시 멈췄던 걸음을 옮기기 시작했다.

연류진은 그 모습을 잠시 바라보다가 옆에 서 있는 소화를 바라보았다.

"자… 이제 그럼 들어가 볼까?"

"예, 아가씨."

소화는 긴장된 표정으로 고개를 끄덕인다. 연류진은 침울한 표정이었다. 이 넓은 황궁에서 유일하게 아는 의지할 수 있는 아이가 되었다.

다시는 바깥 공기를 쐴 수 없을지도 모른다.

연류진은 깊게 숨을 들이마시며 황궁 안으로 걸음을 옮겼다.

그 후로 며칠이 지났다.

며칠 전 참극의 여파는 조금씩 가라앉고 있었다. 하지만 황도 전체에 서린 흉흉한 기운은 아직까지 유지되고 있었다.

그 와중에도 열심히 정보 수집에 박차를 가한 청월 일행에게 소득이 있었다.

"정말인가?"

청월의 반문에 일각은 여느 때와 마찬가지로 무표정하게 고개를 끄덕이며 답했다.

"그래."

"대학사의 집에 복사본이 존재한단 말이지?"

턱 주위를 매만지며 중얼거리던 청월은 몸을 일으켰다.

"됐어."

황예련은 살며시 미소를 지었다.

대학사 장거정, 이 입지전적인 인물의 집에 자신들이 찾던 증거품이 있었다.

"그래도 장거정의 집이라면 잠입할 만해."

"하지만 조심해야 하지. 그 정도의 인물이 기거하는 곳이라면 경계가 만만치는 않을 거야."

이각은 히죽 웃었다.

"그래도 황궁보다는 수월한 것이 사실이니까."

"경비 수준이 어떤지는 알아봤어?"

청월의 물음에 조구호가 고개를 끄덕이며 말문을 열었다.

"큰 걱정은 없어 보여. 호위무사들이 이십 명. 그 외에는 일꾼들뿐이야."

"대학사 정도의 집에 이십 명?"

청월의 반문에 조구호는 고개를 끄덕였다.
"워낙 존경받는 인물이니까."
청월은 턱 주위를 매만지며 말문을 열었다.
"그럼 쉽겠군. 거사 일은 언제로 하는 것이 좋을까?"
"오늘."
"오늘?"
청월의 반문에 조구호는 손가락을 내저었다.
"정보에 의하면 장거정은 황실에 들어갔다고 하더군. 처리할 것들이 많아 며칠 집에 들어오지 못할 것이네."
그렇다면 다시없을 기회였다. 청월은 무겁게 고개를 끄덕이며 안광을 번뜩였다.
놓칠 수 없었다.
"곧바로 준비하도록 하지. 그리고 예련은 여기서 대기."
"엑? 왜?"
황예련이 오만상을 찌푸리며 반문했다.
"한 명은 남아 있어야 해. 혹시 우리가 잘못되면 곧바로 황도를 벗어나."
"쳇."
황예련은 뾰로통한 표정으로 투덜거렸다. 청월은 다시 한 번 힘주어 상황을 인지시켰다.
"중요한 문제야. 알았어? 몰랐어?"
"예예, 알겠습니다."
"비꼬지 마. 잘되면 나중에 제대로 된 남자 하나 소개시켜 주마."
"그 말 꼭 지켜."
황예련은 안광을 번뜩였다. 청월은 식은땀을 닦아낼 수밖에 없었다.

그렇게 각자 준비를 끝내고 객점을 나섰을 무렵에는 날이 완전히 저물었다. 청월은 객점 바깥까지 마중 나온 황예련을 바라보며 당부의 말을 건넸다.

"혹시 모르니 채비를 갖추고 있어."

"알았으니 빨리 돌아오기나 해."

청월은 피식 웃었다. 말투가 걸기는 하지만 누구보다 자신들을 걱정하는 마음을 알 수 있었다.

"아! 무영을 잘 돌봐줘. 저녁 시간이 지나서 배고플 거야."

황예련은 짐짓 투덜거리면서도 고개를 끄덕였다.

"쳇, 내가 무슨 애 엄만가? 알았어."

"좀 있다가 보자."

청월은 황예련의 어깨를 툭 쳐주며 몸을 돌렸다. 나머지 세 명이 그 뒤를 뒤따랐다.

"휴우… 모두 무사히 돌아오길."

황예련은 씁쓸한 표정을 짓다가 무영을 생각해 내고는 방으로 올라갔다.

"어?"

황예련은 고개를 갸웃거렸다. 분명 방을 나서기 전에는 침상에서 잠들어 있었다. 하지만 없었다.

침상에는 곱게 개어진 이불이 놓여져 있었다.

툭!

무영은 가볍게 지붕을 밟으며 앞으로 나아갔다.

휙! 휙!

바람이 날리며 머리카락이 휘날렸다. 저 아래로 앞서 나가는 청월의 모습이 보였다.

'이런 일까지 해줘야 하다니.'

무영은 입술을 살짝 베어 물었다. 딱히 실패하리라고 보지는 않았지만 만일에 대비해야 했다.

현재로서는 무림맹이 사도련이나 황궁을 견제해 줘야 하는 입장이다. 그것이 무영의 입장으로써도 일을 처리하기가 한결 수월하다.

무영은 안색을 가볍게 굳혔다. 험상궂은 병사들의 모습이 여기저기 눈에 띄었다.

'내가 좀 심하게 날뛰긴 한 모양이야.'

쓸쓸한 미소가 머금어졌다. 조금 더 신중했었어야 할까, 하는 생각이 들었지만 고개를 저었다. 이미 벌어진 일이다. 주워담을 수는 없지 않은가.

지금 주어진 상황에서 최선을 다해야 한다.

'저긴가?'

저 멀리 보이는 큰 건물들이 오늘의 목표였다.

대학사 장거정의 집.

사도련과 황실 간의 협약에 관한 복사본이 있는 곳.

'하지만 어째서?'

복사본 따위를 만든 것일까. 더욱이 왜 장거정의 집일까.

일말의 의구심이 들었다. 하지만 속도를 붙이는 청월을 바라보며 상념을 접었다.

'모르겠다.'

퉁!

무영의 발이 지붕을 밟았다.

장거정의 집은 컸다. 청렴결백의 대명사처럼 받들어지고는 있지만 대학사라는 관직이라서 그러할까. 보통의 대갓집과는 비교가 되지 않을 만큼의 규모를 자랑하고 있었다.

다만 한 가지, 규모에 비해서 집 안은 지나치리 만치 조용했다.

"흠."

무영은 턱 주위를 매만지며 청월을 바라보았다. 이각이 바깥에서 망을 보고 청월과 조구호, 일각이 조심스럽게 담을 넘었다.

무영은 조심스럽게 지붕을 타고 넘으며 세 명의 뒤를 밟았다.

잠입은 수월했다. 가끔씩 사람들이 보이기는 했지만 세 명은 훌륭히 피해냈다.

그 누구도 누군가가 집 안으로 숨어들은 사실을 알아내지 못했다.

청월은 돌담에 몸을 기댄 채 뒤따르는 일각과 조구호를 바라보며 고개를 갸웃거렸다.

"이상해."

"뭐가?"

조구호는 말소리를 극도로 낮춘 채 반문했다. 청월은 턱 주위를 매만지며 침음성을 흘렸다.

"너무 수월해."

"…크흠."

조구호의 안색이 굳어졌다. 그 역시 청월과 마찬가지의 생각을 하고 있었다.

잘못된 것은 없었다. 단지 너무 쉽게 풀리는 것 같다. 그 정도의 정보를 손쉽게 얻은 것도 그러하고.

그때 뒤에서 숨죽이고 있던 일각이 둘을 재촉했다.

"하지만 어쩔 수 없어."

무책임한 말일 수도 있다. 하지만 지금의 상황이 그러했다. 이미 벌어진 일이고 돌이키기에는 너무 늦었다. 죽이 되든 밥이 되든 부딪쳐야 한다.

"단순하게 생각하자. 계획했던 일을 행하는 것이 최선이야."

둘은 흔들렸던 마음을 굳혔다. 일각의 말이 정답이었다. 세 명은 조심스럽게 멈췄던 걸음을 옮겼다.

장거정의 서재는 집 안 중앙에 위치하고 있었다. 거기서 처음으로 호위무사를 볼 수 있었다. 하지만 그 마저도 꾸벅꾸벅 졸고 있었다.

"쯧쯧. 기강하고는……."

조구호가 혀를 차자 청월이 재빨리 손을 입가로 가져가며 조용히 하라는 표시를 보냈다. 조구호는 떨떠름한 표정으로 머리를 긁적였다.

"두 명."

청월은 숲에 몸을 잔뜩 웅크린 채 일각과 조구호에게 시선을 주었다. 조구호는 손짓으로 목을 긋는 시늉을 했다. 청월은 고개를 살짝 저었다.

죽일 수는 없었다. 이곳에 들어왔다는 사실 자체를 아무도 몰라야 했다. 최소한 황궁을 벗어날 때까지는 말이다.

일각과 조구호는 고개를 끄덕이며 조심스럽게 몸을 일으켰다. 혹시라도 깰까 고양이처럼 발끝을 들었다.

그렇게 일정 거리까지 좁혔을 무렵이었다. 조구호와 일각은 단번에 달려들어 두 명의 수혈을 짚었다.

혹시라도 깰 것을 염두에 둔 수법이었다.

청월은 잔뜩 경계하며 조심스럽게 몸을 일으켰다. 그리고 천천히 걸음을 옮겨 문 앞에 섰다.

"안에 누가 있는 것 같아?"

조구호가 연신 주위를 살피며 다가왔다. 청월은 고개를 살짝 내저으며 조심스럽게 문을 열었다.

철컥!

"음?"

청월은 눈살을 찌푸렸다. 문은 열쇠로 단단히 봉해져 있었다.

그 모습을 바라보던 일각이 청월을 옆으로 밀어냈다. 그리고 품에서 자그마한 꼬챙이를 꺼냈다.

"비켜 봐."

"어? 어."

청월은 멍한 표정으로 옆으로 물러섰다. 일각은 꼬챙이를 열쇠 안으로 넣더니 이리저리 쑤시기 시작했다.

달각.

이윽고 열쇠가 끌러졌다. 순간 청월과 조구호의 눈이 동그랗게 떠졌다.

"열렸다."

"그렇군."

청월은 장난스런 표정으로 일각의 목에 팔을 둘렀다.

"이 친구, 사람 놀라게 하는 재주가 있군. 언제 배웠나?"

일각은 희미한 미소를 머금었다.

"소싯적에."

"방장 스님은 자네에게 이런 재주가 있는 것을 아나?"

"말할 수 없지."

일각은 피식 웃으며 방문을 열었다. 이내 세 사람이 서재 안으로 모습을 감췄다. 무영은 그 모습을 지붕 위에서 바라보다가 주위를 살폈다. 그리고 저 멀리 희미한 등불이 보였다.

"응?"

안광을 돋궈보니 다른 무사 두 명이 서재 쪽으로 걸어오고 있었다.

"빌어먹을."

아마도 교대 시간인 듯했다. 무영은 욕지기를 내뱉으며 단번에 몸을 날렸다.

"하하. 자네 어제 좋았겠군."

"응. 자네도 언제 한 번 같이 가자고. 완전 극락이야, 극락."

"하하. 그래야겠군. 다음에 갈 때는 날 잊지 말게."

근무 교대를 위해 오는 무사들은 실없는 음담패설을 늘어놓고 있었다. 그러던 중 동시에 등 뒤가 따끔하다고 느꼈다. 그것이 끝이었다.

은밀하게 다가온 무영이 순식간에 수혈을 짚어 제압했다.

"이게 웬 생고생이야."

무영은 팔장을 낀 채 주위를 살피다가 풀숲 쪽으로 둘을 옮겼다. 그리고 처음의 자리로 돌아와 기다리기를 얼마나 했을까.

청월이 바깥으로 머리를 빼끔히 내밀고 주위를 살폈다.

다행히 아무런 인기척이 없었다. 잠든 무사들 역시 처음과 마찬가지로 곤히 잠들어 있었다.

처음 청월이 몸을 날리고, 조구호와 일각이 뒤따랐다. 그 모습을 바라보던 무영은 피식 웃었다.

청월의 얼굴에는 만족스러운 미소가 머금어져 있었다. 그것으로 알 수 있었다. 증거물을 찾아낸 것이다.

무영이 히죽 웃으며 뒤따라 몸을 날리려던 찰나였다.

"음?"

저 멀리 또 다른 등불이 보였다.

문제는 그것이 아니었다. 등불의 진행 방향이었다. 벽 하나를 사이에 두고 걸어오고 있었다. 발걸음의 속도로 볼 때 갈림길에서 마주칠 것이 틀림없었다. 무영은 고개를 내저었다.

"어쩔 수 없군."

무영은 다시 한 번 처리해 주기로 마음먹고 몸을 날렸다. 지붕에 올라서 저 멀리 걸어가는 등불을 든 사람을 바라보았다. 거리는 십여 장. 한 번의 도약으로 수혈을 짚어야 했다.

'여자?'

무영은 처리할 대상이 여인이라는 것을 파악했다. 더욱이 온통 백발이 성성한 머리. 노인이 분명했다.

'내키지는 않지만 어쩔 수 없지.'

탁!

가볍게 발을 굴리며 무영의 몸이 허공을 갈랐다. 순식간에 노파와의 거리가 급격하게 좁혀져 왔다. 그때 예상치 못한 일이 일어났다.

갑작스레 노파가 몸을 돌렸다.

'제길! 들켰다.'

어쩔 수 없었다. 누군가 이 집에 들어왔음을 몰라야 했다. 그렇다고 죽일 수도 없었다. 아무런 흔적이 없어야 했다, 적어도 청월 일행이 황도를 벗어날 때까지는.

무영은 재빨리 바닥에 내려앉았다. 갑작스레 눈앞에 나타난 탓인지 노파의 안색이 하얗게 질렸다.

무영의 안광이 조금씩 붉은빛을 띠기 시작했다. 섭혼술로 기억을 지워야 했다.

무영은 언제나처럼 피시전자과 눈을 맞추며 입을 열려 했다. 하지만 그 순간 멈출 수밖에 없었다.

주름진 얼굴.

"어머나?"

노파는 눈을 동그랗게 뜬 채 무영을 바라보고 있었다.

무영은 지금의 상황을 믿을 수가 없었다. 그 낯익은 얼굴. 그리고 목소리가 무영의 가슴을 얼어붙게 만들었다.

'거짓말. 거짓말. 거짓말.'

결코 잊을 수 없는 인연이었다.

"주인님."

분명 죽었어야 하는 여인. 무영은 반사적으로 고개를 저으며 중얼거렸다.

"거짓말이다."

지금의 상황을 부정하려는 무영과는 달리 노파는 너무도 반가운, 예전과 마찬가지의 담담한 미소를 머금고 있었다.

"삼백 년 만이지요?"

무영은 멍한 표정으로 입을 열었다.

"지인……."

제28장
충격 2

충격 2

삼백팔십 년이 조금 넘은 과거의 이야기.

지인과는 흑살회에서 처음으로 만났다.

처음 지인을 만났을 때의 인상은 뭐랄까 좀 멍한 구석이 있었다. 하지만 사람을 사심없이 대할 줄 아는 아이였다.

나름대로 일도 열심히 했고, 무영도 그런 그녀가 왠지 모르게 마음에 들었다.

그리고 얼마 지나지 않아 식구가 한 명 늘었다. 살수행에서 거둬들인 소화였다. 지인은 아무런 거부감 없이 소화를 키워 나갔다.

그 후로 많은 일이 있었고 흑살회를 나온 무영은 소화와 지인과 더불어 살아갔다.

지금 와서 생각해 보자면 그때가 무영의 인생에서 가장 즐거운 순간 중 하나였다. 하지만 시간은 끊임없이 흐르고 사람들은 순리에서 벗어날 수 없다.

육십 년 만에 소화를 보낸 뒤, 무영은 견딜 수가 없었다. 죽음에서 구할 수 있음에도 바라보고 있을 수밖에 없는 자신이 저주스러웠다.

그래서였다, 지인을 두고 떠난 것은.

팔십 세가 넘은 고령의 지인을 버린 것이나 마찬가지였다. 그것을 앎에도 그녀는 무영을 담담하게 보내주었다.

언젠가 돌아올 날을 기다리고 있겠다는 마지막 말과 함께.

그랬기에 죽은 줄 알았다.

"…그런데 살아 있어?"

목소리가 떨려 나왔다. 마음을 다잡을 수가 없었다. 심장이 미친 듯이 뛰고 있었다.

지인은 삼백 년 전 마지막으로 헤어졌을 때보다 조금 더 늙어 있었다. 검버섯이 더욱 많아졌고 머리도 빠진 것처럼 보인다.

순간 무영의 뇌리를 스치는 바가 있었다.

"누구냐."

무영은 나지막하게 물었다. 그런 모습에 지인이 살짝 고개를 갸웃거렸다. 무슨 말뜻이냐는 무언의 물음이었다.

"누가 널 이렇게 만들었어?"

"나다."

갑작스레 귀 뒤에서 들려오는 목소리. 무영은 화들짝 놀라며 몸을 돌렸다. 그 순간,

퍽!

짧지만 강한 통증이 머리 전체를 울렸다. 정신이 아득해지며 몸에 힘이 쭉 빠졌다.

털썩.

무영은 바닥에 널브러졌다. 조금씩 감겨가는 안구에 희미하지만 사람

의 형상이 잡혔다. 하지만 알 수 있었다. 너무도 익숙한 얼굴. 어찌 잊을 수 있겠는가.

그토록 찾아다녔던 동생.

'현······.'

무현은 히죽거리며 말문을 열었다.

"황궁으로 와라."

"화, 황궁······."

생각은 끝까지 이어지지 못했다.

"킥."

무현은 비틀린 웃음을 흘리며 쓰러진 무영의 머리를 툭툭 찼다.

"마음을 놓고 있으니 이렇게 되는 거야."

"도련님."

지인은 안색을 찡그린 채 무현에게 시선을 주었다.

"장난이야, 장난."

"도련님."

"안 그러면 되잖아. 쳇."

무현은 입술을 삐죽 내밀며 슬그머니 발을 제자리로 가져갔다. 지인은 침음성을 흘리며 쪼그리고 앉아 헝클어진 무영의 머리를 매만져 주었다.

"많이 크셨네요."

지인은 인자한 미소를 지었다. 통통한 젖살은 여전했지만 키가 좀 큰 것 같다.

"쳇."

그 모습을 바라보던 무현은 얼굴을 일그러뜨렸다. 지인은 몸을 일으키며 말문을 열었다.

"이제 어찌하실 건가요?"

무현은 팔짱을 낀 채 무영을 내려보다가 입을 열었다.
"내가 알아서 할게. 유모는 신경 쓸 필요 없어."
"주인님께 거칠게 하지 마세요."
지인은 걱정스런 표정이다. 무현은 내심 투덜거리면서도 고개를 끄덕였다.
"물론이야. 이번 일만 끝나면 영이와 같이 살게 해줄게."
"전 도련님을 믿어요."
지인은 인자하게 웃었다.
"가 봐, 내가 알아서 데려갈게."
"괜찮으시겠어요?"
"그럼."
지인은 내키지 않는다는 얼굴로 주춤거리며 걸음을 옮겼다. 무현은 천진난만하게 웃으며 지인을 배웅했다.
이윽고 지인의 기척이 완전히 사라졌을 무렵이었다. 웃는 낯이던 무현의 얼굴이 일시에 일그러졌다.
"빌어먹을 새끼!"
퍽!
무현은 무영을 힘차게 발로 차버렸다.

무사히 객점으로 돌아온 청월은 미소를 지으며 세 사람과 기쁨을 나눴다.
"모두 수고했어."
이각은 한숨을 폭 내쉬며 가슴을 쓸어내렸다.
"가슴 두근거려 죽는 줄 알았어. 진짜 수명이 한 십 년은 줄어든 것 같아."

일각이 피식 웃으며 이각의 머리를 슥슥 비벼주었다. 대머리라 만져지는 감촉이 없어 상당히 우스꽝스러운 장면이었다. 그때 객점 문이 열리며 왕예련이 힘없이 걸어 들어왔다.
청월은 피식 웃었다.
"무사히 돌아왔지?"
청월을 보는 순간 왕예련이 사색이 된 얼굴로 말문을 열었다.
"크, 큰일났어."
순간 네 사내의 안색이 굳어졌다. 혹시 벌써 들킨 것인가. 하는 마음이 들었기 때문이다.
"무슨 일이야, 예련."
청월의 물음에 왕예련은 다급하게 말문을 열었다.
"영이… 그 꼬맹이 녀석이 사라졌어."
"뭐?"
"너희가 떠나고 바로 저녁 먹이려 올라갔는데 없었어. 이불도 깨끗이 개어져 있었고."
왕예련은 눈물마저 글썽이고 있었다. 옷매무새가 거친 것이 여태껏 찾아 돌아다닌 행색이었다. 청월은 이를 꽉 물며 주먹을 쥐었다.

연교휘는 주위를 살피며 걸음을 옮겼다.
불야성을 이루는 가운데 취객들이 이곳저곳에서 몸을 비틀거리며 걷고 있었다.
"우웩!"
한 취객은 길 한가운데 걸쭉한 내용물을 쏟아내고 있었다.
"이 새끼 죽여 버린다!"
"죽여! 어디 한 번 죽여봐 이 자식아!"

고주망태가 된 취객들이 서로 맞지도 않는 주먹을 휘두르다가 몸을 가누지 못하고 바닥에 쓰러졌다.

"오빠! 오늘 놀다가요."

홍등가의 여인들은 교태로운 목소리로 취객들을 유혹한다.

"역겨워."

연교휘는 고개를 설레설레 저으며 발걸음에 속도를 붙였다. 미친 거리. 아니, 미친 세상이었다.

사람들은 향락에 휩쓸려 제정신을 못 차리고 있었다.

"여기는 틀렸어."

이미 이곳은 너무 썩었다.

'악의 대변자야.'

사치와 폭정에 빠진 왕. 그와 마찬가지로 향락과 퇴폐, 폭력에 물든 백성들.

악한 왕의 백성들은 자연스럽게 악의 대변자가 된다. 그것이 아수라 마즈다의 가르침이었다.

끊임없이 악에 투쟁하라. 그러면 반드시 승리할 것이다. 이것 역시 교리의 하나였다.

'하지만, 어떻게?'

현실적으로 말이 되지 않는다.

명교의 힘이 막강하다고는 하나 전 인구 비율로 따지자면 소수에 불과하다. 더욱이 명교는 황실에 있어서는 눈엣가시 같은 존재.

이것저것 따져 봐도 힘들다. 무영에게야 호기롭게 말했지만 실상 그렇지가 않다는 것을 알고 있을 것이다.

"후우……."

연교휘는 등 뒤에 업혀 잠들어 있는 아이를 힐끗 쳐다보았다. 어쩌다

보니 거두기는 했는데 막막했다.
　남자 혼자 갓난아이를 기른다는 것은 그만큼 힘든 일이다.
　"…명교로 돌아갈까?"
　나지막이 중얼거리던 연교휘는 황급히 자신의 입을 손으로 가렸다.
　"내가 왜 이런 말을……."
　연교휘의 입가에 씁쓸한 웃음이 머금어졌다.
　"돌아갈 수 있을 리가 없지……."
　도망치듯 나왔다. 연교휘가 고개를 설레설레 저으며 걸음을 옮기려는 찰나였다.
　"거기 잠시만요."
　"음?"
　연교휘가 고개를 돌려보니 경장 차림의 차가운 눈매를 가진 여인이 다가오고 있었다.
　'고수다.'
　연교휘는 본능적으로 느낄 수 있었다. 더욱이 바깥으로 조금씩 드러나오는 익숙한 분위기.
　'명교?'
　연교휘가 고개를 갸웃거릴 무렵 여인은 공손하게 허리를 숙이며 말문을 열었다.
　"소교주님을 뵙습니다."
　연교휘는 눈살을 찌푸렸다.
　"사람을 잘못 보신 것 같소만."
　"그럴 리가요."
　여인은 무표정한 얼굴로 고개를 저었다.
　"이국적인 외모에 각기 색이 다른 눈동자. 틀릴 리가 없습니다."

연교휘는 짧게 한숨을 내쉬었다. 그녀는 자신에 대해 잘 알고 있었다. 결국 힘없는 목소리로 물었다.

"그대의 이름은?"

여인은 다시금 읍하며 말문을 열었다.

"인이라고 불러주십시오."

"…갑시다."

연교휘는 터덜터덜 힘없이 걸음을 옮겼다. 그렇게 얼마나 시간이 지났을까. 황도의 외곽 쪽에 자리잡은 가림각이란 객점 안에 들어선 연교휘는 눈살을 찌푸렸다.

꽤나 넓직한 객점이다. 지금 시간쯤이면 취객들로 왁자지껄해야 했지만 웬일인지 텅텅 비어 있었다.

점소이는 잔뜩 겁먹은 표정으로 연교휘를 맞이했다.

"어서 오십시오……."

여인, 인은 살짝 고개를 끄덕이며 말문을 열었다.

"마님은?"

"이층 처소에 계십니다."

인은 고개를 끄덕이며 연교휘를 바라보았다.

"가시지요."

연교휘는 무겁게 고개를 끄덕이며 계단을 올랐다. 인은 복도의 우측 가장자리 방 앞으로 안내했다. 그리고 천천히 문을 두들겼다.

"마님, 모셔왔습니다."

이윽고 방 안쪽에서 목소리가 들려왔다.

"모셔라."

끼익.

인이 문을 열고 옆으로 비켜서며 몸을 숙이다가 말문을 열었다.

"아이를 주십시오. 저희 쪽에서 맡고 있겠습니다."

연교휘는 볼을 긁적이며 고개를 끄덕였다. 인의 말투로 볼 때 꽤나 높은 지위의 여인인 듯 보였기 때문이다. 비록 명교를 떠났다고는 하지만 기본적인 예의는 지켜야 했다.

아이를 인에게 안겨주고 방으로 들어서니 중년여인이 연교휘를 맞이했다.

"감미란이 도련님께 인사드립니다."

연교휘는 가만히 고개를 끄덕였다. 사혼요녀 감미란은 명교에서도 꽤나 유명한 여인이었다.

칠대장로 중 한 명의 손자를 살해한 간 큰 여자.

감미란이 왜 그런 엄청난 짓을 저질렀는지에 대해서는 명확히 밝혀진 바가 없었다.

당시 어린아이에 불과했던 연교휘의 귀에까지 들어왔을 정도로 큰 사건이었다.

'그 후로 몇 년인가 징계 조치를 받았다고 했지?'

사실 그것말고는 아는 바가 없었다.

그때 감미란이 희미한 미소를 지으며 말문을 열었다.

"운이 좋군요. 솔직히 이토록 쉽사리 찾을 수 있으리라고는 생각지 못했습니다."

"나는 이미 명교의 사람이 아니오만."

"그건 도련님만의 생각이실 뿐이지요."

감미란은 이죽거리듯 말했다. 너무도 노골적이다. 연교휘의 눈살이 절로 찌푸려졌다. 하지만 내색하지 않은 채 물었다.

"날 왜 찾은 거요?"

"명교에서 명이 내려왔습니다. 도련님을 찾으라고요."

"그렇구려."

"태상교주께서는 도련님이 명교로 돌아오시길 간절히 바라고 계십니다."

"내가 돌아가지 않겠다면 어쩔 것이오?"

연교휘의 물음에 감미란의 표정이 구겨졌다.

"한 가지만 아시는군요."

"무슨 뜻이오?"

"남겨진 사람들의 아픔도 헤아리실 줄 알아야지요."

감미란의 표정이 굳어졌다. 무영이 사라지고의 여파는 아직까지 이어져 오고 있었다. 그랬기에 찾아나 선 것이다.

그녀의 생각을 모르는 연교휘는 얼마 전 무영의 말이 생각나 피식 웃었다.

"남겨진 사람들의 아픔도 헤아릴 줄 알아야지."

"무영과 했던 말을 여기서도 듣게 되니 신기하군."

나직한 한마디. 하지만 그 여파는 컸다.

감미란은 의자를 박차고 일어섰다.

"무영? 지금 무영이라고 하셨습니까?"

"음? 그를 아시오?"

연교휘는 영문을 모르겠다는 표정으로 고개를 갸웃거렸다.

무영이 눈을 뜬 곳은 이름 모를 골목의 바닥이었다.

"크윽……."

무영은 침음성을 흘리며 몸을 일으켰다. 하지만 몸을 휘청이며 손을 뻗었다.

턱.

손으로 벽을 짚으며 겨우 지탱할 수 있었다. 눈앞이 빙빙 도는 것 같았다.

"후우… 후우……!"

무영은 힘겹게 숨을 몰아쉬며 천천히 걸음을 옮겼다. 하지만 그 와중에도 무영의 입은 쉬지 않고 달싹였다.

"황궁… 황궁으로 가야… 해."

털썩.

얼마나 걸었을까. 몸에 힘이 빠져왔다. 무영의 등이 차가운 돌담에 닿았다. 그리고 무영의 몸이 주르륵 미끄러졌다.

털썩.

바닥에 엎어진 무영은 마지막 힘을 짜내 입을 열었다.

"화, 황궁으로……."

무영의 말이 끊어졌다.

제29장
달빛 아래를 홀로 거닐다

달빛 아래를 홀로 거닐다

무영은 눈을 떴다. 차가운 바닥의 감촉에 무영은 몸을 웅크렸다.
"으음……."
무영은 침음성을 흘리며 몸을 일으켰다. 그리고 재빨리 몸 상태를 점검해 보았다. 다행히 모든 것이 원래대로 돌아와 있었다.
"후우……!"
무영은 안도의 한숨을 내쉬며 고개를 떨궜다. 한시름 놓으니 무현에 관한 생각이 떠나지 않았다.
"현… 그리고 지인……."
무현의 경우는 그토록 찾아 헤맸던 동생이었다. 하지만 지인은 달랐다.
삼백 년 전에 죽은 줄로만 알았다.
그러해야 했다. 하지만 무영의 눈앞에 그 모습을 드러냈다, 더욱이 무현과 함께.

"어떻게……."

무영은 굳은 표정으로 중얼거렸다.

모든 것이 혼란스러워 감을 잡을 수가 없었다. 하지만 이것 한 가지는 확실했다.

"황궁으로 가야 해."

무영이 정신을 잃기 전 들었던 소리가 아직도 뇌리를 꽉 채우고 있었다.

"크윽……."

무영은 몸을 일으키며 주위를 살폈다. 지천에 흩어진 오물덩어리가 더럽기 그지없었다. 무영은 코를 찌르는 악취에 눈살을 찌푸리며 걸음을 옮겼다, 저 멀리 보이는 황궁을 향해.

황궁의 정문인 오문을 지키는 십부장은 고개를 갸웃거렸다. 웬 꼬질꼬질한 옷차림의 꼬마 아이가 다가오고 있었기 때문이다.

"저거 뭐야?"

십부장의 말에 옆에 부동자세를 취하고 있던 병졸 한 명이 앞으로 나섰다.

십부장은 히죽 웃으며 수하를 향해 외쳤다.

"꼬마 아이니까 너무 거칠게 하지는 말라고."

"우하하하!"

처음에는 별다를 것 없는 유흥거리 정도로 생각했었다.

쾅!

아이의 가벼운 일권에 수하의 상체가 터져 나가지만 않았다면 말이다.

"뭐, 뭐, 뭐야!"

갑작스러운 상황. 하지만 놀랄 틈도 없었다. 어느새 아이가 그들을 향해 달려들고 있었다.
 그 시각 처소에 앉아 차를 마시던 소요의 입가에 미소가 머금어졌다.
 "왔네요?"
 "그래."
 소요의 앞에 마주 앉아 있던 무현이 의미심장하게 웃으며 자리에서 일어섰다.
 "구경가세요?"
 "어."
 무현은 고개를 끄덕였다.
 "극적인 상황에는 그에 걸맞는 등장인물이 필요한 법이지요?"
 소요는 생긋 웃었다. 무현은 피식 웃으며 소요의 어깨를 다독여 주었다.
 "기대하고 있겠어."
 그와 동시에 무현의 신형이 연기처럼 방에서 사라졌다. 소요는 그 모습을 잠시 바라보다가 바깥을 향해 외쳤다.
 "후궁 후보들의 처소로 간다."

 "아가씨! 아가씨!"
 연류진의 방을 박차고 들어오는 소화를 바라보며 눈살을 찌푸렸다.
 "경솔하구나. 이곳에서는 행동거지 하나하나를 조심해야 한다고 이르지 않았니?"
 연류진의 꾸짖음이었지만 소화는 숨을 헐떡이며 재빨리 장롱을 열어 옷을 꺼내기 시작했다.
 "뭐 하는 거야?"
 "지금 비빈 마마가 이쪽으로 오시고 계시답니다."

"비빈 마마가?"

연류진의 움직임 역시 다급해졌다. 서둘러 의관을 정제하고 바깥으로 나왔다. 연류진처럼 후보가 아니었다. 긴장될 수밖에 없었다. 그것은 다른 후보들 역시 마찬가지였다.

'이제 보니 많구나?'

언뜻 보아도 백 명은 족히 넘어 보였다. 연류진에게 있어 모두 넘어서야 할 존재들.

그때 저 멀리서 비빈의 행차가 보이기 시작했다. 연류진을 비롯한 여인들은 단정한 예법으로 비빈을 맞이했다.

"만나서 반갑소."

비빈 마마, 소요는 짐짓 위엄 어린 표정으로 주위를 살폈다.

"그대들은 황제 폐하의 후궁 후보, 모두들 몸가짐에 각별히 신경 써야 할 것이오."

"예, 비빈 마마!"

여인들은 공손하게 허리를 숙이며 대답했다. 소요는 은은한 미소를 머금으며 주위를 살폈다. 그리고 두 번째 줄 중앙에 서 있는 연류진을 발견했다.

소요는 천천히 걸음을 옮겼다. 그 뒤를 따라 수많은 궁녀들이 뒤따랐다. 소요는 가만히 손을 들었다. 순간 궁녀들이 걸음을 멈췄다.

소요는 사뿐사뿐 걸음을 옮겨 연류진의 앞에 섰다.

"고개를 들라."

비빈의 갑작스런 명령. 연류진은 심장이 터질 것만 같았다. 하지만 필사적으로 참아내며 명을 받들었다.

"그대의 이름은 무엇인가?"

"연류진이라 하옵니다."

연류진은 간신히 대답할 수 있었다. 소요는 살며시 고개를 숙여 연류진의 귓가에 대고 자그맣게 속삭였다.

"무영을 아나?"

흠칫!

연류진의 어깨가 격하게 들썩였다. 소요는 의미심장한 미소를 지으며 고개를 들었다.

"그대는 나를 따라오도록."

소요는 스르륵 걸음을 옮겨 궁녀들에게 돌아갔다. 연류진은 미친 듯이 뛰는 가슴을 부여잡지도 못한 채 소요의 뒤를 따를 수밖에 없었다.

"마, 막아! 무슨 일이 있어도 막… 크아악!"

필사적으로 외치던 근위무사의 목이 허공으로 치솟았다. 무영은 눈을 치켜뜬 채 거검을 수평으로 휘둘렀다.

후우웅!

묵직한 파공성과 함께 근처에 있던 근위무사의 양다리가 잘려 나가며 피가 흩뿌려졌다.

"아악! 내, 내 다리!"

근위무사는 바닥을 뒹굴며 비명을 질러댔다. 하지만 그것도 길게 이어지지 못했다.

"시끄러."

나직한 음성과 함께 휘둘러진 무영의 발짓에 목이 부러져 버렸다.

'시간이 얼마나 흘렀지? 여긴 어디야?'

정신이 하나도 없었다. 무작정 걸었다. 앞을 막아서면 베어버리고 밟았다.

지끈!

갑작스레 머리가 지끈거렸다. 무영의 몸이 한 차례 휘청거렸다.
"죽여!"
사방에서 들려오는 악에 찬 외침!
무영의 동공이 좌우로 흔들렸다. 양측에서는 악귀처럼 무영을 향해 창을 뻗어오고 있었다.
탁!
무영은 가볍게 땅을 박차고 날아올라 몸을 바람개비처럼 휘돌렸다.
가가가각!
일순간 사방에서 찔러 들어오던 창들이 잘려 허공으로 치솟았다.
탁!
무영이 땅바닥에 내려앉았다. 손에 들렸던 검에 내기를 실어 휘둘러 날렸다.
핑그르르!
검이 성인 남자의 무릎 딱 높이로 날아가며 수평으로 회전했다.
서걱! 서걱!
"으아악!"
일순간 수십에 이르는 근위병이 바닥에 널브러져 잘린 다리를 부여잡고 비명을 지르기 시작했다.
무영은 양팔을 세차게 휘둘렀다.
철컹! 철컹!
양 소맷자락이 세차게 펄럭이며 검이 치솟아 올랐다.
"후우……."
살짝 벌어진 입에서 열기가 뿜어져 나왔다. 무영은 발을 들어 힘차게 바닥을 내리찍었다.
쿵!

일순간 무영의 발이 바닥에 두 치 가량을 파고들었다. 뒤이어 사방의 지진이라도 난 것처럼 땅바닥이 흉하게 갈라져 나가기 시작했다.
"우왓!"
들썩이는 대지에 근위병들이 넘어지거나 허둥대고 있었다. 순간 무영의 눈이 부릅떠졌다.
쾅! 쾅! 쾅!
무영의 사방으로 연쇄적인 폭발이 일어났다. 근위병들은 자신의 발밑에서 치솟아 올라오는 화염에 아무런 방비도 하지 못한 채 휘말렸다.
후두둑!
자욱한 먼지가 걷히고 드러난 광경은 경악 그 자체였다.
무영의 주위 이십 장 내는 초토화, 모든 바닥이 뒤집어져 있었다. 근위병들은 아무렇게나 널브러져 있었다.
저벅.
무영은 천천히 걸음을 옮겼다. 그때 미약한 신음 소리가 들려왔다.
"크으윽……."
스윽.
무영의 고개가 돌려졌다. 뒤집어진 돌덩이에 깔려 상체만 내밀고 있는 근위병이 보였다.
그쪽으로 걸어간 무영은 쪼그려 앉았다. 그와 동시에 근위병이 고개를 들었다.
"히이익!"
근위병은 자신을 내려보고 있는 무영을 바라보며 하얗게 질렸다. 이제는 진짜 죽었구나 생각했다. 그때 무영의 입이 열렸다.
"현아는 어디 있나?"
"…네?"

"모르나? 쯧."

무영은 몸을 일으키더니 발을 들어 근위병의 머리 위에 올려놓았다. 순간 근위병의 발악적으로 외쳤다.

"제발 살려주세……!"

퍼석. 투둑!

무영의 바짓단으로 뇌수가 튀었다. 무영은 무표정한 얼굴로 천천히 걸음을 옮기며 중얼거렸다.

"현아."

그때 저 멀리 또 한 무리의 근위병들이 보였다. 무영은 그쪽을 향해 땅을 박찼다.

쉬악!

무영의 신형이 순식간에 근위병의 무리 속으로 파고들었다.

파바박!

길거리를 하염없이 걷던 감미란의 시선이 황궁 쪽으로 간 것은 그때였다.

"뭐지?"

갑작스레 느껴진 큰 기운의 울림. 하지만 이내 고개를 내저으며 주위를 살폈다. 무영을 찾아야 했다.

처음 연교휘에게 그 이야기를 들었을 때는 믿지 않았다. 실은 무영이 육백 년을 살아온 존재이고 인간의 잣대로 잴 수 없을 만치의 초고수라는 사실을 말이다.

감미란의 기억 속에 자리잡은 무영은 아이답지 않게 점잖은 구석이 많았지만 그래도 가끔씩 상냥한 미소를 지을 줄 아는 아들이었다.

하지만 상황이 그렇지가 못했다. 연교휘가 일부러 거짓을 말할 리도 없지 않은가.

솔직히 어느 정도 예상했던 것은 사실이다. 잡아들였던 황궁의 첩보원에게 들었던 이야기나 사천의 연지옥이 그것이다.

무영은 필요에 의해 자신을 비롯한 많은 여인을 이용했다.

감미란은 입술을 살짝 베어 물며 고개를 저었다.

"마님."

옆에서 조용히 걷고 있던 인이 말을 걸어왔다.

"응?"

"정말 오라버니에게 있어서 저희는 잠시 스쳐 지나가는 부질없는 존재였을까요?"

"정말……."

감미란은 시무룩해진 인을 바라보며 말을 이어갔다.

"그렇게 생각하니?"

"하지만……."

"그렇다면 너는?"

"저에게 있어서 오라버니는 소중해요. 정말 친오라버니처럼 잘 대해 주셨어요."

감미란은 은은한 미소를 지으며 고개를 끄덕였다.

"그럼 된 거란다."

"…예?"

"너에게 있어서 소중하다면 말이야. 나 역시 그렇단다."

어느새 인의 입가에도 미소가 머금어져 있었다. 그때 다시금 감미란의 몸이 꿈틀거렸다.

어마어마한 기운이 감미란의 몸을 저릿하게 만들었다. 인간의 것이라고는 생각할 수 없을 만큼 엄청났다. 더욱이 익숙한 사이한 기운의 파동은.

"명교의 무공……?"

감미란의 시선이 황궁 쪽으로 돌려졌다. 문득 연교휘의 한마디가 뇌리를 스치고 지나갔다.

"무영의 무위는 인간의 잣대로는 상상조차 할 수 없을 정도로 엄청나지요."

감미란의 눈이 부릅떠졌다.

퉁!
무영의 일권을 얻어맞은 근위병의 상체가 터져 나갔다.
파바박!
핏물과 함께 터진 육편(肉片)이 사방으로 날려 다른 온전한 근위병들의 옷가지들에 묻었다. 하지만 그것이 끝이 아니었다. 핏물이나 육편 조각이 닿은 부위가 급격하게 녹아들어 가기 시작했다.
"으아악!"
손등에 핏물이 묻은 이는 살이 녹으며 뼈가 보이자 황급히 손목을 잘라내고는 비명을 내지르기 시작했다. 그마저도 운이 좋은 편에 속했다. 운이 나빠 얼굴에 닿은 한 병사는 바닥을 뒹굴며 고통스럽게 죽어갈 수밖에 없었다.
명교 비전절기 중 하나인 염천공(爓天功), 하늘을 녹인다는 뜻으로 공격한 이를 매개체 삼아 다수의 상대에게 타격을 입히는 수법이었다.
스윽.
무영의 주먹이 들자 근위병들은 화들짝 놀라며 한쪽으로 몰렸다. 그것이 무영의 노림수였다.

 저벅! 저벅!

 무영은 천천히 걸음을 옮기며 소매에서 검을 뽑아냈다.

 우웅… 우우웅……!

 검이 울기 시작했다. 그리고 무영의 팔이 역십자로 휘둘러졌다.

 푸악!

 무리들이 어지러이 잘리며 피를 흩뿌렸다.

 후두둑!

 무영의 옷은 엉망이었다. 먼지와 여기저기 늘러 붙은 핏물로 시뻘겋게 변한 상태. 하지만 얼굴에는 여전히 표정 변화가 없었다.

 "쯧."

 무영은 자신의 앞섶을 들어 바라보고는 혀를 찼다. 그리고 주섬주섬 상의를 벗어 한 차례 공중에 털었다.

 파앙!

 옷에 묻은 핏물이 단번에 털어져 나가며 바닥에 흩뿌려졌다.

 펄럭.

 무영은 다시금 상의를 챙겨 입으며 걸음을 옮기기 시작했다. 이윽고 저 멀리 거대한 통로가 보였다.

 이상하도록 고요했다. 여기까지 오는 동안 수십 차례의 싸움이 있었다. 그동안 격렬한 저항에 맞부딪쳤다. 누구라도 한 번 이상하다 생각할 만한 상황이었다. 하지만 무영의 걸음은 멈추지 않았다.

 저 멀리 보이는 빛을 따라 통로를 나섰을 때 무영을 맨 처음 맞이한 것은 일렬로 도열해 있는 삼백의 궁수였다.

 "쏴라!"

 무장 한 명이 들었던 손을 내렸다. 그와 동시에 삼백에 이르는 화살이 무영을 노리고 날아들었다.

"피비비빗!"

무영 역시 지지 않고 내기를 끌어올리며 땅을 내리찍었다.

"콰직!"

순간 땅이 일그러지며 커다란 암석이 무영의 앞으로 튀어 올랐다.

"타다닥! 타닥!"

화살이 암석에 가로막혀 이리저리 튕기거나 부러졌다. 무영은 몸을 붕 띄어 두 발을 모으고는 암석을 밀어 찼다. 놀랍게도 거대한 암석이 땅을 끌며 앞으로 쭉 뻗어나가기 시작했다. 그리고 방향에는 궁수들이 자리잡고 있었다.

"우와악!"

"피, 피해!"

궁수들이 아연실색한 얼굴로 옆으로 벌어졌다. 하지만 미처 피하지 못한 십수 명의 인원이 암석에 깔려 버렸다.

비명조차 내지르지 못한 채 그대로 즉사.

짧게 호흡을 고른 무영은 주위를 살피다가 백파흔에게 시선을 주며 말문을 열었다.

"현아는 어딨지?"

"뭐?"

무영은 혀를 찼다.

"너도 모르나?"

무영은 검을 들었다. 순간 백파흔이 외쳤다.

"죽여라!"

명이 떨어지기가 무섭게 수천에 이르는 황군들이 개미 떼처럼 무영을 달려들기 시작했다.

"우와아!"

고막을 찢을 듯 우렁찬 함성, 수천에 이르는 발 굴음은 지축을 울리기에 충분했다.

"시끄러워."

무영은 나지막이 중얼거리며 검을 휘두르기 시작했다.

팍! 파박! 서걱!

깨끗하게 썰린 사지가 허공으로 치솟는다.

"크아악!"

"아악!"

공포와 고통으로 점칠된 비명 소리가 무영의 주위에서 울리며 사방으로 퍼져 나갔다.

이러다가는 끝이 없었다. 무영은 내부의 진기를 일시에 끌어올렸다. 이윽고 몸 주위로 희뿌연 기운이 서리기 시작했다.

피빗! 피비빗!

내기가 바람에 나붓거리는 실타래처럼 춤추기 시작했다. 순간 무영은 이를 꽉 다물며 눈을 치켜떴다. 그와 동시에 흐느적거리던 수만 갈래의 실타래가 쭉 뻗어지며 사방을 찌르기 시작했다.

퍼버벅! 퍼벅!

순식간에 무영의 주위로 몰려들던 황군들이 목숨을 잃었다. 단 한 번의 공격으로 수백 명이 죽어나갔다.

그 모습을 바라보던 호분랑주 백파혼의 얼굴이 하얗게 질렸다. 얼마 전 서문 쪽에서 보았지만 말이 안 된다. 사람의 탈을 쓴,

"괴, 괴물……."

괴물이라는 단어 외에는 달리 표현할 길이 없었다.

무영은 아무런 것도 하지 않았다. 손은 늘어뜨린 채 걸음을 걸었을 뿐

이다. 무영의 몸을 감싼 채 뻗어 나오는 기운은 무영이 걷는 방향의 모든 것을 잘라내고 있었다.

"거, 검강……."

백파흔은 넋잃은 표정으로 중얼거렸다. 무림사 전해져 오는 전설의 경지. 저 내기의 실타래 하나하나가 천하의 명검이나 다름없었다.

검이나 방호구는 따위는 아무런 소용이 없었다. 모든 것을 자르고 뚫어버린다.

공격은 최선의 방어란 말이 있다. 더욱이 검강은 절대 살상의 경지. 근처에만 가도 모든 것이 잘려 나가기 때문이다. 그 말인즉슨 그 어느 것도 접근할 수 없다는 뜻이기도 했다.

그야말로 완벽했다.

"막을 수 없어."

백파흔은 고개를 내저으며 중얼거렸다.

"…황궁 최후의 날이다."

그 무엇도 그의 발걸음을 멈출 수 없다. 아니, 한 가지가 있었다. 그 자신이 멈추는 수밖에 없었지만.

백파흔은 주먹을 꽉 쥐었다.

"폐, 폐하를 모셔라!"

아비규환.

호분랑주 백파흔은 결연한 목소리로 외쳤다. 어떻게 해서든 황제는 피신시켜야 했다. 가장 최우선시 되는 것은 황제의 안전이었기 때문이다.

"폐하를!"

"시끄럽다고."

그때 바로 앞에서 들려온 한줄기 나직한 음성. 백파흔은 반사적으로 고개를 돌렸다. 그와 동시에 그의 시야를 채우며 들어오는 수십 가닥의 실타래를 봤다.

"제, 제기……!"

파바밧!

채 말을 끝맺기도 전에 백파흔의 몸이 수십 갈래 갈려 사방으로 흩어졌다.

무영은 주위를 둘러보았다. 대부분은 병사들은 죽었다. 겨우 살아남은 이들도 무영의 신위에 질린 듯 도망치거나 주저앉아 있을 따름이었다.

무영은 짧게 한숨을 내쉬며 태화궁을 향해 걸음을 옮겼다.

왕이 정무를 보는 태화궁은 적막했다. 모두 무영의 검 아래 쓰러지고 십수 명의 호분랑 소속 무장만이 문 앞을 지키고 있을 뿐이었다.

무영은 살짝 눈을 찡그리며 말문을 열었다.

"나 피곤해."

저벅.

무영이 한 걸음 옮기면 호분랑의 무장들이 흠칫거리며 한 걸음을 물러났다.

무영은 몸을 내리누르는 묵직한 옷의 감촉에 혀를 끌끌 차며 상의를 끌렀다. 이 영문 모를 상황에 호분랑의 무장들은 잔뜩 경계 어린 눈빛으로 그 모습을 바라보고 있었다.

"진짜야."

무영은 상의를 들고 호분랑 쪽을 향해 털어냈다.

팡!

피에 젖은 상의가 쭉 퍼지며 핏물이 화살처럼 상대를 향해 날아들었다.

퍼버벅!

순식간에 무장들의 몸에 자그마한 구멍이 뚫리며 바닥에 널브러졌다. 탄지공(彈指功)과도 같은 효과.

무영은 고개를 설레설레 저으며 시신들을 밟고 지나갔다.

안의 규모는 엄청났다. 수십 개의 거대한 기둥이 지붕을 받치고 저 멀리 황제가 앉는 황상의가 보였다.

그리고 그곳에는 만력제는 몸을 움츠리고 있었다. 무영은 혀를 차며 말문을 열었다.

"또 만났구나?"

"으힉!"

만력제는 몸을 둥글게 말며 비명성을 토해냈다. 그런 모습에 무영은 눈살을 찌푸렸다.

"불로불사라……."

그동안 많은 이들이 불로불사의 몸을 탐해왔다. 그것은 누구라도 한번 꿈꾸어봤을 것이다.

내가 만약 늙지 않는다면, 죽지 않는다면 이라는 가정 하에 달콤한 상상을 해봤을 터였다. 하지만 그들은 모른다.

경험해 보지 않았기 때문이다.

"크크크……."

무영은 자조 섞인 미소를 머금었다.

"이 몸을 그렇게 원하나?"

만력제는 공포로 점칠된 얼굴을 상하로 끄덕였다.

"왜?"

무영의 물음에 만력제는 떨림을 머금은 목소리로 입을 열었다. 하지만 결국 무영의 예상을 벗어나지 않았다.

불멸의 대제국. 그리고 절대 권력.

"웃기는 소리하지 마."

무엇이 불로불사인가. 세월을 살아가며 느끼는 것은 공허함과 절망뿐이다. 누구에게도 젖어들 수 없다. 겉돌며 관조하게 된다. 그것이야말로,

"살아도 살아 있는 것이 아니지."

무영은 얼굴을 일그러뜨리며 말을 이어나갔다.

"네 얕은 가치관으로 버텨낼 수 있는 것이 아니다. 기괴하고… 음습하며… 저주받았어."

무영의 말에 만력제는 고개를 들었다.

"그, 그렇지만……."

순간 무영의 일수가 휘둘러졌다.

쾅!

"우와악!"

만력제는 비명을 지르며 몸을 둥글게 말았다.

후두둑!

돌 부스러기가 바닥에 떨어졌다. 만력제는 반사적으로 고개를 들다가 눈을 부릅떴다.

거대한 태화전 지붕에 커다란 구멍이 뚫려 있었다. 그리고 그 위로 달이 자리잡고 있었다. 무영은 혀를 찼다.

"육백 년이 넘는 생을 살아오는 동안 너 같은 자는 수도 없이 봐왔어. 그런데 웃기는 것이 뭔지 아나?"

무영은 비웃음 섞인 표정으로 만력제를 바라보며 말을 이어갔다.

"하나 같이 말하는 것이 너와 똑같았다는 거야. 어째서 사람은 자신에게 주어진 현실에 만족하지 못하는 걸까?"

무영은 고개를 돌려 좌측에 자리잡은 기둥으로 시선을 옮겼다.

"쥐새끼처럼 숨어 있지 말고 이리 나와서 대답해 봐."

"그것은 간단해요. 인간이기 때문이지요."

그리고 들려온 가냘픈 목소리. 뒤이어 커다란 기둥에서 한 여인의 모습을 드러냈다.

순간 무영의 눈이 크게 치켜떠졌다.

"넌……?"

믿을 수 없다는 표정을 짓고 있는 무영을 바라보며 여인이 생긋 웃었다.

"오래간만이에요, 오빠."

"…소요."

친절한, 그러나 육포만 줄기차게 먹었던 기이한 소저. 그때 만력제가 다급하게 외쳤다.

"비빈!"

순간 무영의 눈이 부릅떠졌다.

"비빈?"

처음 그녀를 본 곳은 강서성의 한 현이었다. 그런데 빈궁이라니…

"설마……."

나지막이 중얼거리던 무영의 눈썹이 치켜 올라갔다. 소요는 생긋 웃으며 고개를 끄덕였다.

"그 설마가 맞아요."

"허!"

무영은 허탈한 음성을 터뜨렸다. 그녀 역시 무영과 같은 반 불로불사의 몸을 가지고 있었다. 무영은 한바탕 놀아난 꼴이 되었다.

그때 만력제가 재차 다급한 목소리로 외쳤다.

"비빈! 그대가 어째서 이곳……."

하지만 말은 채 이어지지 못했다. 소요가 중간에 말을 잘랐기 때문이다.

"아! 내 사랑 황제 폐하. 소녀는 폐하의 옥체가 걱정되어 목숨을 걸고 왔답니다… 라고 말해주고는 싶지만 안 됐네요. 땡, 이니까."

과장된 몸짓과 음성. 만력제는 정신을 차릴 수 없었다.

"에……?"

"당신 바보예요? 상황이 이쯤 돼도 모르겠어요?"

그 모습을 보던 무영은 비릿한 미소를 지으며 만력제를 바라보았다.

"멀리서 찾을 필요도 없었다는 뜻이야."

"무, 무슨?"

"저 여자도 나와 같은 존재거든."

"서, 설마?"

무영은 고개를 끄덕였다. 그때 소요가 손가락을 치켜들며 한쪽 눈을 찡긋거렸다.

"저 여자라니요, 일단 직함은 비빈 마마예요."

"그렇군."

무영은 비릿한 미소를 짓다가 다시금 눈살을 찌푸리며 머리를 부여잡았다.

찡! 하며 정신이 아득해져 왔다.

"크윽……."

그런 모습에 소요가 짐짓 근심 어린 어조로 물어왔다.

"어머, 아직 머리가 아프세요?"

"…무슨 짓을 해놓은 거지?"

소요는 깜찍한 표정으로 턱을 괴며 중얼거렸다.

"수면향이 조금 강했나?"

"그런 거군. 아직 약 기운이 남아 있었던 거였어. 하지만……."

싸움 중에는 내기를 끌어올렸기에 영향을 덜 받았지만 지금은 이 모양이다.

무영은 비틀거리며 기둥으로 다가가 손을 짚었다. 그리고 있는 힘껏 기둥에 머리를 들이받았다.

쿵!

묵직한 소리와 함께 무영이 고개를 들었다. 찢어진 이마에서 피가 흘러내렸다.

무영은 소매로 이맛가를 한 차례 닦아내며 말을 이어갔다.

"하아… 이제야 좀 정신이 드는군."

"무식하네요."

소요는 피식 웃었다. 무영은 어깨를 으쓱거렸다.

"원래 남자는 근성이거든."

무영은 표정을 굳히며 본론으로 전환했다.

"무현은 어디 있지?"

"글쎄요. 잘 모르겠는데요?"

소요는 팔짱을 낀 채 짐짓 여유로운 어조의 표정이다. 무영은 혀를 찼다.

"그러면 죽어야지."

퉁!

무영의 신형이 쭉 늘어나며 단번에 소요의 앞으로 박차고 들어왔다. 그와 동시에 무영의 허리 뒤로 당겨져 있던 검이 소요의 허리로 쇄도했다.

훙!

하지만 무영의 검은 허공을 갈랐다.

"뭣이?"

무영은 눈을 동그랗게 뜨며 고개를 돌렸다. 어느새 소요는 황상의에 다리를 꼬고 앉아 있었다.

"무섭네요."

"과연… 말만 앞선 계집은 아니었군."

"계집이라니요, 천박하게시리. 그렇지요 폐하?"

소요는 화사하게 웃으며 만력제의 머리에 손을 얹었다.

"……!"

소요의 손길에 만력제가 몸을 떨었다. 압도적인 공포에 입도 열 수 없었다. 비명이라도 지르면 죽임을 당할 것 같았기 때문이다.

소요는 빙그레 웃으며 어린애 달래듯 만력제의 머리를 부드럽게 어루만졌다.

"전 그렇게 막돼먹은 여자가 아니예요. 일단은 몸도 섞은 사이니까 그렇게 떨 필요는 없어요."

소요는 만력제의 귓가에 입술을 가져가며 속삭였다.

"안 죽일게요."

"히이익!"

귓가에 느껴지는 숨결에 만력제가 신음성을 토해냈다. 소요는 만력제의 귓가에 살짝 입을 맞추며 꺄르르 웃었다.

"우리 폐하는 참 귀엽기도 하지."

그 모습을 바라보던 무영은 고개를 설레설레 저었다. 저 엉뚱함만은 속이지 않은 것 같았다.

"장난은 그만두지?"

"내 마음인걸요?"

소요는 어깨를 으쓱였다. 무영은 눈썹을 치켜뜨며 만력제에게 시선을 주었다.

달빛 아래를 홀로 거닐다 253

"네놈이 없으면 진지하게 이야기가 진행되겠군."

무영은 손가락을 튕겼다.

순간 콩알만한 내기가 만력제를 향해 쏘아졌다. 갑작스러운 상황. 만력제는 어안이 벙벙한 표정으로 무영을 바라보고 있었다.

빠지직!

하지만 이마 바로 앞에서 전류가 일어나며 무영의 탄지공이 소멸되었다. 소요는 손가락을 좌우로 내저었다.

"안 되지요. 아직 써먹을 구석이 많은데."

소요는 빙그레 웃었다.

"저 아가씨라면 지금 말고는 아무짝에도 쓸모 없지만."

소요의 고개가 위로 향했다. 그에 따라 무영의 시선 역시 그쪽으로 들려졌다.

얇은 밧줄에 의지해 아슬아슬하게 허공에 매달려 있는 여인. 연류진이었다.

"인질이냐?"

"일단은 그렇다고 해두지요."

무영은 히죽 웃었다.

"나에게 인질이 통하리라 생각하나?"

"글쎄요. 약간의 시간 벌이는 되지 않겠어요?"

소요가 손가락을 튕겼다. 순간 밧줄이 끊어지며 연류진의 몸이 떨어졌다.

"제길!"

무영은 반사적으로 몸을 날려 연류진을 받았다. 하지만,

펑!

무영의 손에 닿기가 무섭게 연류진의 몸이 연기가 되어 사라졌다.

"뭣?"

무영의 눈이 크게 치켜떠지며 고개를 들었다. 그와 동시에 시야를 꽉 매우며 들어오는 발등을 보았다.

쾅!

엄청난 충격과 함께 무영의 몸이 그 자리에서 한 바퀴 돌아 처박혔다.

"끄윽… 끄윽……!"

한 번에 발길질에 이가 몽땅 부러진 무영은 손으로 입을 틀어막으며 신음성을 흘렸다. 손가락 마디 사이로 끊임없이 피가 새어나왔다.

기습에 성공한 소요는 빙그레 웃으며 말문을 열었다.

"환술(幻術)이었어요."

소요의 표정이 싸늘하게 굳어졌다.

"그 점 때문에 당신은 안 되는 거예요."

소요는 무영의 뒷머리를 발로 내리 밟았다. 그때 소요의 가느다란 발목을 무영의 두 손이 붙잡았다. 그리고 얼굴을 빼내 위로 들었다.

치이익! 치익!

벌려진 입가에서 연기와 함께 잇몸에서 치아가 솟아나고 부러진 이가 제 모양을 찾아갔다.

"말했지?"

무영의 입에서 큰 외침이 터져 나왔다.

"남자는 근성이라고!"

무영이 소요의 발을 들어올려 공중으로 날렸다.

"어마!"

소요는 뾰족하게 외치며 허공으로 치솟았다. 기우뚱한 몸의 중심을 바로잡을 무렵 무영의 발차기가 소요의 복부를 찔렀다.

퍼억! 쾅!

소요의 몸이 기둥에 세차게 처박혔다. 어마어마한 충격에 성인 남자 세 명이 손을 펼쳐야 겨우 손이 닿을 정도로 굵은 기둥이 반쯤 꺾였다.

무영은 양손을 털며 고개를 좌우로 까닥였다.

"제대로 한 번 해보자."

말이 끝남과 동시에 연류진을 어깨에 들쳐 멘 공우가 대전 안으로 들어왔다.

"그렇게는 안 되지."

"왜이리 늦었어요?"

소요는 몸을 일으키며 책망 어린 어조로 공우를 바라보았다.

"일이 좀 있었어."

공우는 짧게 한숨을 내쉬며 연류진을 바닥에 내려놓았다. 그리고 무영에게 시선을 주며 말문을 열었다.

"무현은 오지 않는다."

무영은 다급하게 외쳤다.

"현아는 어디 있나!"

"녀석은 여기 없다. 이제 수도에 없다는 말이 맞겠지."

"뭐?"

무영은 멍한 표정으로 되물었다. 공우는 팔짱을 끼며 가볍게 안색을 찌푸렸다.

"미안하지만 자세한 것은 나도 몰라."

무영은 고개를 푹 숙였다.

"분명히 말했어, 황궁으로 오라고."

"그렇다고 하더군."

공우는 스쳐 지나가듯 가볍게 대답했다. 순간 무영의 고개가 들려졌다.

공우와 소요의 안색이 가볍게 찌푸려졌다. 무영이 눈썹이 위로 치켜 올라가 있었다.

"위험한걸?"

무영의 상태를 지켜보던 공우가 입을 열었다. 그런 모습에 소요 역시 고개를 끄덕였다.

"좋지 않아요."

"합공?"

소요는 고개를 끄덕였다. 그와 동시에 공우가 득달같이 무영에게 달려들었다.

슈가악!

공우의 검이 뽑아져 나오며 시퍼런 검기가 무영을 향해 날아들었다. 하지만 무영은 아무런 미동도 하지 않았다.

핏!

무영의 어깻죽지에 가느다란 실선이 생기며 핏물이 튀었다. 순간 공우의 눈이 부릅떠졌다.

촤자작!

순간 무영의 옆으로 검을 찔러 들어오던 소요가 필사적으로 발을 끌며 멈춰 섰다.

본래대로라면 공우의 공격에 몸을 틀어 피했어야 한다. 시간차를 이용할 셈이었지만 무영이 움직이지 않았다. 결국 둘의 합공은 처음부터 무마된 셈이었다.

"…내가 어떤 마음으로 황궁까지 왔다고 생각하나."

무영은 주먹을 움켜쥐며 공우와 소요를 노려보았다.

"그런데 이제 와서 없다고?"

이번에는 정말 만날 수 있을 거라 생각했다.

"이… 더러운 협잡꾼들아!"
무영은 노기를 터뜨리며 순식간에 공우의 품으로 파고들었다.
"아, 아니!"
공우는 눈을 동그랗게 뜨며 자신의 턱을 노리고 올라오는 무릎을 보았다.
'피, 피할 수가……!'
빡!
공우의 턱이 꺾이며 몸이 활처럼 휘었다. 어느새 공우의 등 뒤로 돌아 들어 온 무영이 양손을 뻗어 목을 잡아 아래로 내리눌렀다.
후웅!
무영에게 목을 붙잡힌 공우의 몸이 공중에서 한 바퀴 돌았다.
콰작!
공우의 몸이 바닥에 강렬하게 엎어졌다.
"크윽!"
공우는 재빨리 고개를 들었다. 하지만 어느새 무영의 모습은 보이지 않았다. 그때 소요의 다급한 목소리가 들려왔다.
"위!"
반사적으로 고개를 든 공우의 시야에 무영의 발바닥이 보였다. 자칫하다가는 그대로 얼굴이 짖이겨질 것이다.
공우는 신속하게 몸을 옆으로 굴렸다. 그와 동시에 무영의 발이 바닥을 내리찍었다.
쾅!
무영의 다리가 무릎까지 땅바닥에 박혔다.
"꿀꺽."
그 모습을 바라보던 소요는 침을 삼켰다. 목 뒷줄기가 서늘해질 정도의 어마어마한 위력!

하지만 무영의 공격은 이것이 끝이 아니었다.

철컹! 철컹!

순식간에 양 소매에서 검이 치솟으며 사방을 향해 검기를 날려댔다.

콰콰콰쾅!

역사와 전통을 자랑하는 자금성, 더욱이 황제가 정무를 보는 태화전이 초토화되는 데는 겨우 숨 몇 번 들이마시는 정도로도 충분했다.

탁!

소요는 한 손에 만력제를 끼고 태화전에서 좀 떨어진 지점에 착지했다. 그리고 얼이 빠져 있는 만력제에게 시선을 주며 싸늘한 어조로 말문을 열었다.

"도망칠 생각일랑 말아요."

소요는 만력제의 목 줄기에 손톱을 가져가며 말을 이어갔다.

"제가 원래 말을 잘 바꾸는 편이거든요."

"히이익!"

만력제는 왈칵 눈물을 터뜨렸다. 그런 모습에 소요는 혀를 끌끌 찼다.

"대국의 정점에 선 자가 이 모양이라니."

비아냥거리는 말투였지만 만력제는 고개조차 들지 못하고 있었다. 소요는 가볍게 안색을 찌푸리다가 공우를 몰아붙이는 무영을 향해 몸을 날렸다.

쾅! 쾅! 쾅!

무영은 공우를 벽에 몰아넣고 연달아 복부에 세 번의 발 차기를 꽂아 넣었다. 충격으로 공우의 몸이 들썩일 때마다 벽에 금이 갔다.

공우가 주르륵 미끄러져 바닥에 주저앉으며 마른기침을 토해내다가 고개를 들었다. 순간 무영의 검이 수평으로 베어져 들어왔다.

"크윽!"

가가각!

공우는 손으로 머리를 부여잡으며 반사적으로 몸을 숙였다. 그리고 그 위로 무영의 검이 벽을 가르며 지나갔다.

하지만 그것으로 끝이 아니었다. 이윽고 검이 땅을 일직선으로 가르며 공우의 사타구니 쪽으로 올라왔다.

공우는 거친 숨을 고르며 주먹을 쥐고 땅을 내려쳤다.

콰직!

땅이 갈라지며 들썩였다. 순간 무영이 중심을 잃고 기우뚱했다. 그것이 뒤에서 달려들던 소요가 바라던 상황이었다.

"잡았다!"

소요의 검이 허공을 가르며 무영의 등 뒤를 찔러 들어갔다. 그 순간 무영이 살짝 몸을 옆으로 틀었다.

쉬익!

단지 한 번의 발걸음으로 소요의 검이 무영의 겨드랑이 사이를 갈랐다.

"아니?"

무영은 입을 굳게 다물며 겨드랑이를 옆구리에 붙여 버렸다. 소요의 검은 무영의 옆구리에 낀 상태.

무영은 팔을 붙인 채 급속하게 몸을 틀었다. 그러자 검을 쥐고 있던 소요의 몸이 딸려 움직였다.

"꺄악!"

쾅!

소요의 몸이 붕 돌아 등부터 벽에 처박혔다.

"으윽!"

소요가 신음성을 토해냈다. 그때 무영의 발이 소요의 복부를 후려쳤다.

"카악!"

소요는 눈을 크게 치켜뜨며 마른기침을 토해냈다. 바닥에 널브러진 소요는 양손으로 배를 감싸 쥐며 몸을 웅크렸다.

공우 역시 아직 몸을 온전히 가누기가 어려운 상태, 무영은 두 사람을 향해 검을 겨눴다.

"죽어라."

휘잉!

무영의 검이 허공으로 치솟았다.

푸욱!

그 순간 갑작스레 등 뒤에서 들려온 섬뜩한 소리. 무영은 반사적으로 고개를 내려 자신의 몸을 살폈다. 하지만 아무런 이상도 없었다. 그리고 들려오는 나직한 어조.

"쯧… 실패했군."

심장의 울림이 한순간 멎었다. 나른하면서도 위압감을 머금은 이 목소리는.

무영은 신속하게 몸을 돌리며 검을 날렸다. 그것은 반사적인 행동이었다.

서걱!

순간 연류진의 하체가 잘려 바닥으로 떨어졌다.

"어?"

무영은 멍한 어조로 고개를 갸웃거렸다.

'왜? 연 소저의 몸이 상체밖에 없지?'

문득 든 생각. 상황을 이해할 수가 없었다. 그리고 보았다. 연류진의 가슴 한가운데에 삐죽 튀어나온 검날을, 또한 그 뒤에 서서 휘파람을 불고 있는 일랑의 존재를 말이다.

"휘이! 영아, 너 진짜 무지비한 녀석이구나?"

"뭐?"

무영은 고개를 갸웃거렸다. 그때 상체만 남아 허공에서 덜렁거리던 연류진이 더듬거리듯 말했다.

"…어, 어째서… 나, 난… 단지 구… 하려고 했을… 뿐… 인데."

연류진의 눈이 스르르 감겼다.

후두둑!

잘린 상체에서 장기와 핏물이 섞여 바닥에 떨어졌다. 연류진의 피를 먹은 무영의 가죽 신발이 조금씩 시커멓게 변했다.

무영은 멍한 표정으로 연류진을 바라보고만 있었다.

그때 일랑이 비릿한 웃음을 흘리며 입을 열었다.

"살려주려고 하다가 도리어 그 상대에게 죽임을 당하다니, 세상일이란 재미있어."

"이, 이 자식!"

무영이 이를 으득 갈며 일랑에게 달려들었다. 순간 일랑은 비릿하게 웃으며 몸을 옆으로 틀어 무영의 뒷목을 강하게 내려쳤다.

털썩!

"끄윽……."

바닥에 널브러진 무영은 신음성을 흘리며 몸을 꿈틀거렸다. 일랑은 무영을 내려다보며 말했다.

"냉정한 척하지만 여전히 결정적인 순간에 무르구나, 너는."

"주군, 어찌하실 겁니까?"

어느새 공우가 몸을 추스르고 일랑에게 다가와 물었다. 일랑은 가만히 무영을 바라보다가 혀를 찼다.

"김샜다."

"지금이 기회입니다."

공우의 말에 일랑은 눈살을 찌푸렸다.

"토 달지마."

"죄, 죄송합니다."

"저 얼간이나 챙겨."

일랑은 얼이 빠져 있는 만력제를 가리켰다. 공우는 한걸음에 달려가 만력제를 들쳐 업었다. 그리고 소요에게 다가가 상태를 살폈다.

"일어설 수 있어?"

"끄응… 예."

소요는 얼굴을 일그러뜨리며 몸을 일으켰다. 그 모습을 바라보던 일랑은 고개를 내저으며 중얼거렸다.

"역시 무영과 맞상대시키기에는 무리였나?"

순간 주춤거리며 몸을 일으키던 소요의 얼굴이 일그러졌다. 하지만 그것을 알리없는 일랑은 쓴웃음을 지으며 아직까지 쓰러져 있는 무영을 바라보다가 몸을 날렸다. 공우와 소요가 그 뒤를 따랐다.

"끄윽……."

그제야 무영이 주춤거리며 몸을 일으켰다. 겨우 한 번의 공격, 하지만 얼굴이 터져 버린 것 같은 충격이었다.

"……."

무영은 비참하게 최후를 맞이한 연류진의 시신을 잠시 내려보다가 비틀거리며 걸음을 옮겼다.

무영은 가만히 고개를 들어 보았다.

커다란 보름달이 밤하늘을 가득 메우고 있었다.

무영의 입가에 쓴웃음이 머금어졌다.
"달 한 번… 미친 듯이 밝구나."
무영은 터덜터덜 걸음을 옮겼다.

제30장
밤이 가면 아침이 온다

밤이 가면 아침이 온다

"이, 이건 도대체……?"

인은 주위를 살피며 중얼거렸다.

수천 구의 시신, 그리고 박살난 태화전이 인의 눈앞에 펼쳐져 있었다.

"우욱!"

뒤에 도열해 있는 수하들 중 한 명이 바닥에 쪼그리고 앉아 구토를 했다. 상상을 초월하는 역한 혈향에 인의 눈살이 절로 찌푸러졌다. 하지만 그녀의 시선은 시신 한가운데 멍하니 서 있는 감미란의 뒷모습에 고정되어 있었다.

"……."

감미란은 가만히 주위를 살피다가 중얼거렸다.

"…이게 영이 혼자서?"

"예."

옆에 서 있던 연교휘가 고개를 끄덕였다.

"아마도요."

연교휘는 주위를 살폈다.

시신들을 들여다보아도 그렇다. 뭐랄까 공격에 일정한 공통점 같은 것이 보이지 않는다.

권(拳), 각(脚), 장(掌)부터 검(劍)까지 모든 방식이 총망라되어 있었다. 더욱이 이 깔끔하고도 효과적인 솜씨.

"정말이지… 대단하다고밖에는 설명할 길이 없군요."

"믿을 수 없어요."

감미란은 고개를 내저었다. 믿을 수가 없었다.

"우리 아이가 했을 리 없어요."

연교휘는 시름 어린 한숨을 내쉬었다. 감미란은 아직까지 상황을 파악하지 못하고 있었다. 그렇지 않다면 일부로 회피하고 있다는 것이리라.

"이봐요, 아직도 모르겠어요? 그에게 있어 당신은 단지 스쳐 지나가는……."

"그만!"

감미란이 절규하듯 외쳤다. 어느새 눈가에 맺힌 눈물이 볼을 타고 흘러내렸다.

"듣고 싶지 않습니다."

감미란은 고개를 떨궜다. 그런 모습에 인이 다가왔다.

"계속 있을 곳이 못됩니다. 괜히 골치 아픈 일이 생길 수도 있어요."

인은 일그러진 표정으로 주위를 살피다가 조심스럽게 말문을 열었다.

"이제 어떻게 하지요?"

감미란은 이마를 손으로 짚으며 잠긴 목소리로 중얼거렸다.

"찾아야지. 만나서 물어보겠어."

감미란은 인을 바라보았다.

"같이 가주겠니?"

인의 입가에 미소가 걸렸다.

"고맙구나."

감미란은 인의 어깨를 한 차례 다독여 주다가 연교휘를 바라보고는 말문을 열었다.

"중부지부 총단까지는 모셔다 드리지요."

"…그를 계속 찾을 겁니까?"

연교휘의 물음에 감미란은 고개를 끄덕였다. 연교휘는 답답한 듯 자신의 가슴을 탁탁 쳤다.

"그는 육백 년이 넘는 긴 세월을 살아왔습니다. 모르시겠어요? 당신은 필요에 의해서 무영에게 잠시 이용당한 것뿐이에요."

"…상관없어요."

감미란은 양 옆구리에 손을 가져다 대며 말을 이어갔다.

"도련님의 말씀이 맞을 수도 있지요. 하지만 한 가지 확실한 것은 영이는 내 아이예요."

감미란은 자신의 가슴에 손을 올리며 미소를 지었다.

"그거면 된 거예요."

무현은 심통이 나 있었다.

"쳇!"

마차에 앉아 다리를 흔들며 연신 투덜거렸다.

"오랜만에 영이와 화끈하게 화포를 풀 좋은 기회였는데 말이야."

무현은 맞은편에 앉아 몸을 움츠리고 있는 백리현을 바라보며 반문했다.

"너도 그렇게 생각하지?"

백리현은 양다리를 모은 채 얼굴을 묻고 있었다. 그런 모습에 무현은 피식 웃었다.

"이거야 원, 단단히 미움을 받아버렸군."

"버르장머리 없는 계집, 주군께서 물으시잖아."

백리현의 옆에 앉아 있던 사내아이가 눈을 치켜떴다. 무현은 히죽 웃으며 사내아이를 제지했다.

"너무 그러지 마, 유하."

순간 백리현이 고개를 들며 쥐어짜듯 입을 열었다.

"그 이름을 부르지 마."

"왜? 네가 녀석한테 손수 지어준 이름이잖아. 안 그래?"

무현의 말에 사내아이, 백리유하는 비릿한 웃음을 머금으며 백리현에게 얼굴을 가져갔다.

"쌀쌀맞은 얼굴은 싫어, 누나."

"…치잇."

백리현은 입술을 꽉 베어 물며 다시금 얼굴을 다리 사이로 파묻었다. 그 모습을 바라보던 지인은 짧게 한숨을 내쉬며 고개를 내저었다.

"도련님."

"…알았어, 그만 하면 되잖아?"

무현의 얼굴이 금세 시무룩해졌다. 그 모습을 보던 유하는 얼굴을 찌푸렸다. 자신의 주인은 지인 앞에서는 너무 고분고분했다. 그 점이 유하의 불만이었다.

마음 같아서는 뭐라고 쏘아붙이고 싶었다. 하지만 지인에게 섣불리 뭐라고 했다가는 당장에 죽어나갈 것이 분명했다.

'칫!'

유하는 고개를 떨구며 마음속으로만 투덜거릴 수밖에 없었다.

무현은 창가에 얼굴을 괴고 있다가 지인에게 힐끗 시선을 주었다.

지인은 은근한 미소로 답했다. 주름기 가득한 얼굴, 조금씩 늙어가고 있었다. 처음 만났을 때가 팔십오 세. 백 년을 한 살이라 쳐도 아흔에 가까운 고령이다. 언제 죽어도 이상하지 않은 것이다.

'반 불로불사라······.'

일랑과는 다른 불완전한 존재들이다.

무현은 한숨을 내쉬었다.

덜컹!

무영의 몸이 한 차례 들썩였다.

"으음······."

무영은 침음성을 흘리며 몸을 일으켰다. 무영은 머리를 부여잡으며 침음성을 흘렸다. 황궁을 나온 이후로는 기억이 끊어졌다.

덜컹!

그때 무영의 몸이 한 차례 흔들렸다. 그제야 이곳이 어디인지에 관해 관심이 생겼다.

두두두두!

'마차 소리?'

무영의 흐리멍덩한 눈으로 주위를 살폈다.

"영아 일어났니?"

위쪽에서 들려오는 희미한 소리. 뒤이어 무영의 시야로 소령의 모습이 드러났다.

"소령······?"

무영은 힘없는 어조로 중얼거리며 몸을 일으켰다. 소령은 재빨리 무영을 부축해 주며 걱정스런 표정으로 짧게 한숨을 내쉬었다.

"몸은 괜찮아?"

무영은 고개를 끄덕였다.

"어."

"왜 그렇게 사람을 걱정시키니?"

소령은 무영을 가볍게 질책했다. 무영은 쓴웃음을 지으며 머리를 긁적일 수밖에 없었다.

그런 모습에 더 이상 뭐라 할 수 없었는지 소령은 연신 한숨만 푹푹 내쉬고 있었다.

"여긴 어디야?"

"잘은 몰라. 황도에서 벗어나는 것이 급해서."

무영은 수긍하다가 고개를 갸웃거렸다.

"그런데 어떻게 여기에?"

본래 소령은 사도련 쪽을 조사하기로 이야기되어 있었기 때문이다. 소령은 쓰게 웃으며 입을 열었다.

"사도련에 가기는 했지."

"…그런데?"

무영의 물음에 소령은 주위를 살피다가 조심스럽게 말문을 열었다.

"그게……."

"응."

"사도련에 아무것도 없었어."

"뭐? 그럴 리가?"

소령은 팔짱을 끼며 나지막한 목소리로 말을 이어갔다.

"그런 뜻이 아니야. 단지, 사도련 쪽에는 일랑의 수하가 없었어."

"그런가?"

"소득이 없을 것이 뻔한데 미련하게 머물 수는 없잖아?"

소령의 말을 듣던 무영은 희미한 미소를 지었다.

"잘 판단했어."

황궁에서의 일도 있고 했으니 소령에게 거두어들여진 것은 천만다행이었다.

"그건 그렇고 이 마차는?"

"아, 이거? 업고 오기도 그렇고 해서 마차랑 잡부 하나 샀어."

무영은 어쩔 수 없다는 표정으로 고개를 설레설레 저었다. 그때 소령이 히죽 웃으며 무영의 옆으로 찰싹 붙었다. 그리고는 한껏 애교 어린 목소리로 입을 열었다.

"자기야, 나 안 보고 싶었어?"

"……."

무영은 한숨을 내쉬었다.

그날 저녁.

"아가씨, 자리를 펼까요?"

잡부는 말을 나무 기둥에 묶으며 물어왔다. 소령은 고개를 끄덕이며 옆에 앉아 있는 무영에게 시선을 주었다.

"그래… 현아를 만났구나."

"이제 어떡해야 할지……."

무영은 곤혹스러운 표정으로 머리를 쥐어뜯었다. 그 모습을 바라보던 소령은 손톱을 물어뜯으며 상념에 빠져들었다.

무현이 일랑에게 붙었으리라고는 상상도 하지 못했다. 그것은 당연했다. 그토록 싫어했는데.

'결국 그 일 때문인가?'

소령은 축 늘어진 무영의 어깨를 바라보았다. 그때 무영이 자조적인 목소리로 읊조렸다.

"예전에는 내가 현이의 가슴에 비수를 꽂았다면 이번에는 정반대의 상황이 되었어."

무영은 두 다리를 팔로 감싸 모으며 얼굴을 묻었다.

"긴 인생… 그 공허함과 무상함을 알 터인데… 어째서 반복하려 하는 걸까?"

어째서 다시 지인을 그렇게 만든 것일까.

죽음과 삶은 사람이 가진 순리의 고리다. 무영은 그 소중함을 누구보다 잘 안다. 벗어난 존재기에 더욱 절실하게 와 닿는다.

소령은 쓴웃음을 머금으며 말문을 열었다.

"…나는 이해해."

무영의 고개가 들려졌다. 소령은 가만히 무영의 어깨에 얼굴을 기댔다.

"우리도 어쩔 수 없는 인간인걸."

가족, 돌아가고 싶은 집, 따뜻한 어머니의 품.

마음 속 깊이 바래왔던 것.

"현아는 단지 우리들보다 순수했을 뿐이야."

"그럴까?"

무영은 침울한 어조로 되물었다.

"하지만 한 가지 이해가 가질 않는 것은, 왜 하필 일랑이냐는 거지."

"나도 그게 의문이야."

소령의 말에 무영은 턱을 괴며 중얼거렸다.

왜 하필 일랑인가. 그것이 현재 가장 큰 의문점이었다. 무영 이상으로 일랑을 싫어했던 무현이었기 때문이다.

"아니면 무언가 약점이 잡혀 있는 걸까?"

소령의 말에 무영은 가만히 고개를 끄덕였다. 그럴 수도 있다.

"이제 어떻게 할 거야?"

소령의 물음에 무영은 가슴을 폈다.

"어떻게 하기는… 이미 정해져 있잖아?"

"그래."

소령은 가볍게 웃었다. 긴 세월 동안 찾아왔다. 어떻게든 만나야 한다, 비록 지금은 적이지만.

"마음 단단히 먹어."

"그래야지."

"내가 도와줄 테니까."

소령의 말에 무영은 빙그레 웃으며 그녀의 머리를 살짝 쓰다듬어 주었다.

"고맙다."

"별말을 다하네."

소령은 무영의 손에 감촉을 느끼며 눈웃음을 지었다. 그때 잡부가 다가왔다.

"아가씨, 자리를 봐놨습니다."

"수고하셨어요, 그만 가서 쉬도록 해요."

"예, 두 분 편히 쉬십시오."

잡부는 꾸벅 소령에게 인사를 하며 마차 쪽으로 걸어갔다. 소령은 무영의 손을 잡으며 몸을 일으켰다.

"자러 가자."

"응."

"어때?"

소령이 가리킨 쪽을 돌아본 무영의 몸이 굳어졌다.

밤이 가면 아침이 온다 275

천막이 쳐져 있었다, 단 한 채가.
보기에도 부드러운 곡선, 귀여움을 강조한 분홍빛의 천.
"비록 천막이지만 우리 둘이 첫날밤을 지낼 고귀한 공간이야."
소령은 윗도리를 살짝 내려 어깨를 드러냈다.
"오늘 저녁은 한숨도 안 재울 거야. 우훗!"
"에라이!"

무현은 지인의 무릎을 베개 삼아 잠들어 있었다.
사락… 사락…….
지인은 무현의 머리를 부드럽게 쓰다듬어 주며 인자한 미소를 짓고 있었다.
"이봐요."
그 모습을 바라보던 백리현이 조심스럽게 지인을 불렀다.
"……?"
지인은 고개를 갸웃거리면서도 미소를 잃지 않는 모습이었다. 백리현은 머리를 긁적이며 말문을 열었다.
"당신도 절 속인 건가요?"
처음 잡혀왔을 때 백리현을 수발해 주던 노파가 지인이었기 때문이다. 지인은 빙그레 웃었다.
"의도한 바는 아니지만 결과적으로는 그렇게 된 셈이네요."
백리현은 한숨을 내쉬었다. 너무도 여유로운 어조에 맥이 빠졌다.
"저 아이가 정말 그의 동생인가요?"
백리현은 무영을 '그'라고 지칭했다. 지인은 쓰게 웃으며 고개를 끄덕였다.
"둘이 사이가 안 좋아 보이던데요?"

지인은 물끄러미 무현의 잠든 모습을 바라보며 말문을 열었다.

"서로에게 상처를 줄 수밖에 없는 걸까요?"

"무슨 말인지 모르겠어요."

"사백여 년 정도 되었을 거예요, 첫째 주인님과 만난 것이."

"첫째 주인님이라면……?"

"무영 도련님이요."

지인의 말에 백리현의 안색이 굳어졌다. 사백 년이라면 보통 사람으로서는 상상할 수 없을 만큼 긴 시간이다.

대강 무영에 대해 들었지만 그 정도일 줄은 몰랐다.

지인은 차분한 어조로 무영과 함께 있었던 무렵의 입을 풀어냈다. 그에 따라 백리현의 안색이 점차 어두워지기 시작했다.

"그렇게 소화 아가씨가 돌아가시고 주인님은 떠나가셨지요. 저는 기다릴 수밖에 없었어요."

솔직히 말하자면 돌아오지 않을 것을 알고 있었다. 그럼에도 기다려 주는 것만이 지인이 할 수 있는 전부였다.

"그렇게 죽을 날만을 기다리던 중 지금의 주인님이 오신 거예요."

처음 그를 봤을 때의 어두웠던 표정.

"둘째 주인님은 같이 가자고 하셨어요. 첫째 주인님을 만나게 해준다고 하셨거든요."

지인은 살며시 고개를 들었다.

"망설일 것이 없었지요. 그 와중에 이런 몸이 되었지만."

삼백여 년 만에 무영을 만나게 되었다. 비록 극히 짧은 시간에 좋지 않은 광경이기는 했지만.

"솔직히 말해도 돼요?"

백리현의 물음에 지인이 고개를 끄덕였다.

"전 솔직히… 당신이 사는 방식을 이해할 수가 없어요."

미련스럽다고 생각했다. 한 사람만 기다리며 사는 그런 방식을 말이다.

지인은 은은하게 웃으며 다시금 무현의 머리칼을 매만졌다.

"그렇게 살 수밖에 없는 거예요, 저는."

누가 뭐라고 하던 지인에게는 이게 살아가는 방식이다. 하지만 굳이 변명할 생각은 없었다. 인식의 차이는 쉽사리 좁혀지지가 않는 법이니까.

백리현은 머리를 부여잡으며 짐짓 고개를 내저었다.

"그건 그렇다 쳐요. 무현은 왜 그에게 적대적이지요?"

백리현의 물음에 지인의 안색이 굳어졌다. 잠들어 있다고 생각했던 무현이 눈을 떴기 때문이다.

무현은 백리현에게 시선을 주며 나직한 어조로 말문을 열었다.

"뭐가 그렇게 궁금한 게 많지?"

순간 백리현의 입이 다물어졌다. 무현은 비릿한 미소를 지으며 지인에게 시선을 주었다.

"유모도 마찬가지야."

"죄송합니다."

지인은 공손하게 고개를 숙이며 사죄의 뜻을 표했다. 무현은 몸을 일으켜 흐트러진 머리를 매만졌다.

―난 당신을 구하려고 한 것뿐인데!

연류진은 원독에 찬 눈으로 무영을 바라보며 외쳤다. 무영은 애써 시선을 외면하며 더듬거리듯 말했다.

―나, 난 몰랐어… 정말이야.

―웃기는 소리, 당신은 알고 있었어요.

무영은 넋잃은 표정으로 고개를 내저으며 필사적으로 항변했다.

―정말이야. 믿어줘…….

그때 상체만 남은 연류진이 무영에게 다가왔다. 피에 젖은 입술이 무영의 귓가에 닿을 듯 말 듯 가까워졌다.

―좋았어요?

―뭐?

―사람을 벤 거 말이에요.

무영은 황급히 고개를 내저었다.

―그, 그럴 리가…….

―당신 검이 제 살을 파고들 때 손에 느껴지는 감각 어땠나요? 짜릿했어요?

―그, 그만…….

―다음에는 누굴 벨 거죠? 무현? 지인? 아니면…….

연류진은 비릿한 미소를 지으며 말을 이어갔다.

―소혜는 어떨까요? 꼬맹이라 베는 맛이 떨어지겠지만 나름대로 괜찮을 거예요.

―아, 아니야!

연류진의 상체가 무영에게서 떨어졌다.

싱긋.

그녀의 입꼬리가 살짝 말려 올라가며 의미심장한 미소가 지어졌다. 그리고 관찰하듯 무영의 주위를 돌다가 말문을 열었다.

―즐기는 것 같던데요?

―아니야!

순간 연류진의 모습이 희뿌옇게 사라지더니 추소명으로 바뀌었다.

─사실 재미있었잖아.
추소명은 손을 뻗어 무영의 양 볼을 매만졌다.
─죽이고, 죽이고 또 죽이고… 오랜만에 즐거웠잖아?
추소명은 빙그레 웃었다.
─모든 일은 시간이 지나면 무뎌지기 마련이야. 이번 일도 마찬가지지. 더 큰 자극을 찾게 될걸?

순간 무영이 눈을 떴다.
짹짹!
바깥에서 새소리가 들려왔다. 천 바깥으로 햇빛이 비추고 있었다.
'꿈… 인가?'
무영은 안도의 한숨을 내쉬었다.
'제길.'
무영은 눈살을 찌푸리며 고개를 들다가 눈을 부릅떴다. 무영의 몸 위에 소령이 앉아 있었다.
더욱이 그녀의 손에 의해 무영의 상의가 풀어 헤쳐진 상태.
"일어났어?"
소령은 미소를 지으며 무영을 내려다보고 있었다. 무영은 눈살을 찌푸렸다.
"무슨 짓이지?"
무영의 물음에 소령은 방긋 웃었다.
"가만히 좀 있어봐. 조금만 더 하면 돼."
"뭐?"
무영의 물음에 소령은 살짝 몸을 일으키더니 주섬주섬 자신의 상의를 벗으며 말했다.

"영이는 내 남자다, 라는 확신을 갖기 위한 일종의 의식이라고나 할까?"

순간 무영의 눈썹이 치켜 올라갔다.

투샥!

의자에 앉아 졸고 있던 마부가 화들짝 놀라며 주위를 살피기 시작했다.

"뭐, 뭐야?"

이윽고 처참하게 뭉개진 천막을 발견한 잡부는 냅다 달려갔다. 또 무슨 일이 일어났음이 분명했다.

"두, 두 분 다 괜찮으십니까?"

소란스러운 아침을 맞이한 잡부는 눈을 굴리며 무영과 소령을 힐끗거리고 바라보았다.

'제기랄, 어린놈들 때문에 내가 무슨 고생이야?'

잡부는 시름 어린 한숨을 내쉬며 두 사람의 눈치를 볼 수밖에 없었다.

"쳇."

소령은 볼을 잔뜩 부풀린 채 무영을 노려보고 있었다. 그리고 무영은 고개를 내저으며 혀를 내둘렀다.

한두 번 겪은 것이 아니건만 당할 때마다 화들짝 놀라고는 한다. 더욱이 그 방법 역시 갈수록 대담해지니 문제였다.

결국 떠나기 직전까지 둘은 투닥거렸다.

"떠나겠습니다."

잡부의 외침과 함께 마차가 덜컹거리며 움직이기 시작했다. 그렇게 얼마간의 시간이 지났을 무렵이었다.

"이제 어떻게 할까?"

소령의 물음에 무영은 눈을 살짝 감으며 대답했다.
"현이를 찾아야지."
소요는 고개를 갸웃거렸다.
"하지만 어떻게?"
"그게 문제야."
무영은 침음성을 흘렸다. 문제는 어떻게 찾느냐다.
"일단 영감님께 물어보는 게 좋지 않을까?"
소령의 제안에 무영은 손바닥을 탁 쳤다. 확실히 지금 상황에서 합당한 제시를 해줄 수 있는 이는 염무학밖에 없었다.
"그러는 것이 좋겠어."
소령은 짧게 한숨을 내쉬었다. 광주까지 갈 생각을 하려니 눈앞이 깜깜했다.
"언제 가냐?"
"어쩔 수 없지."
무영은 담담히 고개를 내저으며 말을 이어갔다. 문제는 이 마차였다. 한시라도 빨리 광주에 가야 할 터였다.
"마차는 이제 필요없지 않아?"
무영의 말에 소령은 고개를 끄덕였다. 실상 마차로 가는 것보다 달려가는 것이 몇 배나 빠르다.
"다음 마을에서 팔아야지."
"그래."
무영은 고개를 끄덕였다.

다음 마을에서 예정대로 마차를 판 무영과 소령은 그때부터 극성으로 신법을 펼쳐 내달렸다.

상황이 상황인지라 지체할 겨를이 없었다. 그렇게 이십여 일 만에 광주에 도달한 무영과 소령은 잠시 숨을 골랐다.

그동안 황궁에서의 일은 전 대륙을 울리고 있었다. 비록 많은 부분이 바뀌어 있었지만 결론은 모두 같았다.

"영이가 완전히 악의 대명사가 되었네."

소령은 짓궂게 웃었다. 무영은 짐짓 굳은 표정으로 고개를 내저었다.

미친 살인귀가 황궁에 난입해 수천 명을 죽이고 홀연히 사라졌다. 놀라운 것은 그 살인귀가 고작 십 세 전후의 사내아이였다는 점이다.

그로 인해 황도는 전시 상황처럼 변해 버렸다. 전국에는 방이 내려졌고 무영의 목에는 백만 냥의 상금이 걸렸다.

"하지만 내 그림은 안 걸려 있군."

당연한 일이다. 깡그리 몰살시켜 버렸으니까. 아마 단 한 사람, 무영의 얼굴을 아는 사람이 있다면 황제인 만력제일 것이다.

하지만 무영의 기억으로 만력제는 일랑에게 잡혔다.

'도대체 무엇을 노리고 있는 거지?'

무영은 침음성을 흘렸다. 왜 황제를 죽이지 않았는가?

찬탈하면 그만이었다. 일랑에게는 그 정도의 힘이 있었으니까.

'왜일까?'

물론 갑작스러운 왕위 찬탈은 많은 반발을 낳게 되는 법이다. 그래서 신중하게 움직일 수도 있는 일이다.

하지만 그럼에도 뭔가 미심쩍은 마음이 드는 것을 막을 수 없었다. 그것을 염려했다면 왜 일시에 모습을 드러냈는가.

'골치 아프군.'

무영은 고개를 설레설레 저었다.

'일단 더 시간을 두고 봐야겠어.'

뭔가 생각날 것 같기는 한데 확신이 서질 않았다.

"영아."

상념에 빠져 있던 무영은 소령의 물음에 정신을 차렸다.

"응?"

"무슨 생각을 그리 하는 거니?"

"아무것도 아니야."

무영의 말에 소령은 고개를 끄덕이며 주위를 살폈다.

"배고픈데 끼니나 때우고 가자."

무영은 눈살을 찌푸렸다.

"야, 지금 그럴 시간이……."

꼬르륵.

때마침 무영의 배에서 들려온 소리에 소령은 의미심장한 미소를 지었다. 무영은 떨떠름한 표정으로 주위를 살폈다.

"간단하게 끼니를 때울 곳이 어디 있나?"

소령은 피식 웃으며 무영을 이끌었다.

얼마 걷지 않아 구호루란 곳으로 들어온 무영과 소령은 자리를 잡고 앉았다. 그리고 간단하게 요깃거리를 시킨 뒤 기다렸다.

"넉넉잡고 한 시진이면 종화에 도착할 수 있을 거야."

소령의 말에 무영은 고개를 끄덕였다. 하지만 한 가지 확실치 않은 사실이 있었다.

"과연 영감님이 집에 계실까?"

무영의 말에 소령은 손바닥을 탁 치며 곤혹스러운 표정을 지었다. 그것을 생각해 보지 않았다. 워낙에 방랑벽이 심한 노인네기 때문이다.

"있지 않을까?"

일단 상황이 상황이다 보니 있을 거라고 생각했다. 무영은 침음성을 흘렀다.

"그래야지. 만약 없으면 낭패니까."

"좋게 생각하자고, 좋게."

때마침 주문했던 음식이 나왔다. 두 사람은 신속하게 끼니를 때우고 종화를 향해 내달렸다.

"할아버지, 령아가 왔어요."

소령은 반가운 마음에 저 멀리 보이는 초옥을 향해 폴짝폴짝 뛰어갔다. 뒤따르던 무영은 피식 웃었다.

그동안 많은 일을 겪었다. 너무도 한꺼번에 터져 나와 정신이 혼미할 지경이었지만 처음이 있으면 분명 끝은 존재하는 법이다. 비록 모든 것이 좋은 방향은 아니었지만 무영은 이곳에 있다.

'무슨 이야기를 해줄지… 영감님이라 하더라도 명확하게 답을 내줄 수 있을까?'

솔직히 좀 힘들 것이라 생각했다. 하지만 최소 무영이나 소령보다는 나은 제안을 제시할 것이다. 무영은 희미한 미소를 지으며 점점 가까워져 오는 초옥을 바라보았다.

몇 달만에 돌아온 염무학의 초옥, 외양에서는 예전과 다름이 없었지만 무언가 달랐다.

"어?"

처음 의아한 탄성을 터뜨린 것은 소령이었다. 문 손잡이는 한동안 사람의 손길이 닿지 않은 듯 먼지가 수북히 쌓여 있었기 때문이다.

"할아버지 안 계시나?"

끼익.

소령은 고개를 갸웃거리며 초옥 문을 열었다. 그리고 드러난 안의 전경.

무영과 소령의 눈이 부릅떠졌다.

"뭐, 뭐야?"

소령은 더듬거리며 뒤로 한 걸음 물러섰다. 무영은 입술을 꽉 베어 물며 소령의 어깨를 잡았다.

"나가 있어."

"…나가 있으라니?"

소령은 멍한 표정으로 되물었다. 무영은 짐짓 표정을 일그러뜨리며 소령의 어깨를 잡아 뒤로 뺐다.

"어서!"

소령은 반강제적으로 내보내고 무영은 주위를 살폈다.

방 안의 모든 것은 어지럽게 널려 있었다. 가구를 비롯한 물건들이 모조리 부숴져 있었다. 더욱이 벽에 어지러이 파여져 있는 자국.

'검을 섞었군.'

무영은 천천히 주위를 살피다가 바닥에 무릎을 꿇고 앉아 손바닥을 대보았다. 나무 바닥 곳곳에 시커먼 자국들이 자리잡고 있었다.

'핏자국……'

무영의 표정이 일그러졌다.

'어떻게 된 거지?'

가슴에 돌을 얹어 놓은 듯 답답했다.

"제길… 일이 꼬이려면 한도 끝도 없다더니."

욕설이 절로 흘러나왔다. 그럼에도 가슴에 진 응어리가 풀릴 리가 없었다.

'설마 일랑에게 발각된 건가?'

그 가능성이 가장 컸다. 그렇지 않고서야 이런 자국이 생길 일이 없었다. 황궁에 정보를 흘릴 정도로 무영의 일거수일투족을 알고 있었기 때문이다.

'도망칠 가능성은?'

무영은 한숨을 내쉬며 흘러내린 앞머리를 귀 뒤로 넘겼다. 그럴 가능성은 거의 없다고 해도 과언이 아니었다.

염무학이 지닌 무위는 무영이나 소령에 비교하자면 보잘것없는 수준이었다. 상대측에서 마음먹고 달려들었다면 제대로 된 반격조차 하지 못했을 것이다.

'제기랄.'

점점 상황이 악화되어 가고 있었다. 아니, 무현과 일랑이 손을 잡은 것을 알았을 때부터 최악인 셈이었다. 그 누구도 염두에 두지 않았던 가정이었기 때문이다.

무현과 지인, 그리고 염무학.

이제는 또 어떤 상황이 닥칠지가 걱정이었다. 무영이 고개를 떨구며 한숨을 내쉴 무렵이었다.

"넌 뭐야?"

바깥에서 들려온 소령의 목소리. 무영은 단박에 밖으로 뛰쳐나갔다.

제31장
혼란

혼란

무영이 밖으로 나갔을 무렵 소령은 한 여인과 마주 서 있었다. 입가에 배인 은은한 미소, 귀여움이 느껴지는 외모를 가진 그 여인은 무영이 잘 아는 사람이었다.

"소요."

무영의 중얼거림에 여인, 소요는 방긋 웃으며 다소곳하게 인사를 건넸다.

"그동안 잘 지내셨어요?"

소령은 고개를 갸웃거리며 무영을 바라보았다. 소령의 경우 소요를 본 적이 한 번도 없었기 때문이다. 하지만 살벌한 적개심을 방출하고 있었다. 본능적으로 적임을 깨달았기 때문이다.

"일랑의 수하야?"

소령의 물음에 무영은 고개를 끄덕이며 한 걸음 앞으로 나섰다. 그리고 소요를 힐끗 바라보며 말문을 열었다.

"넌 나서지 마, 알겠어?"

"그렇지? 일랑 그 자식의 수하지?"

소령은 눈썹을 치켜뜨며 소요를 향해 단번에 달려들 듯 자세를 취했다.

"할아버지 어디 있어!"

"소령!"

무영은 눈을 질끈 감으며 크게 외쳤다. 순간 소령의 입이 꼭 다물어졌다.

"저 계집이 원하는 게 그런 거야. 계속해서 놀아나고 싶어?"

"하, 하지만… 할아버지가……."

무영의 기세와 염무학에 대한 걱정으로 인해 소령은 말까지 더듬고 있었다.

무영은 한숨을 내쉬며 고개를 설레설레 저었다. 그리고 소요에게 시선을 주며 말문을 열었다.

"그래, 여기까지 온 것을 보니 뭔가 전할 말이 있나 보지?"

소요는 고개를 끄덕였다.

"맞아요, 일랑님이 보냈어요."

무영은 내심 긴장하며 소요를 바라보았다. 그녀는 어깨를 으쓱이며 미소를 지어 보였다.

"그렇게 절 뚫어지게 쳐다보시면 민망하잖아요?"

"저 계집이!"

순간 소령이 참지 못하고 내기를 끌어올렸다. 그와 동시에 소요는 뒤로 한 걸음 물러서며 손을 내저었다.

"절 이 자리에서 죽이실 건가요?"

"그래! 죽여 버릴 거야!"

소령은 으르렁거리며 주먹을 움켜쥐었다. 소요는 다급한 목소리로 외쳤다.

"제가 잘못되면 영감님은 죽어요. 그래도 상관없나요?"

나직하지만 살벌한 엄포에 소령은 들었던 주먹을 부르르 떨기만 할 뿐이었다. 무영은 소령의 앞을 막으며 엄한 목소리로 책망했다.

"지금 네가 나서봤자 상황만 악화시킬 뿐이야."

"…치잇!"

소령은 들었던 주먹을 내리며 고개를 돌렸다. 무영은 씁쓸한 표정을 지었다.

왜 소령의 마음을 모르겠는가. 무영에게 무현이 있었다면 그녀의 입장에서는 염무학이었다.

"들어보자."

무영은 소요를 노려보며 말문을 열었다. 그 역시 소령과 마찬가지의 심정이었지만 필사적으로 참아냈다. 지금은 그럴 수밖에 없는 상황이었다.

"지금이라도 돌아오시면 옛일은 묻지 않으시겠답니다."

무영은 허탈한 어조로 물었다.

"허! 그게 말이 되는 소린가?"

소요는 비릿하게 웃었다. 솔직히 기대한 일은 아니었다. 단지 명을 받았기에 전했을 뿐이다.

사실 소요가 떠나오기 전 공우는 상당히 걱정했었다. 상황이 극단으로 치달은 지금, 자칫하면 목숨을 잃을 수도 있었기 때문이다.

물론 염무학이라는 비장의 한 수가 있기는 했지만 세상일이란 어떤 식으로 전개될지 아무도 모르는 것이다.

"생각해 볼 일고의 가치도 없으신가요?"

소요의 물음에 무영은 단번에 고개를 끄덕였다.
"당연하다."
소요는 비릿하게 웃으며 어깨를 으쓱였다.
"그렇게 말씀하실 줄 알았습니다. 그대로 전하지요."
소요의 말에 무영은 표정을 굳혔다. 지금 중요한 것은 그게 아니었다.
"영감님은 어디에 계시지?"
무영의 물음에 소요는 희미한 미소를 지으며 팔짱을 끼고는 말문을 열었다.
"걱정 마세요. 저희가 잘 모시고 있으니까."
너무나도 여유로운 어조, 무영의 눈썹이 꿈틀거렸다.
소요는 방긋 웃었다.
"무창으로 오세요."
"무창?"
무영은 고개를 갸웃거렸다. 무창이라면 무림맹이 자리잡고 있는 곳이었다.
"저도 많은 것은 알지 못한답니다. 단지 그렇게만 전하라고 들었을 뿐이에요."
소요는 미소를 지었다. 무영은 짧게 한숨을 내쉬었다. 뜬구름 잡는 것과 같이 확신이 서질 않았다.
"그건 그렇고, 현아는? 무창에 가면 볼 수 있나?"
무영의 물음에 소요는 어깨를 으쓱이며 짐짓 두루뭉실하게 말을 넘겼다.
"글쎄요, 와보시면 알겠지요?"
무영은 갑갑한 듯 가슴을 부여잡으며 소요를 바라보았다. 황도에서도 볼 수 있으리라 생각했다. 그래서 무리수를 두었지만 잠깐의 만남뿐이었다.

결국 무영에게 남겨진 것은 피에 젖은 옷가지와 수천의 원혼들뿐이었다.

"이번에도 날 가지고 노는 것이라면 용서 안 해."

소용는 피식 웃었다.

"그렇게 보고 싶은 신가요?"

"당연하다. 이 세상에 하나뿐인 혈육이니까."

무영은 쥐어짜듯 말했다. 그리고 소요를 바라보며 물었다.

"한 가지만 물어보자."

"그러시지요."

"현아는 어떻게 지내고 있지? 잘 지내고 있나?"

무영의 물음에 소요는 실소했다.

"그럴 리가 없지요."

무영은 다급한 목소리로 소요를 재촉했다.

"녀석에게 무슨 문제라도 있는 거냐?"

소요는 비릿하게 무영을 바라보았다.

"가증스럽군요."

"뭐?"

"무현님이 떠나신 것은 당신 때문 아니었나요?"

무영의 표정이 딱딱하게 굳어졌다. 소요는 비릿한 미소를 지으며 말을 이어갔다.

"긴 시간이 지났음에도 무현님은 벗어나지 못하고 계시니까요."

무영은 고개를 떨궜다. 부정할 수 없는 사실이었다.

"안타깝지만 바라볼 수밖에 없답니다."

다가서고 싶지만 일정 이상은 접근 할 수 없다. 그것은 벽이었다, 너무도 투명해서 안이 훤히 들여다보이는.
 소요에게 허락된 것은 바라보는 것뿐이다.
 "난 두려워요."
 억지로 다가섰다가는 영영 외면당할 것 같았다. 차라리 이런 관계로라도 계속 이어나가는 것이 나았다.
 "현아와 넌 무슨 관계냐?"
 그때 무영이 가만히 고개를 들며 소요를 바라보았다. 말속에 묻어 나오는 애정을 느낀 탓이다.
 소요는 싱긋 웃었다.
 "저에게 무현님은 신과 같은 존재."
 "신……?"
 "저를 만들어주신 분이지요."
 소요에게 있어 무현은 부모와 마찬가지였다.
 처음 무현을 만난 것은 마적단에 부모를 모두 잃고 길거리를 방황하던 어린 시절이었다. 소요는 자신을 향해 내밀어진 자그만 손을 잡았다.
 아무것도 필요없었다. 어린 소요에게 굶주림과 외로움은 너무도 큰 고통이었다. 그 후로 계속 무현과 같이했다. 그렇게 사백오십여 년의 시간이 흘렀다.
 소요는 무영을 바라보았다.
 "처음에는 괜찮았어요. 그래요, 지인을 데려오기 전까지만 하더라도."
 늙어 죽어가던 여인. 끊임없이 무영을 기다리던 미련한 사람.
 결국 무현은 지인을 자신과 같은 존재로 만들었다.
 "그 후로 난 철저히 외면당했어요."
 소요의 표정이 일그러졌다.
 "나에게는 무현님만이 유일했는데… 그분에게는 그렇지가 않더군요."

소요에게 집중되었던 애정이 지인에게로 들어졌다. 그리고 무현은 조금씩 바뀌어갔다. 자신의 한계를 깨닫는 탓이다.

결국 반 불로불사. 그 시기가 길뿐 결국에는 죽게 된다. 그리고 지인 역시 마찬가지였다.

아흔에 가까운 고령, 언제 죽어도 이상하지 않은 나이인 것이다. 결국 무현은 한 사람을 생각해 냈다. 자신을 만든 존재이자 진실 된 불로불사, 일랑이었다.

"결과적으로 당신이 무현님을 그렇게 몰아간 거예요."

소요는 무영을 노려보았다.

무영은 멍한 표정으로 소요를 바라보고 있었다. 그것은 소령 역시 마찬가지였다.

"…나 때문이라고?"

무영은 허탈한 음성으로 중얼거렸다. 소요는 비릿하게 웃으며 생각했다.

'정작 무현님도 나와 같은 고통을 받고 있지.'

무현에게는 지인이 유일했다. 옛 추억을 생각나게 하는 편안한 존재. 하지만 정작 그녀는 그렇지가 않았다. 마음 속에 자리잡은 한 사람, 무영이 태산처럼 버티고 있었다.

소요는 쓴웃음을 지었다. 그리고 옷매무새를 가다듬었다.

"이만 가봐야겠군요."

무영은 다급해졌다. 아직 듣고 싶은 이야기가 있었기 때문이다. 이렇게 허망하게 보낼 수는 없었다.

"잠시만!"

"마지막으로 다시 한 번 말씀드리지요. 무창으로 오세요."

그 말을 마지막으로 소요의 신형이 연기처럼 사라졌다.

무영은 소요를 잡기 위해 뻗었던 손을 내릴 생각도 하지 못한 채 그 자리에 굳어 있었다.

그렇게 얼마나 지났을까.

소요는 잔뜩 침울해진 얼굴로 무영을 바라보고 있었다. 무영은 쓴웃음을 지으며 고개를 내저었다.

"그런 얼굴 하지마. 괜찮으니까."

그렇지만 소령의 얼굴에 깃든 어두움은 쉽사리 가시지 않았다.

"무창에 갈 거야?"

소령의 물음에 무영은 가만히 고개를 끄덕였다. 행하지 않으면 아무것도 일어나지 않는 법이다.

비록 고통스러운 길이지만 갈 수밖에 없다. 무영은 짧게 한숨을 내쉬었다.

"그렇지만 오늘 하루는 쉬고 싶다."

무영의 말에 소령은 고개를 끄덕였다.

광주로 돌아온 무영과 소령은 아까 머물렀던 객점으로 돌아가 방을 잡았다. 그리고 일단 피곤을 쫓기 위해 잠자리에 들었다. 하지만 왠지 잠들 수가 없었다.

피곤한 것은 사실이었지만 생각할 것이 너무도 많았기 때문이다.

"하아."

무영은 고개를 설레설레 저으며 방을 열고 나왔다. 일층으로 내려와 간단히 음식을 시키고 기다릴 무렵이었다.

문득 객점 안으로 소령이 들어오다가 무영을 발견하고는 다가왔다.

"쉬지 않고 어디 갔다 온 거야?"

무영의 물음에 소령은 의자에 앉았다.

"너도 잠이 오지 않았니?"

소령의 물음에 무영은 쓸쓸하게 웃으며 고개를 끄덕였다.

"일단 이것저것 알아보려고. 아무래도 돌아다니면 귀에 들어오는 것이 많으니까."

"그렇구나."

무영은 가볍게 고개를 끄덕이며 뜨거운 찻잔을 소령의 앞으로 밀어주었다.

"고마워."

소령은 슬며시 미소를 지으며 찻잔을 들다가 입을 열었다.

"아, 그리고 말이야."

"응?"

"곧 사도련하고 무림맹하고 무슨 일이 일어날 것 같아."

무영은 짐짓 고개를 갸웃거렸다. 분명 무영이 불씨를 지피운 것은 사실이다. 하지만 그뿐이었다. 어떻게 진행되어 가고 있는지는 몰랐다.

"어떤?"

"내가 경황이 없어서 까먹고 있었는데 내가 막 사도련에서 떠나오기 전 천리지망이 펼쳐진 일이 있었거든. 그런데 그 표적이 무림맹의 조사단이었다는 소문이야."

"그래?"

소령은 고개를 끄덕였다.

"어찌 되었든 간에 무림맹이나 사도련이나 한 번씩 주먹을 주고받은 셈이니까."

그것이 무영의 노림수였다. 그때 소령이 입술에 손을 살짝 가져가며 중얼거렸다.

"이상한데?"

"응?"

"정파 쪽에 바람을 넣은 것은 너지?"

"…그렇지."

무영이 고개를 끄덕이자 소령의 표정이 심각하게 굳어졌다.

"아무리 그래도 사도련쯤 되는 거대 집단이 너무 경솔하게 움직인 것이 아닌가 하는 생각이 자꾸 들거든."

"음?"

"내가 듣기로는 고작 다섯 명 정도였는데 말이야. 사도련에서는 천리지망을 펼쳤다는 거지. 더욱이 한 명을 놓치기까지 했어."

"그럴 수도 있지. 사도련을 살피기 위해 파견될 정도라면 상당한 고수라는 소린데."

무영의 말에도 소령의 굳어진 얼굴은 펴지지 않았다. 도리어 더욱 굳어져만 갔다.

"무림맹도 그래. 듣기로는 벌써 싸움 준비를 끝내고 기회만 엿보는 중이라는 거야."

"그게 정말이야?"

무영의 물음에 소령은 고개를 끄덕였다.

그것은 좀 의외였다. 말을 꺼낸 지 채 몇 달도 되지 않았다.

넓은 중원 대륙 이곳저곳에 흩어져 있는 이들을 모아 의견을 나누기에도 모자란 시간이다.

더욱이 이번 건의 경우 하루 이틀 만에 결론이 날 만한 성질의 것도 아니지 않은가. 아무리 남궁민의 발언권이 세다 하더라도 말이다.

그런데 그 짧은 시간 동안 의견을 맞추고 황궁과 사도련 쪽에 인원을 파견했다. 그리고 그 와중에 전쟁 준비까지 끝마쳤다.

그때 소령의 나직한 한마디가 무영의 가슴을 후려쳤다.

"마치 기다렸다는 듯이 말이야."

"아!"

무영은 경악성을 터뜨리며 중얼거렸다.

"우리가 한 가지 가정을 빠뜨리고 생각한 것인지도 몰라."

무영은 고개를 떨구며 자신이 생각한 바를 읊었다.

"생각해 보자… 황궁을 장악하고 우리를 모두 제거했을 경우 마지막으로 남은 곳이 어디지?"

순간 소령의 눈이 크게 치켜떠졌다.

"무림?"

무영은 식은땀을 흘리며 소령의 말을 덧붙였다.

"정확히 말하자면 무림 전체."

현 무림맹주인 무당의 청수 진인은 자신의 처소로 돌아왔다.

끼익.

문을 열고 방 안으로 한 발을 들여놓던 청수 진인의 안색이 가볍게 찌푸려졌다. 알 수 없는 인기척이 느껴졌기 때문이다.

"누구냐?"

청수 진인은 방 안으로 몸을 밀어 넣으며 위엄 어린 목소리로 말했다. 그리고 여유롭게 탁자에 앉아 있는 한 인영을 발견했다. 병약한 인상에 젊은 사내.

"오랜만이오, 맹주."

사내는 입가에 은은한 미소를 머금었다. 순간 청수 진인은 눈을 부릅뜨며 그대로 바닥에 무릎을 꿇고 앉아 머리를 바닥에 붙였다.

"결례를 범했습니다."

황제를 대하는 것과도 같은 과도한 예법, 정파무림을 대변하면 청수 진인이 누구에게 이럴 수 있는가.

"연락도 주지 않고 온 내 잘못입니다. 맹주는 그만 일어나세요."

사내는 부드러운 어조로 말했지만 청수 진인은 죽을죄라도 지은 듯 고개를 떨구고 있었다.

"정말 괜찮으니 고개를 드세요."

"명을 받들겠습니다."

그제야 청수 진인이 고개를 들었다. 사내는 미소를 지으며 앉아 있었다.

"다름이 아니고 제가 지시한 것이 어찌 되어가고 있는지가 궁금해서 와봤습니다."

사내의 말에 청수 진인은 공손히 부복하며 말문을 열었다.

"모든 준비가 끝났습니다. 무사들의 사기는 최고조에 달했고 세부적인 준비도 모두 끝마쳤습니다."

"정말 수고하셨습니다."

사내는 미소를 지으며 고개를 끄덕이다가 턱을 괴고는 조근조근한 어조로 말을 이어갔다.

"곧 사도련에서 어떻게든 맞부딪쳐 올 것입니다. 멀지 않았어요."

"예."

"상호간에 많은 피해가 있을 겁니다. 하지만 하늘 아래 두 제왕은 필요없는 법이지요."

사내의 말에 청수 진인은 고개를 끄덕였다. 그리고 마지막에 살아남는 것은 무림맹이다.

"모든 준비에 만전을 기해주세요. 한 치의 방심도 있어서는 안 될 것입니다."

"예."

"저는 이만 돌아가 보지요."

사내의 말에 청수 진인의 얼굴에 한 가닥 아쉬운 표정이 스쳐 갔다.

"벌써 가시렵니까?"

"여러 가지 할 일이 많아서요."

"또 언제 뵐 수 있을까요?"

사내는 부드러운 웃음을 지으며 청수 진인의 어깨를 다독였다.

"무림맹의 승전 기념 잔치 때 찾아뵐 수 있었으면 좋겠습니다."

청수 진인은 감동받은 얼굴로 힘차게 포권을 취했다.

"기다리고 있겠습니다!"

"예, 기대하겠습니다."

이윽고 사내의 신형이 연기처럼 사라졌다.

지붕을 박차고 솟아 오른 사내는 단번에 무림맹을 벗어나 산길을 내달렸다. 입가에 은은히 머금어져 있던 미소가 사라졌다.

"이제 시작되겠군."

사내, 운비는 나지막이 중얼거렸다. 그리고 그 시각 장거정은 미소를 지으며 돌아온 만력제를 맞이했다.

"무사히 돌아오셨군요."

만력제는 가만히 고개를 끄덕이며 미소를 지었다.

"아… 그래, 그동안 별일은 없었나?"

"저 의외에 폐하께서 자리를 비우신 사실을 아는 이는 없습니다."

"그대가 고생이 많았군."

만력제는 가볍게 미소를 지으며 장거정을 치하했다. 장거정은 공손히 부복한 뒤 말문을 열었다.

"기분은 어떠십니까?"

"기분이라……."

잠시 고개를 들어 중얼거리던 만력제의 입가에 음흉한 미소가 드리워졌다.

"최고야."

만력제는 휘적휘적 걸어 황상의로 다가갔다. 그리고 품에서 자그마한 소도를 꺼내 손바닥 위에 올려놓고 그었다.

뚝… 뚝…….

길게 드리워진 상처에서 피가 솟아나 바닥으로 떨어졌다.

치이익!

하지만 이윽고 상처 부위에서 연기가 솟아나더니 급속도로 아물어가기 시작했다. 장거정은 의미심장한 미소를 지으며 절했다.

"감축 드립니다, 폐하."

"크흐흐흐……!"

만력제의 웃음소리가 처소 안을 조용히 울렸다.

『무영검전』 4권으로 계속…